W0183807

L'effet Darwin

Patrick Tort

L'effet Darwin

Sélection naturelle et naissance de la civilisation

Éditions du Seuil

ISBN 978-2-7578-2634-8
(ISBN 978-2-02-097496-7, 1re publication)

© Éditions du Seuil, septembre 2008

Le code de la propriété intellectuelle interdit les copies ou reproductions destinées à une utilisation collective. Toute représentation ou reproduction intégrale ou partielle faite par quelque procédé que ce soit, sans le consentement de l'auteur ou de ses ayants cause, est illicite et constitue une contrefaçon sanctionnée par les articles L. 335-2 et suivants du Code de la propriété intellectuelle.

Préliminaires

Il n'est plus à démontrer aujourd'hui – mais il reste à *faire savoir* – que la pensée de Darwin relative à l'Homme, à la civilisation et aux sociétés humaines est l'antithèse exacte de la présentation qui en a longtemps été imposée, et qui domine encore le discours ordinaire.

En d'autres termes, une *erreur courante* sur Darwin et son anthropologie a pris durablement sur la vérité une sorte d'avantage historique à propos duquel, au vu de l'énormité de ses enjeux, l'on ne saurait manquer de s'interroger.

Quelle est, très globalement, cette erreur ?

Parce que Darwin est l'auteur de la théorie de l'évolution des espèces vivantes à travers le mécanisme de la *sélection naturelle* – impliquant la défaite des moins adaptés dans la lutte pour l'existence au sein d'un milieu déterminé –, on l'a inlassablement déclaré responsable des pires « applications » de ce schéma, apparemment simple et systématisable, aux sociétés humaines : défense de la « loi du plus fort » et de ses conséquences, « darwinisme social », néo-malthusianisme, eugénisme, racisme, colonialisme brutal, ethnocide ou domination esclavagiste – sexisme enfin.

Or non seulement Darwin s'est opposé dans sa vie, par un engagement personnel, à *chacune* de ces attitudes, mais il a donné dans la partie anthropologique de son œuvre (tout d'abord et en particulier dans *La Filiation de l'Homme*, de 1871[1]) les meilleurs arguments théoriques pour les combattre.

Darwin – le théoricien par excellence de la « guerre de la nature » – fut en effet, à l'étage de l'évolution de l'homme et

1. C. Darwin, *The Descent of Man, and Selection in Relation to Sex*, London, John Murray, 1871, 2 vol. Une deuxième édition parut chez le même éditeur en 1874, enrichie notamment, à la fin de la 1re Partie (chap. VII, « Sur les races de l'homme »), de la « Note » additionnelle de Thomas Henry Huxley « sur les ressemblances et les différences dans la structure et le développement du cerveau chez l'homme et chez les grands singes », aux p. 199-206. En France, *La Descendance de l'Homme et la Sélection sexuelle*, dans une traduction due à Jean-Jacques Moulinié, parut à Paris, chez C. Reinwald et Cie, en 1872 (2 vol.), précédée d'une préface de Carl Vogt. Le traducteur et le préfacier sont l'un et l'autre de Genève. Une seconde édition, comportant la même préface et des corrections d'Edmond Barbier – Moulinié ayant disparu en 1872, à l'âge de 42 ans, Barbier lui survécut une dizaine d'années –, parut chez le même éditeur en 1873-1874. En tête de sa propre traduction, publiée en 1881 et rééditée en 1891, toujours chez Reinwald où elle était considérée comme la troisième édition française de l'ouvrage (établie d'après la deuxième édition anglaise de 1874, qui intégrait la note de Huxley), Barbier a conservé la préface de Vogt, auteur dont il avait revu par ailleurs la deuxième édition française (Reinwald, 1878) des *Leçons sur l'Homme, sa place dans la création et dans l'histoire de la Terre*, qu'avait traduites Moulinié en 1865.

Les mentions fréquentes que nous ferons ici de cet ouvrage majeur de Darwin renverront à notre propre édition, traduite sur le troisième tirage (1877) de la deuxième édition anglaise de 1874, ultimement revue et augmentée par Darwin d'une « Note supplémentaire sur la sélection sexuelle relativement aux singes » publiée le 2 novembre 1876 dans *Nature* : *La Filiation de l'Homme et la Sélection liée au sexe*, Paris, Syllepse, 1999, 826 p., sous la direction de P. Tort, trad. coordonnée par M. Prum, et précédée de P. Tort, « L'anthropologie inattendue de Charles Darwin », premier volume paru (t. 22) de l'intégrale des *Œuvres de Darwin*, désormais publiée par les éditions Slatkine (Genève). On notera que notre traduction de *Descent* par « Filiation » s'est imposée aujourd'hui contre l'inacceptable « Descendance » qui a régné en France, par défaut, jusqu'à la fin du XXe siècle.

des sociétés humaines, non seulement un penseur de la *civilisation* et de la *paix*, mais le plus convaincant des généalogistes de la *morale*, étendant le matérialisme naturaliste de l'explication phylogénétique au traitement de ce que la religion et l'Église ont toujours inscrit au registre de l'obligation transcendante.

Il s'agit ici d'exposer cette vérité, et de faire comprendre pourquoi cet aspect essentiel de la pensée de Darwin, dûment développé dans *La Filiation de l'Homme*, est demeuré si longtemps ignoré ou mésinterprété, ce qui constitue dans l'histoire des grandes doctrines scientifiques un phénomène assez exceptionnel pour que l'on se préoccupe aujourd'hui d'éclairer ses causes et, si possible, d'inverser ses *effets*.

Genèse d'un malentendu

Commençons par quelques données très générales. Darwin est un auteur que l'on cite, mais il est rarement un auteur que l'on *lit*. Outre l'étendue considérable de son œuvre imprimée, il y a à cela une raison majeure, qui tient à ce que, quelle que soit la variété de ses secteurs d'étude, Darwin n'a développé et illustré qu'*une seule démonstration* (celle de la justesse de la théorie sélective appliquée à l'interprétation de la nature vivante dans ses multiples relations) et n'a écrit, véritablement, qu'*un seul livre* – ce « Big Book[1] » dont l'impossible achèvement le contraignit très normalement à faire un ouvrage différent de chacun de ses chapitres. *L'Origine des espèces* – qui paraît le 24 novembre 1859[2] – n'est, comme on

1. Il s'agit du fameux grand ouvrage sur les espèces auquel Darwin travailla de 1856 à 1858, et dont *La Variation* devait constituer la première partie, la seconde étant consacrée à la sélection naturelle. C'est cette dernière qui a été éditée par R. C. Stauffer sous le titre *Charles Darwin's Natural Selection*, Cambridge University Press, 1975.

2. C. Darwin, *On the Origin of Species by Means of Natural Selection, or The Preservation of Favoured Races in the Struggle for Life*, London, John Murray, 1859.

le sait, que ce résumé d'infini. *La Variation des animaux et des plantes à l'état domestique* – publiée le 30 janvier 1868 [1] – développe à son tour, en leur assurant l'appui d'une immense ressource documentaire, les deux premiers chapitres de *L'Origine*. *La Filiation de l'Homme et la Sélection liée au sexe* – parue le 24 février 1871 – assure le lien nécessaire entre la zoologie et l'anthropologie et répond à l'annonce discrète que renferme le dernier chapitre du premier grand traité. *L'Expression des émotions* – qui voit le jour le 26 novembre 1872 [2], dix mois après la sixième et dernière édition revue de *L'Origine* – est pour sa part un chapitre détaché et étendu de *La Filiation*, etc. La remarquable érudition naturaliste de Darwin, dans l'exacte mesure où, en dépit de son ampleur et de sa diversité, elle n'a servi qu'à illustrer cette unique démonstration, a pesé d'un poids considérable sur la tendance courante à la désinvestir de toute fonction théorique fondamentale – ce que Darwin lui-même a pu du reste favoriser quelquefois en conseillant à ses lecteurs non spécialisés en histoire naturelle de ne pas s'attarder sur les passages typographiquement désignés comme s'adressant de préférence à un lectorat d'initiés. En fait, la masse textuelle de l'œuvre tendant à conduire la majorité de ses destinataires vers le *résumé* de son idée centrale, et *L'Origine des espèces* se présentant elle-même comme *étant* ce résumé, il devient parfaitement compréhensible que cet ouvrage, à propos duquel eurent lieu toutes les grandes polémiques, soit à peu près le seul dont les thèses aient été examinées, commentées, discutées, citées, reprises, vulgarisées – et, inévitablement, simplifiées et exportées – dans un contexte bien connu d'affrontement avec le

1. C. Darwin, *The Variation of Animals and Plants under Domestication*, London, John Murray, 1868, 2 vol. Nous renverrons ici à notre traduction, Genève, Slatkine, 2008.

2. C. Darwin, *The Expression of the Emotions in Man and Animals*, London, John Murray, 1872.

créationnisme fixiste et le finalisme encore fortement dominants de la théologie naturelle.

Le « public » s'arrêta donc, spontanément, pour ce qui est de la lecture ou du résumé, à *L'Origine des espèces*. Encore faut-il préciser que le *résumé du résumé* l'emporta très tôt sur la lecture – en vertu des simplifications et radicalisations inévitablement liées au contexte spécial créé, dès 1860, par la publicité donnée à l'affrontement.

Celui-ci aura une autre conséquence. Darwin, en partie du fait de son mauvais état de santé, avait un rythme de travail régulier mais lent. Ses partisans – les anti-fixistes engagés dans la bataille institutionnelle impliquée par leur divorce avec les convictions jusque-là dominantes – le pressaient de se hâter vers la formulation d'un transformisme complet rattachant, comme il se devait, l'homme à la série animale. Or il n'était nullement dans l'humeur, les intentions ni les possibilités de Darwin de précipiter l'irruption de ce « bouclage », par ailleurs nécessaire et programmé, de sa théorie. Bien avant la publication de *L'Origine*, Darwin avait compris que ses idées susciteraient de violentes oppositions, et il eut de même, bien avant celle de *La Filiation*, l'occasion d'éprouver la durée des réticences que leur extension à l'homme pouvait susciter chez ses propres amis, voire chez ceux-là mêmes qui, comme Lyell, n'avaient pas craint de favoriser publiquement leur première émergence[1]. Darwin savait que la reconnais-

1. L'appui d'Alfred Russel Wallace (1823-1913) – l'émule de Darwin et le codécouvreur de la théorie sélective – et de Charles Lyell (1797-1875) – l'introducteur en Angleterre de la nouvelle géologie « uniformitariste », anti-catastrophiste, requérant de longues durées et de ce fait opposée à la Genèse – ne fut pas en effet aussi intégral et constant que l'eût souhaité Darwin, qui fut choqué du repli providentialiste de l'un et de l'autre sur la question de l'homme. Voir la lettre à Wallace du 14 avril 1869, et la lettre à Lyell du 4 mai suivant (*La Vie et la Correspondance de Charles Darwin, avec un chapitre autobiographique, publiés par son fils, M. Francis Darwin*, traduit de l'anglais

sance de la validité d'une théorie scientifique passe d'abord par la corporation des savants. C'est pourquoi il s'employa en premier lieu à convaincre ses pairs, et c'est aussi pourquoi il se fixa le devoir d'obtenir une accréditation personnelle supplémentaire au sein de leur communauté, d'abord en publiant sous son propre contrôle éditorial, de 1837 à 1846, l'ensemble des résultats naturalistes et géologiques de son voyage autour du monde (effectué sur le *Beagle* entre le 27 décembre 1831 et le 2 octobre 1836), puis en réalisant sa remarquable monographie des cirripèdes, entre 1851 et 1854[1]. Ce n'est qu'après avoir été reconnu comme un géologue et un naturaliste de premier plan, et après avoir pris la mesure du sérieux de la concurrence de Wallace, que Darwin, le 1er juillet 1858, a accepté de lever le voile sur la nouveauté radicale de son approche de la nature

par Henry C. de Varigny, docteur ès sciences, Paris, C. Reinwald, 1888, t. II, p. 433-434 et 435-436). En fait, Darwin se trouvait, sur cette question décisive et sensible, dans l'inconfort tactique d'un chef d'école prudent qui se défie d'une témérité prématurée, et auquel certains partisans fougueux reprochent pour cela de « cacher ses opinions » (voir sa lettre à Fritz Müller du 22 février [1869 ?], *ibid.*, p. 429).

1. Cette considérable synthèse zoologique, qui fit basculer définitivement les cirripèdes de la classe des mollusques dans celle des crustacés, est divisée en quatre volumes (deux traitant des cirripèdes pédonculés, et deux des cirripèdes sessiles) :

– *A Monograph of the Sub-Class Cirripedia, with Figures of all the Species*, vol. I, *The Lepadidæ : or, Pedunculated Cirripedes of Great Britain*, London, The Ray Society, 1851.

– *A Monograph of the Fossil Lepadidæ, or Pedunculated Cirripedes of Great Britain*, London, Palæontographical Society, 1851.

– *A Monograph of the Sub-Class Cirripedia* […], vol. II, *The Balanidæ (or Sessiles Cirripedes) ; The Verrucidæ, etc.*, London, The Ray Society, 1854.

– *A Monograph of the Fossil Balanidæ and Verrucidæ of Great Britain*, London, Palæontographical Society, 1854.

et du devenir des espèces organiques[1]. *La Variation* de 1868 est bien à cet égard – si l'on met à part le chapitre consacré à l'hypothèse «provisoire» de la pangenèse, qui assume son caractère exploratoire et spéculatif – un ouvrage en grande partie destiné à achever de convaincre la communauté des naturalistes, et qui sert non à étendre le champ d'application de la théorie sélective, mais à renforcer sur les plans observationnel et documentaire la probabilité de ses conclusions.

Même s'il lui est arrivé de chercher à démentir le fait qu'il ait pu s'assujettir aux recommandations d'une prudence tactique, Darwin savait également que, de tous les objets qu'il pouvait aborder sous l'angle de sa théorie, l'histoire de l'homme était assurément le plus sensible, et que heurter trop tôt les dogmes et les habitudes de pensée dans cette sphère infiniment surveillée par la théologie risquait de compromettre ou de retarder l'admission des éléments les plus fondamentaux de sa doctrine. Engagé dans une démarche de *persuasion*, Darwin avança donc en assurant et en multipliant sagement ses points d'arrimage plutôt qu'en recherchant un succès rapide, bruyant et dépourvu d'assise. Tous, malheureusement, ne l'imiteront pas.

Retenons simplement pour l'instant que, jusqu'au 24 du mois de février 1871 (date de la publication de *La Filiation de l'Homme*), Darwin, âgé alors de 62 ans, n'a encore publié sous une forme imprimée *aucune proposition sur l'homme* qui implique expressément ce dernier dans un processus d'évolution par accumulation d'avantages sélectifs[2]. Ceux qui

1. Voir la première présentation publique de sa théorie, partagée avec Wallace, et assurée en l'absence des deux intéressés par Lyell et Hooker devant la *Linnean Society of London*: «On the Tendency of Species to Form Varieties, and on the Perpetuation of Varieties by Natural Means of Selection», *Journ. Proc. Linn. Soc. Lond. (Zool.)*, vol. III, n° 9, 1858, p. 45-62.

2. Il est courant de lire que *L'Origine des espèces* n'aborde pas la question de l'homme, ce qui est entièrement vrai si l'on s'en tient au

tinrent dès 1860 cette extension pour acquise – et il est vrai qu'elle l'était *logiquement* – parlèrent donc de ce sujet *avant Darwin* en se référant à la théorie exposée par lui en 1859 dans un ouvrage où il s'était lui-même soigneusement gardé d'aborder la question. En d'autres termes, ceux qui ont cru développer *avant Darwin* et *d'après sa théorie* une anthropologie délivrée des contraintes théologiques en appliquant aux objets de l'évolution culturelle la théorie de la descendance modifiée par le moyen de la sélection naturelle sont les mêmes qui considéreront, à partir de 1871, que *La Filiation de l'Homme* est le prolongement homogène de *L'Origine des espèces* et une simple *application* à l'homme et à la civilisation du principe d'élimination sélective des moins aptes et du perfectionnement corrélatif des plus adaptés. C'est-à-dire, très globalement, les « darwinistes sociaux » et les eugénistes. Or leur pré-interprétation systématiquement simpliste de la démarche et des conclusions anthropologiques de Darwin, comme nous le verrons, est *fausse*, et cette « méprise » obstinément entretenue a été l'une des ressources permanentes des idéologies les plus destructrices qu'ait connues le XXe siècle, et dont Darwin est d'autant plus éloigné qu'il s'est expressément opposé, dès son appropriation publique du champ de l'histoire naturelle de l'homme (1871) – trop longtemps différée sans doute –, à ce qui constituait alors leurs prémices.

---

contenu de ses chapitres. Darwin se contente, vers la fin de l'ouvrage, de déclarer, comme une conséquence probable de la victoire du point de vue phylogénétique dans l'étude des organismes vivants et fossiles, dans la biogéographie, dans la systématique, dans la géologie et dans la psychologie : « *Light will be thrown on the origin of man and his history* » (chap. XIV, « Conclusion », p. 488 de la 1re édition). On notera pour cette phrase discrète une variante légère, mais assez significative, dans la 6e et dernière édition (1872, dernier tirage revu en 1876) : « Much *light will be thrown on the origin of man and his history* » (nous soulignons).

Pour comprendre de quel détournement la pensée *anthropologique* de Darwin a été victime à partir d'une référence dominante à sa pensée *biologique*, il convient d'abord d'examiner les éléments constitutifs de cette dernière, tels que les ordonne l'ouvrage qui est censé en fournir l'exposé le plus accessible, *L'Origine des espèces*. Rappelons brièvement que les premiers doutes de Darwin au sujet de la fixité des espèces remontent à la fin de son voyage à bord du *Beagle*, vers 1835-1836, qu'il a fait le choix scientifique du transformisme au printemps de l'année 1837 [1] (début du règne de Victoria), et qu'il est entré en possession des éléments de sa propre théorie à l'automne de 1838 (lecture de Malthus fin septembre-début octobre) [2]. L'élaboration de *L'Origine* aura donc duré plus de vingt ans.

Il convient également de ne jamais oublier que Darwin exposant sa théorie doit d'abord faire accepter le *transformisme*, certes présent à titre d'hypothèse déjà frayée dans le milieu des naturalistes européens (grâce à un certain nombre de prédécesseurs, au nombre desquels figurent son grand-père Erasmus et Lamarck [3]), mais encore insuffisamment argumenté

1. Sa conversion s'effectue à la suite des expertises décisives de l'ornithologue John Gould (1804-1881) sur les spécimens d'oiseaux rapportés de son voyage : il publie alors ses notes et remarques sur les nandous d'Amérique du Sud (1837, lues le 14 mars) et sur les « pinsons » des Galápagos (1837, lues le 10 mai).

2. Dates attestées par le « Journal » de Darwin pour 1838 et par son *Notebook D*.

3. Grand-père paternel de Charles mort sept ans avant sa naissance, Erasmus Darwin (1731-1802), médecin, inventeur, naturaliste, philosophe et poète, était l'auteur d'une œuvre originale (dont la fameuse *Zoonomia* publiée en 1794-1796), singulièrement hétérodoxe et trop souvent réduite à ses aspects insolites, où se trouvaient pour la première fois exposées des idées transformistes assez proches de celles que le Français Jean-Baptiste Lamarck (1744-1829) allait soutenir avec un grand courage, plus de clarté et un maigre succès institutionnel à partir de l'année 1800.

et officiellement rejeté par le conformisme religieux de l'*establishment* scientifique. On sait un peu mieux aujourd'hui que les premiers partisans de Darwin *n'étaient pas darwiniens* – ce qui aurait exigé de souscrire d'une façon instruite à la reconnaissance de la fonction centrale du mécanisme sélectif –, mais rencontraient pour la première fois une théorie d'ensemble dont la parfaite *cohérence* leur permettait d'asseoir la plausibilité du transformisme. Autrement dit, grâce à l'existence de la théorie sélective comme théorie complète et suffisante du mécanisme évolutif, il devenait possible de choisir le transformisme comme alternative scientifique au dogme de la création séparée d'espèces globalement immuables et régies par un décret transcendant d'harmonie qui excluait toute *explication* de la nature par des *processus* – c'est-à-dire réduisait le regard naturaliste à la contemplation du tableau ou du « spectacle de la nature[1] » en réservant à la sagesse providentielle du Créateur l'inviolable secret de ses motifs et de son organisation.

En bref – et pour reprendre ici un point que j'ai développé ailleurs –, à partir de 1860, « l'existence de la théorie darwinienne comme théorie explicative cohérente de l'évolution des organismes sert de point d'ancrage pour établir ou renforcer *la probabilité du transformisme, mais non la nécessité des modalités darwiniennes de l'évolution.* Tout se passe comme si la conscience scientifique progressiste, enregistrant l'irruption d'une construction théorique *forte* susceptible d'être substituée à la faiblesse conjecturale antérieure, prenait acte d'une plausibilité de plus en plus grande du fait évolutif sans adhérer au *contenu* de ce qui rendait possible ce gain de plausibilité pourtant reconnu[2] ». Les nouveaux convertis ne

1. C'est le titre d'une immense série didactique réalisée par l'abbé [Noël] Antoine Pluche (1688-1761), l'un des représentants français de la théologie naturelle.

2. P. Tort, *Histoire du transformisme et du darwinisme en France au XXe siècle*, en préparation.

seront donc pas nécessairement « darwiniens ». Mais ils seront, en Angleterre et ailleurs, *confirmés dans le transformisme*, auquel ils se sentiront libres désormais de donner l'infléchissement de leur choix.

Soucieux donc d'établir le transformisme, Darwin commence très logiquement par l'analyse de ce qui, au sein des organismes, représente la forme nucléaire du changement : la *variation*. La variation organique est pour Darwin une donnée foncière et universelle du vivant. On l'observe dans la nature et, plus aisément, auprès des animaux domestiques et des plantes cultivées. Dans un cas comme dans l'autre, sa réalité manifestée prouve qu'elle existe chez les organismes naturels au titre d'une *capacité* fondamentale et permanente. Pour reprendre ici une formule que j'ai souvent commentée, et dont on apercevra bientôt qu'elle est loin d'être superflue ou naïve, la variation réalisée prouve constamment la *variabilité* naturelle des organismes – de *tous* les organismes, car un organisme domestique demeure un organisme naturel (qui prouve par là même sa *domesticabilité*).

De la *variation* s'induit donc la *variabilité*, et cette induction est nécessaire.

Parallèlement, la domestication – l'élevage, l'horticulture –, qui met en œuvre des procédures de rétention de variations avantageuses et de reproduction orientée (formation de « races ») par l'exclusion des procréateurs non pourvus des caractéristiques recherchées, démontre l'efficacité de ce que l'on nomme couramment la *sélection*. En tant qu'organismes *naturels*, les organismes domestiques issus de la sélection *artificielle* ainsi pratiquée prouvent donc *de facto* la *sélectionnabilité naturelle* des organismes. Soumis à un *changement de conditions* (ce qu'est par excellence le passage de l'état naturel à l'état domestique), les organismes varient (ce qu'ils font par ailleurs également dans l'état naturel) et sont ainsi en mesure de fournir à la sélection par l'homme domesticateur un spectre de traits dont certains sont susceptibles d'être « fixés » par tri et renforcement dans la descendance, ainsi corrélativement que par l'exclusion reproductive des individus non porteurs de ces traits recherchés pour l'avantage qu'ils procurent. De même que la variation observée prouvait la *variabilité* comme capacité foncière des organismes, la sélection pratiquée prouve d'une manière équivalente la *sélectionnabilité* naturelle des organismes. Si la reproduction est orientée suivant un projet et avec des objectifs précis, on parlera de sélection *artificielle*, *raisonnée* ou *méthodique*. Si l'orientation de la reproduction ne fait que suivre sans système le choix spontané des plus beaux individus ou le caprice d'un goût temporairement dominant (une « mode »), on parlera de sélection *inconsciente*.

De la *sélection* s'induit donc la *sélectionnabilité*, et cette induction est nécessaire.

De ces deux faits – issus l'un de l'observation, l'autre de l'expérience pratique (variation, sélection) – jaillit alors une hypothèse : la « sélectionnabilité » étant une capacité naturelle des organismes, une *sélection de variations* analogue à celle pratiquée par les éleveurs et les horticulteurs agit-elle effectivement dans la nature ? Et si oui – l'éleveur ou l'horticulteur étant absent –, quel serait l'*agent* d'une « sélection naturelle » ainsi inférée de cette « sélectionnabilité » avérée (par ses actualisations domestiques) des variations organiques ?

Cette hypothèse, logiquement inévitable, ne peut être passible d'une confirmation ou d'une invalidation qu'à travers sa confrontation avec une autre séquence logique, dont le développement s'ordonne à partir de Malthus.

L'idée « malthusienne » de Darwin – idée qu'il déclare avoir eue à la faveur de la lecture en 1838 de l'*Essai sur le principe de population* (1798), dans sa sixième édition de 1826 – n'est autre que celle du taux de reproduction élevé des organismes et de leur tendance naturelle à produire une surpopulation rapide (en raison d'une croissance *géométrique* des effectifs confrontée à une croissance seulement *arithmétique* des ressources vitales), surpopulation engendrant nécessairement, suivant Malthus, les conflits, luttes, guerres, épidémies et souffrances de toutes sortes dont Dieu se servirait pour parvenir à ses fins et entretenir l'activité de l'homme, et dont l'issue peut être réglée soit par les effets destructeurs du vice et de la misère, soit par la contrainte morale ou une intervention politique soucieuse de contenir dans des limites tolérables l'équilibre numérique des membres de la communauté. On notera cependant que le principe de Malthus est censé s'appliquer aux populations *humaines*, et que Darwin ne fera jamais pour sa part que l'appliquer aux populations animales et végétales. Darwin, du reste, familiarisé par son expérience de naturaliste et par de récentes lectures avec le thème de la « guerre de la nature » déjà quelque peu acclimaté par Augustin Pyramus de Candolle[1] et, de plus loin, par Charles Bonnet[2], n'aura aucun mal à valider dans son propre champ

1. Thomas Robert Malthus (1766-1834) et Augustin Pyramus de Candolle (1778-1841) sont évoqués conjointement dans le *Notebook D*, 134e, et dans l'*Abstract of John Macculloch*, 57v, vers la fin de l'année 1838. Cette association précoce devrait ôter beaucoup d'intérêt aux distinctions opérées par Camille Limoges (*La Sélection naturelle*, Paris, PUF, 1970) au bénéfice du seul De Candolle, entre ces deux références convergentes de Darwin. S'il est indiscutable que la lecture de l'article « Géographie botanique » de De Candolle a précédé chez Darwin celle de l'*Essay* de Malthus, il est en revanche assez évident que la netteté et la puissance modélisatrices étaient plus fortes chez ce dernier. En dehors de sa parfaite sincérité, on ne voit pas du reste la raison qui aurait poussé Darwin à présenter comme un catalyseur théorique un modèle emprunté à un économiste dont il devra plus tard combattre les recommandations sur son propre terrain, comme nous le montrerons plus loin.

2. Charles Bonnet (1720-1793), *Contemplation de la nature* (1764), dans *Œuvres*, Neuchâtel, 1781, t. 4, chap. 16, p. 188 : « Il est entre les animaux des guerres éternelles, mais les choses ont été combinées si sagement, que la destruction des uns fait la conservation

la pertinence du modèle *exporté*. En effet, même si l'on imagine, sur un vaste territoire, un seul couple d'éléphants – animaux dont la durée de gestation est particulièrement longue – occupés à se reproduire sans obstacle, on reconnaîtra que la descendance issue de ce couple sera assez rapidement en mesure de couvrir l'intégralité de l'espace disponible, d'épuiser ses ressources et d'excéder en tout sa capacité.

Toutefois, où voit-on dans la nature un territoire d'une certaine étendue encombré exclusivement par les représentants d'une espèce unique ? On observe partout au contraire des équilibres de coexistence entre espèces différentes, animales et/ou végétales, qui toutes cependant sont également aptes, si nul obstacle ne s'y oppose, à faire croître leur population suivant une progression géométrique.

Il faut donc qu'il y ait au sein de chaque milieu – et c'est là une *déduction* nécessaire – un facteur limitant l'accroissement numérique des espèces qui se partagent son espace et ses ressources. L'existence d'un *mécanisme régulateur* non intrinsèque, d'un mécanisme extérieur à la poussée reproductive de chaque espèce, et réduisant l'effectif de chaque population, s'induit nécessairement du rapport d'opposition entre la tendance à la prolifération indéfiniment accélérée et l'existence objective, en tout lieu, d'équilibres plurispécifiques relativement stables. Par nécessité, un tel mécanisme est *éliminatoire*, et s'oppose par une *destruction* à la tendance naturelle de chaque groupe d'organismes à une multiplication indéfinie. Ce mécanisme, déjà impliqué par Malthus, est la *lutte pour l'existence* (« *struggle for life* »), qui opère une *sélection naturelle* dont le principal effet est la *survie des individus les mieux adaptés* aux conditions de la lutte, survie qui s'opère par le jeu de l'*élimination des individus les moins armés* pour y faire face.

des autres, et que la fécondité des espèces est toujours proportionnelle aux dangers qui menacent les individus. »

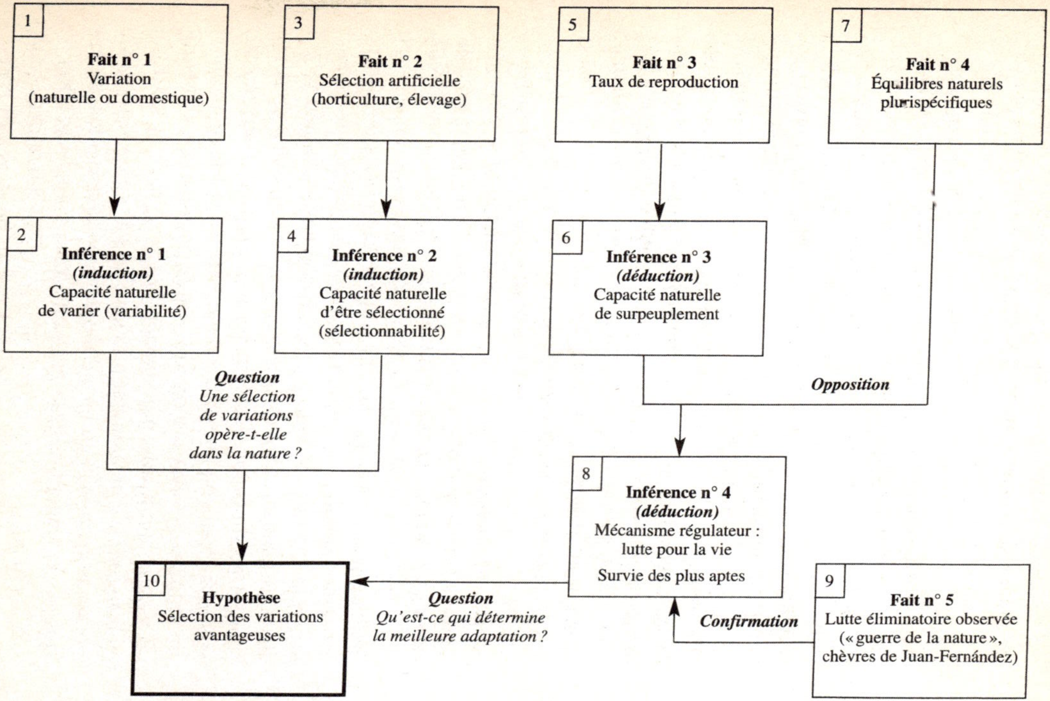
1
Fait n° 1
Variation
(naturelle ou domestique)
3
Fait n° 2
Sélection artificielle
(horticulture, élevage)
5
Fait n° 3
Taux de reproduction
7
Fait n° 4
Équilibres naturels
plurispécifiques
2
Inférence n° 1
(induction)
Capacité naturelle
de varier (variabilité)
4
Inférence n° 2
(induction)
Capacité naturelle
d'être sélectionné
(sélectionnabilité)
6
Inférence n° 3
(déduction)
Capacité naturelle
de surpeuplement
Question
Une sélection
de variations
opère-t-elle
dans la nature ?
Opposition
8
Inférence n° 4
(déduction)
Mécanisme régulateur :
lutte pour la vie
Survie des plus aptes
10
Hypothèse
Sélection des variations
avantageuses
Question
Qu'est-ce qui détermine
la meilleure adaptation ?
Confirmation
9
Fait n° 5
Lutte éliminatoire observée
(« guerre de la nature »,
chèvres de Juan-Fernández)

Dès lors se pose la question de ce qui détermine la meilleure adaptation.

Pour répondre à cette question, on fait retour à la variabilité, et, sous la pression analogique du modèle de la sélection *artificielle*, on forge l'hypothèse d'une *sélection naturelle* qui, à travers la lutte (interindividuelle, interspécifique et avec le milieu), effectuerait le tri des variations *avantageuses* dans un contexte donné et assurerait ainsi le triomphe vital, héréditairement transmissible dans les mêmes conditions de milieu, des individus qui en seraient porteurs. Ces derniers seraient par là même, si rien d'essentiel ne change dans les circonstances, source de l'accroissement régulier du nombre de leurs descendants et d'une amélioration constante de leur adaptation à leurs conditions de vie et à celles de la lutte : « C'est à cette conservation des variations favorables », écrit Darwin au chapitre IV de *L'Origine des espèces*, « et à la destruction de celles qui sont nuisibles, que j'ai appliqué le nom de "sélection naturelle" ou de "survie des plus aptes" ».

L'un des auteurs cités par Malthus, Joseph Townsend (1739-1816), médecin, géologue, économiste et pasteur méthodiste également opposé à la charité envers les pauvres, avait produit en 1786 un pamphlet intitulé *A Dissertation on the Poor Laws*, qui rapporte un récit du voyageur et explorateur William Dampier (1652-1715) – auteur que par ailleurs Darwin citera en divers points de son œuvre. Je traduirai ici le passage de la section VIII de la *Dissertation* de Townsend qui renferme ce récit, sans omettre bien entendu son introduction ni ses conclusions :

> « Nos lois sur les pauvres sont non seulement injustes, oppressives et peu politiques, et – il ne s'agit pas là d'un simple accident – inadéquates au but en vue duquel elles ont été conçues ; mais elles procèdent de principes qui confinent à l'absurdité, en tant qu'elles font profession d'accomplir ce qui, dans la nature et la constitution véritables du monde, est

impraticable. Elles prétendent qu'en Angleterre nul homme, même s'il s'est réduit lui-même à la pauvreté par son insouciance, son imprévoyance, sa prodigalité et ses vices, ne doit jamais souffrir du besoin. Dans le progrès de la société, on trouve que certains doivent être dans ce besoin ; et dès lors la seule question est celle-ci : qui mérite le plus de souffrir du froid et de la faim, le prodigue ou le prévoyant, le paresseux ou le zélé, le vertueux ou le dépravé ? Dans les mers du Sud se trouve une île que l'on nomme, d'après le nom de son premier découvreur, Juan Fernández. Sur cet espace isolé, Jean Fernando installa une colonie de chèvres, consistant en un mâle accompagné de sa femelle. L'heureux couple, trouvant pâture en abondance, put sans peine obéir au premier commandement de croître et multiplier, jusqu'à ce qu'ils eussent au fil du temps rempli leur petite île. Avant cette période ils ignoraient la misère et la faim, et semblaient se trouver bien de leur nombre : mais à partir de ce triste moment ils commencèrent à souffrir de la faim ; en continuant toutefois pendant un certain temps à accroître leur effectif, ils auraient dû, s'ils avaient été doués de raison, redouter la plus extrême famine. Dans cette situation les plus faibles sont emportés les premiers, et la prospérité revient de nouveau. C'est ainsi qu'ils oscillaient entre bonheur et misère, et tantôt connaissaient le besoin, tantôt jouissaient de nouveau de l'abondance, suivant que leur nombre se trouvait diminué ou accru ; jamais en repos, et cependant équilibrant toujours leur quantité de nourriture. Cette relative pondération était de temps en temps détruite, soit par des maladies épidémiques, soit par l'arrivée de quelque vaisseau en détresse. Dans de telles occasions leur nombre était considérablement réduit ; mais en compensation de ces alarmes, et pour les réconforter de la perte de leurs compagnons, les survivants ne manquaient jamais de retrouver immédiatement une nouvelle abondance. Ils ne demeuraient pas plus longtemps dans la crainte ou dans la famine : ils cessaient de se regarder l'un l'autre d'un œil mauvais ; tous avaient l'abondance, tous étaient satisfaits, tous étaient heureux. Ainsi, ce que l'on aurait pu considérer comme autant de malheurs s'avérait une source de réconfort ; et à la fin, pour eux, un mal partiel était un bien universel.

« Lorsque les Espagnols découvrirent que les corsaires anglais utilisaient cette île pour s'approvisionner, ils se résolurent à extirper complètement les chèvres, et dans ce dessein déposèrent sur le rivage un couple de lévriers. Ceux-ci à leur tour crûrent et multiplièrent, en proportion de la quantité de nourriture qu'ils rencontraient ; mais en conséquence, ainsi que les Espagnols l'avaient prévu, la colonie des chèvres diminua. Si elles avaient été détruites, les chiens auraient péri de même. Mais comme un grand nombre de chèvres se réfugièrent dans les rochers escarpés, où les chiens ne purent jamais les suivre, ne descendant pour se nourrir qu'en de brèves incursions craintives et circonspectes, peu d'entre elles, en dehors des insouciantes et des imprudentes, devinrent des proies ; et seuls les chiens les plus vigilants, les plus forts et les plus actifs purent obtenir leur nourriture en suffisance. Un nouvel équilibre s'installa. Les plus faibles des deux espèces furent parmi les premiers à payer le tribut de la nature ; les plus actifs et les plus vigoureux préservèrent leur vie. C'est la quantité de nourriture qui règle l'effectif de l'espèce humaine. Dans les bois, et à l'état sauvage, ne peut vivre qu'un petit nombre d'habitants ; mais ils seront seulement, à proportion, un faible nombre à souffrir du manque. Aussi longtemps que la nourriture est à foison, ils continueront de croître et multiplier ; et tout homme aura la capacité d'entretenir sa famille, ou de venir en aide à ses amis, à proportion de son activité et de sa force. Les faibles devront dépendre de la générosité précaire des forts ; et, tôt ou tard, les paresseux seront voués à supporter les conséquences naturelles de leur indolence. Qu'ils introduisent une communauté de biens, et qu'en même temps chaque homme ait la liberté de se marier, ils accroîtront d'abord leur nombre, mais non la somme totale de leur bonheur, jusqu'à ce que, par degrés, tous étant également réduits au besoin et à la misère, les plus faibles soient les premiers à périr. Pour fournir une provision de nourriture plus large, plus assurée et plus régulière, ils devront couper leurs bois et faire reproduire leur bétail, et cette abondance sera de longue durée ; mais au fil du temps elle trouvera sa limite. Les plus actifs acquerront des propriétés, auront des troupeaux nombreux et de nombreuses familles ; tandis que les indolents mourront de faim ou deviendront serviteurs chez les riches, et la communauté continuera de s'agrandir jusqu'à ce qu'elle ait trouvé ses limites naturelles, et équilibré la quantité de nourriture. »

Nora Barlow, petite-fille de Darwin et éditrice notamment de la version intégrale (non expurgée) de son *Autobiographie*, ne manquera pas de résumer le contenu de ce texte dans lequel elle reconnaît une préfiguration remarquable du thème de la lutte pour l'existence :

> « Dans la sphère de l'histoire sociale, avant que Malthus n'eût acquis la notoriété pour ses conceptions, d'autres que lui virent que la lutte pour l'existence affectait réellement les populations. Halévy, dans son *Histoire du peuple anglais*, renvoie à un obscur pamphlet au sujet des lois sur les pauvres, écrit en 1876 par un "Ami du Genre humain". L'auteur, le rév. M. Townsend, blâme les lois sur les pauvres de préserver le faible aux dépens du fort, avec toutes les implications du travail de la sélection naturelle [1]. »

On peut gager que si Nora Barlow avait eu du texte de Townsend une connaissance directe, et avait cité de ce texte,

1. *The Autobiography of Charles Darwin, 1809-1882. With the Original Omissions Restored. Edited and with Appendix and Notes by his Grand-daughter Nora Barlow*, London, Collins, 1958, *Appendix*, p. 161.

comme nous venons de le faire, un passage plus long, elle n'aurait pu avouer plus clairement que Townsend avait devancé non seulement l'énoncé du principe de Malthus, mais aussi une part considérable de l'intuition synthétique de Darwin, car ce que l'on vient de lire implique sans la moindre équivoque l'amélioration de la population survivante (sélection des plus vigoureux, des plus actifs, des plus vigilants) par le jeu de l'élimination de la portion moins apte à faire face avec succès aux perturbations accidentelles du milieu. Le scénario de Juan-Fernández, reconstitué par Townsend d'après les récits de William Dampier et d'Antonio de Ulloa, est bel et bien, antérieurement à toute « cage à population » de laboratoire, « une expérience de sélection naturelle » [1]. Expérience dont Darwin, quant à lui, réservera toujours l'application aux domaines végétal et animal.

Ce qu'il est bon de comprendre d'emblée, c'est que le crible économique, sociologique et politique « malthusien » est en place dans l'Angleterre de la Révolution industrielle avant même que Malthus ne publie son *Essai*. Et que l'un des inspirateurs de Malthus, ce même Joseph Townsend, adversaire tenace de l'assistance aux pauvres, est déjà allé chercher dans la nature, chez des animaux domestiques rendus à l'état sauvage, une analogie permettant de fonder la légitimité de l'élimination – ainsi *naturalisée* – des moins adaptés au sein de la société. Le thème de l'élimination nécessaire appliqué

1. Nous faisons allusion ici au travail de Philippe L'Héritier (1906-1990) et de Georges Teissier (1900-1972) publié dans les *Comptes rendus des Séances de la Société de Biologie* (117, 1934, p. 1049-1051) et intitulé « Une expérience de sélection naturelle. Courbe d'élimination du gène *Bar* dans une population de *Drosophila melanogaster* ». C'est en quelque sorte l'acte de naissance de la génétique évolutive ou génétique des populations. Le darwinisme – resserré autour de l'effectivité du phénomène sélectif – devient alors, à l'intérieur des « démomètres » ou « cages à populations », une réalité de laboratoire, une réalité expérimentable et expérimentée.

aux sociétés humaines, par le biais d'une argumentation analogique tirée de la « nature », est indissociable des premières justifications argumentatives d'un libéralisme offensif, et précède aussi bien Darwin, qui fera des choix opposés, que Malthus – auquel Darwin n'empruntera qu'un modèle dynamique pour l'extraire aussitôt de son champ – et ses successeurs « darwinistes sociaux », au premier rang desquels figure évidemment Herbert Spencer[1]. Lorsque, empruntant à Malthus cet élément modélisateur et faisant un usage central du concept d'élimination – et ce, au moment même où Spencer prépare et annonce son grand projet de système synthétique de philosophie ordonné autour de la « loi d'évolution » et incluant une sociologie foncièrement inégalitaire –, Darwin publie *L'Origine des espèces*, son discours est déjà préinterprété dans des termes fortement investis par l'économie politique et la philosophie sociale d'un libéralisme intégriste dont il ne partagera jamais ni la doctrine farouchement antiinterventionniste ni l'égoïsme de classe inhérent – que cette

1. Herbert Spencer (1820-1903), ingénieur et philosophe anglais qui fut l'un des défenseurs les plus radicaux du libéralisme individualiste et concurrentialiste de l'époque victorienne, est l'auteur d'un « système synthétique de philosophie » ordonné autour d'une « loi d'évolution » présentée par lui comme applicable à toutes les catégories de phénomènes. C'est à ce système que convient proprement la dénomination d'*évolutionnisme*, que l'influence anglo-saxonne a étendue malencontreusement à la désignation de la théorie de Darwin, d'où d'interminables confusions aux conséquences souvent désastreuses. Sa découverte de Darwin – qui n'altérera en rien sa forte obédience lamarckienne – lui permit l'emprunt partiel de la théorie de la sélection naturelle, qu'il exporta immédiatement dans le domaine sociologique pour fonder dans les années 1870 ce qui, à partir de 1880, fut désigné comme le « darwinisme social », en dépit de l'opposition anthropologique de Darwin à ce type d'interprétation de sa théorie. Voir, sur ce sujet, P. Tort, *Spencer et l'Évolutionnisme philosophique*, Paris, PUF, coll. « Que sais-je ? » n° 3214, 1996.

même doctrine cherche à rendre homologue à l'ordre de la nature. C'est à cette contamination massive, toujours active – et active à proportion de son simplisme –, qu'il s'est agi pour moi, en déjouant certaines apparences longuement et soigneusement exploitées, de retirer ce discours majeur en le restituant à sa logique et à son texte. Darwin, sa vie durant, défendit et pratiqua le secours aux faibles, et il le fit *en accord avec sa théorie*.

I

Animal/humain : *La Filiation*

Il est utile de répéter ici que l'une des préoccupations primordiales de Darwin – comme aussi son rôle le plus objectif – a été de rendre possible et d'argumenter le transformisme dans la *totalité* du champ naturaliste. En dépit de la conscience aiguë qu'il avait du caractère délicat de la question anthropologique, Darwin, après *L'Origine* et *La Variation*, ne pouvait guère différer davantage une intervention publique qui, suivant ce qu'imposait sa propre logique, effectuât le rattachement de l'homme à la série animale. C'est évidemment l'objet principal et annoncé de *The Descent of Man*, qui paraît en février 1871. Onze années et trois mois séparent cette publication de celle de *On the Origin of Species*. C'est très exactement cette période que j'ai désignée comme étant celle du « silence anthropologique de Darwin », et au cours de laquelle d'autres théoriciens (en particulier Spencer et Galton), sur la question de l'homme biologique et social, parleront *d'après lui*, ce qui ne leur confère évidemment en aucun cas le droit de prétendre parler *en son nom*. Ce que toutefois cette période laisse percevoir comme une stricte évidence, c'est bel et bien un phénomène majeur de dévoiement et d'occultation de l'anthropologie darwinienne par le travail des épigones. Lorsque Darwin, enfin résolu à aborder la question de l'homme, publiera *The Descent of Man*, certains de ses « partisans » salueront l'achèvement du transformisme dans cette ultime figure imposée, et, dans ce même achèvement, ne verront que ce qu'ils croient devoir nécessairement conclure à partir de l'antériorité de *L'Origine des espèces* : le transformisme étendu à l'homme certes, mais aussi, cette fois, la théorie sélective – avec le motif dominant de l'*élimination des moins aptes* – appliquée à la *civilisation*. C'est ainsi que Spencer – demeuré cependant lamarckien en biologie – inventera l'évolutionnisme philosophique, dont l'aboutissement sociologique constituera le « darwinisme social », extension du principe de sélection *naturelle* à la vie et au devenir de l'« organisme social » ; et que Galton inventera l'eugénisme, application à l'homme civilisé d'une sélection *artificielle* visant à réparer les conséquences dégénératives supposées d'une civilisation qui aurait aboli, en protégeant les existences fragiles et en permettant ainsi leur reproduction, les bienfaits biologiques et mentaux issus de la sélection naturelle. Darwin, en 1871, rejettera expressément l'un et l'autre.

Affirmer, ainsi que je le fais depuis des années, que *La Filiation de l'Homme* n'a jamais été *lue* est tout autre chose qu'un effet de style. L'attente « philosophique » suscitée par *L'Origine des espèces* chez les partisans du transformisme et, plus largement, d'une science affranchie de la révérence obligatoire envers le dogme, s'est creusée dans un moment de l'histoire où l'emprise hégémonique de l'Angleterre sur le monde, assortie de ses souffrances intérieures, paraissait exiger à la fois de rompre avec des conservatismes paralysants et de fonder dans une pensée théorique naturalisante la nécessité de son expansion. La théorie d'une évolution des organismes indéfiniment amélioratrice fondée sur la compétition et la lutte pour l'existence était en apparence idéale pour entrer en harmonie avec les versions les plus audacieuses du libéralisme économique, sa conception du « mérite » et l'ensemble de l'idéologie sociale de l'industrialisme libéral. Empruntant un modèle central à Malthus, elle paraissait être le nouveau soutien du système, celui qui apportait l'appui de la « marche de la nature » à une dynamique que Malthus n'avait exposée qu'en référence aux êtres humains. L'*analogie* (entre nature et société, histoire naturelle et histoire humaine) se convertissait de fait en *homologie* (l'humain étant évolutivement partie intégrante de la nature en devenir). Dès lors, si l'on conjugue l'impatience des naturalistes progressistes, en quête d'une victoire sur un psittacisme théologique encore puissant dans l'institution, et le besoin idéologique des classes dominantes de la société britannique, on comprend que toutes les conditions étaient réunies pour que *La Filiation de l'Homme* fût interprétée dès sa parution comme un acte cohérent d'émancipation *enfin accompli jusqu'à son terme* par celui qui avait permis de voir dans la lutte pour l'existence, la compétition généralisée et l'élimination des moins aptes les ressorts du « progrès » ou du « perfectionnement » des êtres vivants. Or, à supposer même qu'elle ait eu lieu, la lecture de l'ouvrage, gênée ou empêchée par sa pré-interprétation idéologique, est demeurée vierge de tout examen simplement *logique* apte à en identifier le geste théorique central – celui, nous le verrons, qui travaille à mettre en place le concept de *civilisation* comme *inversion progressive de l'ordre sélectif* primitivement fondé sur l'élimination. C'est ce travail de réexamen qui en 1980 m'a permis non seulement de découvrir l'opposition de Darwin aux trois dévoiements principaux dont sa doctrine a été l'occasion – néo-malthusianisme, « darwinisme social » et eugénisme –, mais de mettre en lumière le ressort dialectique d'un matérialisme capable de penser tout ensemble la genèse évolutive (donc sélectionnée) des conduites d'assistance et de solidarité, de la morale altruiste et de son institutionnalisation au sein de la société, et, corrélativement, le *dépérissement simultané de la sélection éliminatoire elle-même* comme force principale régissant les avancées de la civilisation. C'est ce mécanisme qu'il s'agit donc d'expliquer ici.

Expressément formulée, l'intention de *La Filiation de l'Homme* est la suivante :

> « L'unique objet de cet ouvrage – écrit Darwin – est de considérer, premièrement, si l'homme, comme toute autre espèce, est issu par filiation de quelque forme préexistante ; deuxièmement, le mode de son développement ; et, troisièmement, la valeur des différences entre ce que l'on appelle les races de l'homme[1]. »

L'unicité annoncée de l'objet se décompose ainsi en trois sous-objets qui recouvrent en fait trois « moments » du processus évolutif de l'homme considéré en tant qu'espèce : origine, développement et différenciation par variation. Mais cette déclaration d'intention a ceci d'intéressant que rien dans sa formulation programmatique ne permet de supposer que Darwin tient pour acquise chez ses lecteurs l'adoption du transformisme. Parlant de l'homme, il réitère donc l'argumentation naturaliste destinée à produire *à propos de ce nouvel objet* la conviction d'une évolution graduelle. Une fois de plus, donc, Darwin travaille d'abord à l'*installation* du transformisme.

Comment s'y prend-il ? Apparemment, en suivant une méthode peu différente de celle déjà mise en œuvre dans *L'Origine des espèces* et dans *La Variation*. Il s'agit d'abord, entre des êtres vivants pourvus d'une identité anatomo-physiologique, instinctuelle et comportementale sur laquelle se fonde leur classement à l'intérieur d'*espèces distinctes*, de faire saillir des *ressemblances* qui permettront de rendre de plus en plus inévitable l'inférence de leur *parenté*. La grande simplicité de cette démarche serait à peine à commenter s'il ne s'y jouait, contre la dogmatique fixiste de la différence originelle, la ressource même de toute l'induction transformiste,

1. *La Filiation de l'Homme*, éd. cit., « Introduction », p. 82.

qui consiste à interpréter toute ressemblance comme l'indice d'une possible parenté. Darwin sait, comme tout le monde, que les individus habituellement regroupés au sein d'une espèce se *ressemblent* – et que, s'ils se ressemblent, c'est qu'ils sont issus de parents qui eux-mêmes se ressemblent et auxquels ils ressemblent. La génération produit la ressemblance. Les enfants ressemblent aux parents et, à travers eux, à des ancêtres plus éloignés. Pourquoi n'en serait-il pas de même des espèces qui ressemblent à d'autres espèces ? Pourquoi n'y aurait-il pas des « générations d'espèces », comme il y a des « générations d'individus » ? Cette idée habitait déjà les *Notebooks*, et elle est évoquée avec insistance par Francis Darwin dans son Introduction à l'*Esquisse* de 1842[1]. En même temps, la génération introduit entre les individus d'une même espèce des *différences* qui sont en quelque sorte le degré le plus simple de l'universelle *variation*. Pourquoi n'en irait-il pas de même pour les espèces, qui ménagent par rapport aux espèces voisines, à l'intérieur de regroupements plus vastes, les mêmes rapports de ressemblance globale et de différence individuelle ?

Dans *La Filiation de l'Homme*, Darwin s'emploiera donc inlassablement à recenser les *ressemblances* interspécifiques, les accumulant jusqu'à ce qu'elles soient naturellement, et presque nécessairement, interprétées en termes de parenté – en l'occurrence, en termes d'ascendance commune.

1. *Notebook B*, § 14, 63, 72, cité dans C. Darwin, *Esquisse au crayon de ma théorie des espèces (Essai de 1842)*, traduction par Jean-Michel Benayoun, Michel Prum et Patrick Tort, préface et annexes de Patrick Tort, Travaux de l'Institut Charles Darwin International, Genève, Éditions Slatkine, 2007, « Introduction [par F. Darwin] », p. 27 : « Propagation explique pourquoi animaux modernes même type qu'éteints, ce qui est loi presque prouvée. / Ils meurent, à moins qu'ils ne changent, comme les reinettes dorées ; c'est une *génération d'espèces* comme une génération *d'individus*. »

Le premier chapitre de *La Filiation* (intitulé «Ce qui témoigne que l'homme descend de quelque forme inférieure») est expressément consacré à rattacher phylogénétiquement l'homme à la série animale, c'est-à-dire à rechercher son origine au sein de «quelque forme inférieure» préexistante – hypothèse qui présuppose la reconnaissance de sa variabilité et de l'héritabilité de ses variations, deux préalables qui l'assimilent déjà aux autres représentants du Règne. Plus précisément, la recherche des ressemblances témoignant d'une éventuelle parenté entre l'homme et les autres représentants du groupe des vertébrés s'exercera sur les trois terrains principaux de l'analyse des conformations et des fonctions (morphologie, anatomie, physiologie, pathologie) – incluant l'étude comparative des affections organiques –, du développement (embryologie) et des organes rudimentaires. Le deuxième chapitre («Sur le mode de développement de l'homme à partir de quelque forme inférieure») étudiera les changements survenus au cours de l'évolution humaine. Le troisième et le quatrième («Comparaison des capacités mentales de l'homme et des animaux inférieurs») livreront, sous ce titre commun, les résultats de l'étude comparative des instincts et des facultés chez l'homme et les animaux. Le cinquième enfin («Sur le développement des facultés intellectuelles et morales au cours des temps primitifs et civilisés») achèvera du côté d'une psychologie et d'une sociologie de la civilisation la construction des lignes de force de l'anthropologie de Darwin.

1. *Morphologie, anatomie et physiologie comparées*

Darwin réaffirme d'abord comme un acquis de la discipline l'identité de «type» ou de «modèle général» – ce qu'Étienne Geoffroy Saint-Hilaire avait nommé l'«unité de plan de composition organique» – entre l'homme et les autres mammifères. Cette ressemblance structurelle se déduit de l'examen de la conformation du squelette – dont « tous les os », écrit-il, « peuvent être comparés à des os correspondants chez un singe, une chauve-souris ou un phoque » –, comme elle se déduit de celui des muscles, des nerfs, des vaisseaux sanguins, des viscères, et même de l'encéphale lorsqu'on le compare à celui des singes supérieurs. Sur ce dernier point, il cite en français, d'après Eugène Dally[1], un extrait des *Leçons sur la physiologie* de Vulpian dont l'argument est commun à tous les

1. Ce médecin et anthropologiste français, né à Bruxelles en 1833 et mort à Paris en 1887, auteur en 1868 et 1869 de la traduction de deux ouvrages de Huxley (*De la Place de l'Homme dans la nature* et *Leçons de physiologie élémentaire*), se préoccupa d'orthopédie, d'hygiène et de thérapeutique, mais aussi de raciologie, de primatologie, de pathologie mentale et de criminologie. Membre de la Société d'anthropologie, qu'il présida, professeur à l'École d'anthropologie en 1876, il fut aussi un partisan du transformisme et un « spécialiste » de l'étude comparative des races humaines. À cet égard, son discours reproduit le schéma gobinien qui se diffuse à partir du milieu des années 1850 après la publication de l'*Essai sur l'inégalité des races humaines* (Paris, Firmin-Didot, 1853-1855, 4 vol.) : hiérarchie des races, hostilité et méfiance envers tout métissage entre des races presque nécessairement inégales – le gain de l'« inférieur » dans le mélange étant censé ne pouvoir compenser en aucun cas la perte qu'y subirait le « supérieur ». La recommandation d'attitudes pratiques (notamment coloniales) de domination ajustées à cette théorie de l'inégalité entre les races interprétant le métissage comme un facteur de dégénérescence achève chez Dally le tableau d'un racisme authentique, et prescripteur de comportements suprématistes et ségrégationnistes. En criminologie, il précédera Lombroso et son école dans la théorie du criminel-né, nécessairement récidiviste car incurable, et donc punissable en raison même de sa dangerosité permanente pour le corps social. En dehors de cette citation d'un extrait de Vulpian (*Leçon sur la physiologie* [...], 1866, p. 890, cité par Dally dans *L'Ordre des Primates et le Transformisme*, 1868, p. 29), Darwin, dont les engagements étaient opposés, ne fit à cet auteur que de rares emprunts marginaux, notamment à un article critiquant l'idée des dangers liés aux mariages consanguins (*La Variation*, XVII, note 25).

transformistes, notamment Huxley, dont l'ouvrage *Evidence as to Man's Place in Nature* a été publié en 1863 : du point de vue de ses caractères anatomiques, le cerveau de l'homme est beaucoup plus proche de celui des singes anthropomorphes que ce dernier ne l'est de celui des autres mammifères, voire des autres singes. Cette « correspondance » s'interprète naturellement comme l'indice fort d'une parenté.

2. *Pathologie et parasitologie comparées*

Se fondant sur les études épidémiologiques et vétérinaires les plus contemporaines, Darwin souligne la transmissibilité réciproque de certaines maladies – rage, variole, morve, syphilis, choléra, herpès, etc. – entre les animaux et l'homme. La disposition commune à être affecté par les mêmes agents pathogènes est pour Darwin une preuve sensible de « l'étroite similarité de leurs tissus et de leur sang », exactement comme une réaction similaire au même réactif chimique prouverait une identité de nature entre deux fluides. Le fait que les singes soient particulièrement proches de l'homme sur le plan de la pathologie – catarrhe, tuberculose pulmonaire, apoplexie, inflammation des entrailles, cataracte – et qu'ils réagissent identiquement à l'ingestion des mêmes médicaments vaut évidemment comme un renfort de preuve en faveur d'une parenté. Il est intéressant de noter qu'à cet endroit la première référence de Darwin en matière de pathologie animale est William Lauder Lindsay (1829-1880), un médecin botaniste spécialiste des lichens conduit par sa carrière professionnelle à des recherches sur les maladies mentales et qui, en 1871 précisément, publie plusieurs articles, lesquels seront attentivement lus et cités par Darwin, sur la physiologie et la pathologie mentales chez les animaux inférieurs[1]. Cette vigilance

1. Tout aussi remarquable est le fait que la reconstitution, par l'équipe des éditeurs de sa correspondance, des notes de Darwin

et cette minutie documentaires confirment que le regard du naturaliste était déjà tourné depuis assez longtemps – ainsi que l'attestent par ailleurs sa correspondance et ses notes personnelles – vers une extension systématique de l'investigation phylogénétique dans le champ de la psychologie comparée, ce que manifestera parfaitement, l'année suivante (1872), la publication de *L'Expression des émotions chez l'Homme et les animaux*. Dans le même esprit argumentatif, il faut encore inscrire le soulignement de la parenté entre les parasites internes et externes qui affectent le corps des hommes et de certains animaux ; ou encore l'analogie que l'on remarque entre les processus périodiques, morbides ou non, qui chez les uns et les autres suivent les phases de la Lune, entre les phénomènes courants de la cicatrisation, ou entre les processus de réparation de lésions aux premiers stades du développement embryonnaire.

---

dressant le programme de ses lectures (« Books to be read », *Reading Notebooks*, dans *The Correspondence*, vol. 4, p. 437), commence par le *Traité de la folie des animaux, de ses rapports avec celle de l'homme*, du Dr Pierquin, lecture recommandée par Lindsay. L'auteur est un médecin qui fut inspecteur d'académie, amateur d'histoire, d'archéologie et de philologie (Claude Charles Pierquin de Gembloux [1798-1863], *Traité de la folie des animaux, de ses rapports avec celle de l'homme et les législations actuelles, précédé d'un Discours sur l'Encyclopédie de la folie, et suivi d'un Essai sur l'art de produire la folie à volonté* […], revu par Georges et Frédéric Cuvier, Magendie, Schnoell, Mathey, Huzard, etc., Paris, Béchet jeune, 1839, 2 vol.). Au cours de la même année, Pierquin a publié un opuscule de 11 pages intitulé *Réflexions sur le sommeil des plantes*, Châteauroux, impr. de Migné, 1839. Cinq ans plus tard, il fit paraître son *Idiomologie des animaux, ou Recherches historiques, anatomiques, physiologiques, philologiques, et glossologiques sur le langage des bêtes*, Paris, à la Tour de Babel, 1844. Ces sujets sont évidemment très proches des centres d'intérêt de Darwin, qui a pu emprunter au premier ouvrage cité certains faits et quelques lignes de réflexion, en dépit du théologisme obséquieux de l'auteur.

3. *Embryologie comparée*

L'argument embryologique est, à l'appui du discours transformiste, d'un poids considérable, et il faudrait pour le montrer rappeler l'histoire entière de la fameuse « loi biogénétique fondamentale » (*biogenetisches Grundgesetz*, expression due à Haeckel), ou « loi de récapitulation de la phylogénie par l'ontogénie », qui fit l'objet d'une élaboration longue et plurielle, ainsi que de nombreuses discussions et polémiques, à partir de l'extrême fin du XVIIIe siècle (Karl Friedrich von Kielmeyer, 1793 ; Johann Friedrich Meckel, 1811 ; Étienne Serres, 1842 ; Louis Agassiz, 1857 ; Fritz Müller, 1864 ; Ernst Haeckel, 1866). Sa proposition centrale est qu'il existe un parallélisme visible entre les phases ou stades du développement embryonnaire et fœtal d'un animal – l'*ontogénie* de Haeckel – et les formes que revêtent les états adultes des animaux moins élevés en organisation, c'est-à-dire, dans la perspective transformiste, les étapes caractérisées de la série évolutive dont il est issu – la *phylogénie* de Haeckel, qui énoncera cette « loi » sous sa forme la plus lapidaire : l'ontogénie récapitule la phylogénie. Quelle que pût être en 1859 la critique partielle de Darwin au sujet de cette « loi », il en reconnaît la fécondité globale et en fait un usage approprié à la démonstration qu'il poursuit. La taille et l'aspect de l'ovule humain semblent ne différer à aucun égard de ce qu'ils sont chez les autres animaux. À un stade très précoce, on ne note guère de différences entre les embryons humains et ceux des autres vertébrés, non plus qu'entre leurs trajets artériels en arcs, qui paraissent orientés vers des branchies, lesquelles, bien qu'absentes chez les vertébrés supérieurs, y laissent subsister cependant durant cette période, sur le cou, des fentes latérales qui s'interprètent naturellement comme les marques de leur ancienne position. Darwin ne manquera pas de relever chez des anti-transformistes célèbres une contribution involontaire à l'argumentation transformiste : de même en effet qu'Agassiz, mettant en crise sa propre référence au créationnisme cuviériste, a observé la constance du parallélisme entre la classification sérielle des animaux, leur succession paléontologique et les différents stades du développement embryonnaire, apportant ainsi contre son gré un soutien inattendu à la loi biogénétique, de même Karl Ernst von Baer, fondateur de l'embryologie moderne globalement hostile au transformisme, a aidé à l'accréditation de cette règle en soulignant le fait que « les pattes des lézards et des mammifères, les ailes et les pattes des oiseaux, de même que les mains et les pieds de l'homme, dérivent tous de la même forme fondamentale [1] ». Il sera dès lors aisé à Huxley, en 1863, de triompher en montrant que c'est « dans les toutes dernières phases du développement que le jeune être humain présente des différences marquées avec le jeune singe [2] », l'un et l'autre étant à peu près également éloignés des traits qui caractérisent au même stade le développement du chien, ce qui est un simple fait d'observation. Le développement embryonnaire et fœtal d'un être humain pourra donc être, de par la position éminente de ce dernier sur l'échelle des organismes, le résumé – certes approximatif et elliptique, mais assurément révélateur d'une *histoire* dont il écrit les plus récentes pages – des états adultes de formes qui lui sont inférieures : le cœur n'y est en premier lieu qu'un vaisseau pulsatile, l'évacuation des déchets y est d'abord cloacale, le coccyx y présente la proéminence d'une queue, tandis que les corps de Wolff (*mésonéphros*) « de tous les vertébrés à respiration aérienne » ressemblent, pour la situation relative et la fonction, aux reins des poissons adultes. À un stade plus tardif, les circonvolutions du cerveau d'un embryon humain de sept mois correspondent à ce qu'elles

1. Cité dans *La Filiation de l'Homme*, éd. cit., chap. I, p. 91.

2. *Evidence as to Man's Place in Nature*, London, Williams & Norgate, 1863, p. 67.

sont chez un babouin adulte. Ce n'est, de même, que tardivement que le développement du gros orteil humain produit sa particularité spécifique et cesse de présenter la divergence qui le caractérise chez les quadrumanes.

Déjà longuement traitée dans *L'Origine*, la question des organes rudimentaires ou des caractères vestigiaux se rattache naturellement à l'embryologie. Ces organes et ces caractères – en tant que produits du développement ontogénétique – posent directement le problème de leur absence actuelle de fonction et ne peuvent s'interpréter à cet égard que comme les *traces* persistantes d'une fonctionnalité ancienne. Ce qui caractérise un organe rudimentaire est en effet son inutilité actuelle totale ou presque totale. C'est le cas des mamelons subsistant sur la poitrine de l'homme ou des mammifères mâles, des incisives qui demeurent encloses dans la gencive des ruminants, de muscles infiniment réduits dont la fonction, développée chez les mammifères, est presque inexistante chez l'homme (pannicule charnu permettant, par exemple chez les chevaux, le mouvement et la contraction de la peau, et autorisant encore, chez de rares individus humains, une mobilité plus ou moins étendue des oreilles qui a déjà quasiment disparu chez les chimpanzés et les orangs-outans ; muscles superficiels du cuir chevelu, encore sensiblement actifs chez les singes). La petite pointe qui se trouve parfois en proéminence sur le repli interne de l'hélix dans l'oreille externe des humains paraît être le vestige, particulièrement visible chez le fœtus d'orang, d'une position anciennement redressée et d'une conformation pointue de cet organe. Le pli semi-lunaire de la conjonctive chez l'homme, les quadrumanes et la plupart des mammifères paraît être le rudiment de la troisième paupière (ou membrane nictitante) des oiseaux et de certains mammifères, reptiles, amphibiens et poissons, chez lesquels cette dernière accomplit une fonction importante de recouvrement total et de protection de la portion exposée du globe oculaire. L'odorat se rudimentarise chez l'homme à proportion de son éloignement de la vie naturelle. La pilosité du corps humain, dans toute l'étendue de ses variations individuelles et ethniques, est elle-même globalement un caractère vestigial, et les sourcils humains évoquent les longs poils en saillie qui parsèment les arcades sourcilières de certains babouins. L'existence transitoire d'un revêtement laineux (*lanugo*) chez le fœtus humain au sixième mois n'est de même que l'évocation rudimentaire du premier revêtement de poils permanents chez les mammifères qui naissent velus. Les dents de sagesse, d'apparition tardive, particulièrement sujettes à la variation et à la carie, présentent chez l'homme civilisé des caractéristiques de fragilité qui suggèrent qu'elles subissent un processus de rudimentarisation. L'appendice vermiforme du cæcum n'est plus d'aucune utilité dans l'espèce humaine et s'y trouve parfois à l'origine de graves affections inflammatoires. Les traces persistantes, chez l'homme, à l'extrémité inférieure de l'humérus, du *foramen* supra-condyloïde, ouverture par laquelle passe, chez «quelques quadrumanes, les lémuridés et surtout les carnivores aussi bien que beaucoup de marsupiaux», le «grand nerf de l'avant-bras et souvent son artère principale», sont évidemment les vestiges d'un état ancestral. Il en va de même pour le *foramen* intra-condyloïde, moins fréquent chez l'homme, plus courant du reste chez les races anciennes que chez les races modernes, et qui s'observe irrégulièrement chez les singes anthropoïdes et d'autres singes. Le coccyx, d'abord libre et saillant dans la première période du développement embryonnaire, est évidemment le représentant avorté de la queue des autres vertébrés, et porte même la trace externe du passage du cordon spinal.

L'Origine des espèces avait déjà produit un schéma d'interprétation évolutive de l'organe caudal à travers les groupes naturels.

«Pour Darwin, le rôle atténué de la queue chez certains grands mammifères doit être nécessairement rattaché au rôle primordial que jouait cet organe chez les animaux aquatiques : d'organe de locomotion chez ces derniers, elle a pu devenir, chez les animaux terrestres, un simple chasse-mouches – chez la girafe par exemple – et voir son utilité graduellement diminuée. Cependant, les caractères qui lui permettent de remplir ce rôle (et qui procèdent d'une régression de l'organe au cours de l'évolution) ont pu eux-mêmes être sélectionnés comme avantageux dans des régions où les grands animaux doivent constamment se protéger des attaques des insectes. Le caractère préhensile de la queue chez certains singes est plutôt interprété par Darwin comme un effet de l'habitude lié à un avantage locomoteur. Enfin dans les races domestiques dites "sans queue", la disparition presque complète de cet organe – il en subsiste toujours un tronçon rudimentaire – est attribuée par Darwin au défaut d'usage et à la réduction héréditaire qui est censée en résulter.

« C'est dans les références transformistes à l'embryologie que se vérifie l'importance de cette partie anatomique comme indice de descendance : le fait que l'homme soit pourvu d'une queue dans le premier mois de son existence intra-utérine permet à Haeckel, par exemple, de souligner sa parenté avec les mammifères pithécoïdes et les vertébrés en général. Haeckel insiste également sur le fait que les vertèbres coccygiennes sont la trace résiduelle, chez l'homme adulte, d'une queue ancestrale[1]. »

L'appareil sexuel et reproducteur mâle, quant à lui, outre des mamelles rudimentaires sujettes dans certains cas à un fort développement, à des gonflements temporaires (chez les deux sexes en cas de rougeole) ainsi qu'à des montées de lait, possède dans la vésicule prostatique un élément que l'ana-

1. P. Tort, article « Queue » du *Dictionnaire du darwinisme et de l'évolution*, Paris, PUF, 1996, vol. III, p. 3594.

tomie comparée moderne – avec notamment Rudolf Leuckart (1822-1898), rallié au darwinisme en 1864 – reconnaît comme l'homologue non développé de l'utérus femelle.

Ce premier chapitre – zoologique – de *La Filiation de l'Homme* revient en fait sur un thème qui a été déjà longuement illustré par les deux autres grands traités généralistes de Darwin, *L'Origine des espèces* et *La Variation*: celui du caractère inexplicable, par toute théorie autre que celle de la filiation, des conformations dont l'importance vitale est insignifiante ou nulle. Contre une représentation théologique encore dominante du vivant qui exigeait que toute structure correspondît à une fonction clairement assignable et que tout l'existant, obéissant à l'ordre infusé dans la Création par une intelligence transcendante, fût saturé par l'*utile*, Darwin se livre à l'exercice d'un recensement attentif de tout ce qui témoigne, dans le règne animal, d'une *imperfection*, d'un désordre, d'une gratuité, d'une confusion ou d'une gêne. Envisagée en synchronie, la nature n'est pas parfaite – ce que montre sans cesse la variation –, et ce d'autant moins que ses composantes les plus remarquables (les organismes vivants, suivant les théoriciens de la théologie naturelle) sont celles qui manifestent le plus haut degré d'inconstance, tout en étant simultanément porteuses d'inerties *dystéléologiques*, pour reprendre le terme que Haeckel en 1866 applique, justement, aux organes rudimentaires et aux caractères vestigiaux. La contradiction qui s'installe ainsi entre l'idée finaliste et chrétienne d'une sagesse et d'une liberté créatrice parfaites et infinies, et, d'autre part, la réalité d'imperfections et de limitations actuelles, suggérant l'idée d'une *inertie phylétique* conservatrice, à contretemps, de structures inutiles ou nuisibles, ne peut de la sorte déboucher que sur la nécessité d'une explication *naturelle* et *historique* d'un tel état de fait. La construction homologique de toute la charpente osseuse des représentants d'une même classe de vertébrés – que l'on devine sous la similarité de type entre la main de l'homme ou du singe, le pied du cheval, la palette du phoque et l'aile de la chauve-souris – n'a guère de sens si on la rapporte à une liberté créatrice transcendante et sans limite. Là réside un élément fort de l'argumentation anti-théologique de Darwin : quelle intention pourrait présider, dans le dessein d'une Intelligence dotée d'un pouvoir créateur infini, au fait de borner sa liberté en restreignant son champ à la production, entre des êtres relevant en principe d'un acte distinct de création, de ressemblances approximatives dont certaines échappent au réquisit implicite de la perfection adaptative et fonctionnelle ? L'inutilité est tellement impensable pour la théologie et l'histoire naturelle créationnistes que l'un des principaux représentants italiens de cette dernière, Giuseppe Bianconi (1809-1878), ainsi que le remarque Darwin, s'évertue à trouver une raison d'être fonctionnelle à chaque organe rudimentaire et passe délibérément sous silence les cas d'inutilité évidente et absolue : dents rudimentaires du bœuf ne perçant jamais la gencive, mamelles des quadrupèdes mâles, ailes de certains scarabées recouvertes d'élytres entièrement soudés, ou encore vestiges du pistil et des étamines chez diverses fleurs. L'idée classique suivant laquelle la puissance divine ne fait rien en vain se trouve alors combattue par une donnée difficilement contournable de l'histoire naturelle des organismes. En outre, l'induction phylogénétique, seule alternative au créationnisme déficient, s'impose d'autant mieux que l'on ne saurait comprendre que Dieu ait souhaité la favoriser en parsemant sa création de faux indices de parenté génétique entre les espèces. À ce propos, Darwin écrit : « Nous devrions, par conséquent, admettre que notre propre structure et celle de tous les animaux qui nous entourent ne sont qu'un simple piège tendu pour que s'y prenne notre jugement[1]. » D'une manière qui peut sembler proche de certains gestes d'exclusion d'hypothèses chez Descartes, Darwin s'affranchit ainsi

1. *La Filiation de l'Homme*, éd. cit., chap. I, p. 107.

de toute prise en compte des obligations de parole liées à la théologie : ou bien Dieu est parfait et ne peut être directement l'auteur d'une nature objectivement imparfaite, ou bien il est trompeur et se sert des apparences pour nous abuser – en parsemant contradictoirement sa création d'indices généalogiques –, et dans cette mesure il est lui-même imparfait, et non conforme à la représentation que l'on a ordinairement d'un créateur infiniment bon et infiniment sage. C'est donc en rejetant lui aussi l'hypothèse d'un dieu trompeur que Darwin, pour juger de l'origine des ressemblances et des différences entre les êtres vivants, s'en remettra uniquement à l'action des « causes secondes[1] », c'est-à-dire ouvrira, en fermant la porte au dogme, le champ propre de la science en le débarrassant de la grande vision panharmonique qui caractérisait la théologie naturelle.

4. *Ressemblances comportementales*

D'autres ressemblances paraissent relier les mammifères, et les rapprocher de l'homme : entre les comportements liés à la procréation, depuis la cour nuptiale du mâle jusqu'au nourrissage des jeunes ; entre les différences qui séparent les générations et les sexes – singulièrement, de nouveau, lorsque la comparaison s'établit avec les singes, dont la progéniture est aussi dépourvue des moyens d'une défense naturelle que l'est celle de l'homme, requérant de ce fait une recrudescence de soins parentaux ; on notera comme un indice également révélateur qu'à mesure que l'on s'élève sur l'échelle des singes on découvre que l'époque de maturité s'atteint de plus en plus tard, se rapprochant ainsi de celle qui est propre aux êtres humains – un orang ne devenant pas adulte avant l'âge de dix

1. C'est-à-dire les « lois générales » invoquées dans l'épigraphe de *L'Origine des espèces*, empruntée à Whewell.

ou quinze ans. Que des singes puissent, sous l'influence de l'homme, acquérir et conserver le goût de l'alcool et même du tabac, ou qu'ils puissent, d'après certains récits, éprouver une vive attirance pour des femmes, voire plus généralement se montrer si profondément aptes à l'*imitation* qu'en cela même encore ils paraîtront presque « humains »[1], sont autant de faits attestant une proximité qui dépasse largement, tout en y trouvant un socle, les seuls domaines de l'anatomie et de la physiologie.

Les informations, foisonnantes, que Darwin tire de sa propre expérience de voyageur, ou qu'il emprunte à des champs que nous désignerions aujourd'hui comme ceux de l'anthropologie physique, de l'anthropométrie, de la psychologie comparée de l'homme et des animaux, de l'éthologie humaine, de l'ethnologie des sociétés « civilisées » et des cultures exotiques, lui fournissent les éléments qui lui permettent de mettre en évidence le fait que la variabilité, prouvée chez l'homme sur le terrain de l'étude morpho-anatomique des caractères individuels et familiaux, l'est également sur le plan de l'étude des groupes ethniques et culturels – qui naissent et se différencient, grandissent, s'affrontent ou s'unissent, meurent ou triomphent – et de supposer que la sélection, par voie de conséquence, se poursuit au sein de l'humanité. Dans un premier moment, et préalablement à toute analyse approfondie, il est donc juste de dire que Darwin se livre dans *La*

1. Voir *La Filiation de l'Homme*, éd. cit., chap. III, p. 157 : « Le principe de l'*Imitation* est fort chez l'homme, et particulièrement, comme je l'ai observé moi-même, chez les sauvages. […] Desor a fait remarquer qu'aucun animal n'imite volontairement une action accomplie par l'homme, jusqu'à ce qu'en gravissant l'échelle on arrive aux singes, dont on connaît la tendance à être de comiques imitateurs. » Toutefois, l'imitation spontanée existe entre les espèces animales : les loups domestiqués parmi les chiens aboient, et les oiseaux élevés par des adultes d'une autre espèce apprennent le chant de leurs parents adoptifs.

Filiation « à un essai – inévitable du point de vue de la cohérence et de la portée de sa théorie – d'unification de l'ensemble des phénomènes biologiques et humains sous l'opération d'un seul principe d'explication du devenir dérivé de la biologie, passant par les différents repères de la science des organismes, de l'étude physique des individus et des groupes, de l'analyse des comportements et des traditions, pour aboutir enfin à des observations de psychologie sociale et morale aptes à rendre compte des tendances évolutives qui se manifestent à l'intérieur de l'état de "civilisation"[1] ». Nous verrons bientôt cependant que les *modalités* de cette unification sont moins triviales que celles d'un pansélectionnisme biologico-culturel.

5. *Déficit biologique et surcompensation sociale : sélection du plus faible*

Le chapitre II de *La Filiation de l'Homme*, « Sur le mode de développement de l'homme à partir de quelque forme inférieure », prolonge, en l'illustrant de nouveaux exemples, l'investigation qui porte sur les ressemblances entre l'homme et les animaux. Proportionnelles à leur degré de proximité sur l'échelle, largement intuitive – quoique résultant de l'examen global de la plupart des grands systèmes classificatoires –, des formes organiques, ces ressemblances concernent la variabilité elle-même, somatique ou mentale. Elles concernent également la transmission héréditaire des caractères et des qualités, la dépendance par rapport aux conditions d'existence, les effets de l'usage et du défaut d'usage des organes et des facultés, les arrêts de développement, les phénomènes ataviques, la variation corrélative des parties, la tendance à la

1. P. Tort, « L'anthropologie inattendue de Charles Darwin », préface à *La Filiation de l'Homme*, éd. cit., p. 41.

prolifération reproductive, les équilibres populationnels et l'action de la sélection, le rôle des instincts et de l'intelligence. Ces ressemblances sont naturellement assorties de différences sans lesquelles il serait impossible de concevoir une évolution. L'homme tire des avantages corrélatifs de sa station érigée permanente, dont ne s'approchent qu'épisodiquement les grands singes. Les pieds, devenant peu à peu les seuls organes de soutien et de locomotion, tendent à perdre leur fonction préhensile, que l'on retrouve encore toutefois à l'état de survivance fonctionnelle chez de nombreux peuples primitifs. Le redressement libère de plus en plus un usage distinct des bras et des mains pour la fabrication technique, en même temps qu'il autorise la régression des canines, qui ont d'autant moins l'occasion de servir d'armes offensives ou défensives qu'elles sont avantageusement remplacées dans ce rôle par les instruments que l'homme produit de ses mains. Les mâchoires et les dents se réduisent. Le crâne se modifie et se rapproche de celui de l'homme moderne, tandis que le cerveau s'accroît, dans sa taille relative, au rythme du développement graduel des facultés mentales. Le corps se dépouille de son revêtement pileux, ce que Darwin attribue pour l'essentiel à la sélection sexuelle – qu'il n'a pas encore abordée – et à la parure. Toutes ces transformations corrélées ont lieu sur fond d'accroissement numérique, chaque population humaine tendant, suivant la loi de Malthus, et comme le fait en général toute population d'êtres vivants, à augmenter au-delà des moyens de subsistance que lui offre son milieu, ce qui favorise la lutte pour l'existence et la sélection naturelle – laquelle, combinée avec les effets héréditaires de l'usage et du défaut d'usage des organes et la sélection sexuelle, a produit l'essentiel du mouvement évolutif qui a conduit aux races humaines primitives. Ces races, de même que leurs ancêtres simiiformes, vivaient sans nul doute en société.

Le mode de vie social n'est pas une improvisation humaine. Il s'inscrit lui aussi dans une longue histoire évolutive qui est celle des animaux à génération sexuelle, et s'étend même aux hermaphrodites, tels les escargots, qui s'unissent également pour procréer. Il ne fait aucun doute en effet que, pour Darwin, l'embryon de la vie sociale est d'abord constitué, à l'échelon des animaux gonochoriques, par la dyade sexuelle et reproductive, ce qui implique que l'interférence des sélections naturelle et sexuelle produise assez tôt toutes ses conséquences. Nous y reviendrons.

Comment la sélection naturelle agit-elle dans et sur une communauté ? Cette question est formulée pour la première fois à la fin du chapitre II de *La Filiation*, et la réponse qui y est apportée renferme, comme il va de soi, des éléments qui seront nécessairement développés dans la suite, mais que l'on doit examiner dès l'abord, étant donné leur caractère stratégique, dans le plus fin détail :

> « Chez les animaux strictement sociaux, la sélection naturelle agit parfois sur l'individu à travers la préservation de variations qui sont bénéfiques pour la communauté. Une communauté qui renferme un grand nombre d'individus bien doués s'accroît en nombre et l'emporte sur d'autres moins favorisées ; et cela même si chaque membre séparé ne gagne aucun avantage sur les autres membres de la même communauté. Chez les insectes vivant en association, beaucoup de structures remarquables, qui n'ont que peu ou n'ont pas d'utilité pour les individus, telles que l'appareil collecteur de pollen, ou l'aiguillon de l'abeille ouvrière, ou les grandes mâchoires des fourmis soldats, ont été acquises de cette manière. Chez les animaux sociaux supérieurs, je n'ai pas connaissance qu'une modification de structure ait eu lieu uniquement pour le bien de la communauté, quoique certaines lui rendent des services secondaires. Par exemple, les cornes des ruminants et les grandes dents canines des babouins semblent avoir été acquises par les mâles en tant qu'armes dans la lutte sexuelle, mais elles sont utilisées également pour la

défense du troupeau et de la troupe. À l'égard de certaines facultés mentales, le cas, comme nous le verrons au cinquième chapitre, est entièrement différent ; car ces facultés ont été principalement, ou même exclusivement, gagnées pour le bénéfice de la communauté, et les individus y ont en même temps gagné un avantage indirect[1]. »

Ce texte, ensemble de thèses à fonction programmatique générale, doit être analysé comme pourrait l'être une table d'orientation pour l'appréciation juste des rapports qu'entretiennent chez Darwin, à l'étage humain, l'individu et la communauté face à l'action sélective et aux avantages qu'elle retient.

1. La sélection naturelle s'exerce toujours sur des *individus*, soit directement, soit indirectement. Cela se comprend aisément si l'on se souvient que la sélection prend toujours appui sur la *variation*, et que la variation concerne toujours l'*individu* organique.
2. L'accumulation des avantages individuels chez les individus et l'addition des individus ainsi avantagés constituent un avantage sélectif *pour la communauté*. Cet avantage sélectif nouveau n'est plus directement individuel, au sens où le triomphe de la communauté, s'il rejaillit avantageusement sur les individus, n'accentue nullement la supériorité de certains de ses membres par rapport à d'autres. Une victoire communautaire, nous le verrons, repose non sur une lutte éliminatoire ou une rivalité disqualifiante entre associés, mais au contraire sur l'établissement optimal, entre eux, d'une alliance efficace.
3. Chez les animaux sociaux inférieurs (dont la survie individuelle dépend de la communauté), des *structures* sont sélectionnées chez les individus *au bénéfice principal de*

1. *La Filiation de l'Homme*, éd. cit., chap. II, p. 146-147.

la communauté, avec un avantage minime ou nul pour les individus.

4. Chez les animaux sociaux supérieurs (dont la survie individuelle peut être indépendante de la communauté), des *structures* sont sélectionnées *au bénéfice principal et direct des individus*, avec un avantage seulement secondaire pour la communauté. L'exemple des cornes et des canines combine sélection sexuelle (avantage individuel direct dans les parades et les combats de mâles, mais à aboutissement reproductif, donc indirectement communautaire) et sélection naturelle (avantage individuel direct dans les combats de survie, et communautaire indirect dans l'affrontement avec d'autres groupes).
5. Au contraire, à l'étage de certaines *facultés mentales*, l'avantage communautaire est directement hégémonique, et l'avantage individuel indirect et « redistribué ».
6. Comme un corollaire de ces différents points s'esquisse déjà l'idée que l'altruisme chez les animaux supérieurs, n'ayant qu'un rapport lointain et indirect avec l'avantage individuel, devra s'éloigner de l'automatisme irréfléchi qui le caractérise chez les insectes sociaux pour devenir de plus en plus conscient et volontaire, et se lier de plus en plus, en particulier chez l'homme, au développement des facultés rationnelles.

Quelle structure d'intelligibilité un tel raisonnement est-il susceptible de procurer à qui a préalablement compris qu'il peut être utile d'observer les relations évolutives de l'individuel et du social ? Si l'on souscrit à l'idée courante que l'homme est le plus « évolué » et le plus « connaissant » des animaux supérieurs, et qu'il doit cette prééminence caractéristique au fait d'avoir développé plus que tout autre la structure *sociale* et le mode de vie et les qualités qui lui correspondent, on passe bien, entre le point 1 et le point 5, d'un univers gouverné par l'avantage *individuel* à un univers gouverné par l'avantage *social*, qui dérive non plus de l'amélioration des capacités physiques, mais de l'usage affiné et accru des *facultés mentales*. En d'autres termes, un fort développement des facultés mentales va de pair avec la victoire évolutive de l'avantage social sur l'avantage individuel, sur un mode non pas « sociobiologique », mais pour ainsi dire pré-contractuel (dans lequel les individus associés renonçant implicitement à se nuire reçoivent de l'association un bénéfice augmenté de défense et de protection, donc de survie). Mais on peut déduire du point 4 qu'entre animaux sociaux inférieurs (insectes) et animaux sociaux supérieurs (singes, hommes) s'opère une inversion significative : chez les premiers, la structure variante sélectionnée l'est pour l'avantage immédiat d'un agrégat communautaire peu différencié. La communauté ressemble à un individu, et l'individu à une partie non autonome de cet individu. Tandis que chez les seconds, chez lesquels l'individu est à la fois plus indépendant et plus autonome, la structure variante sélectionnée est porteuse d'un avantage immédiatement et principalement *individuel*, qui toutefois rejaillit secondairement sur la communauté par le biais de la génération et de la lutte externe. On en déduit qu'une société d'animaux supérieurs, pour survivre en tant que telle *malgré* l'individualité croissante de ses membres, devra inventer d'*autres moyens de survie* que la sélection d'avantages *directement* individuels (qui éloigneraient de la sociabilité) ou d'avantages *immédiatement* communautaires (qui rapprocheraient d'une société d'insectes). Ces moyens appartiendront au registre des « facultés mentales », dont nous verrons que l'avantage ne concerne plus directement l'individu naturel, mais la communauté sociale, ainsi que le déclare Darwin lui-même à la fin de ce passage. Autrement dit (point 6), l'avantage communautaire *supérieur* exige la médiation croissante de l'*intelligence* et de la volonté réfléchie.

La grande cohérence du discours de Darwin commence à produire ses effets dès le développement suivant, par lequel s'achève le chapitre. L'un des grands contradicteurs de Darwin, le duc d'Argyll, insistant sur la faiblesse native de l'homme et sa vulnérabilité individuelle presque sans équivalent au sein de la nature, tirait argument de son absence de moyens naturels de défense et de protection pour tenter d'invalider la loi de sélection naturelle. Comment en effet une sélection de variations avantageuses aurait-elle pu retenir comme telles une incapacité et une fragilité physiques qu'elle tend ordinairement à éliminer ? L'homme n'a certes ni griffes ni canines acérées, il n'est ni particulièrement fort ni extrêmement rapide, il ne dispose plus d'un odorat développé, il a perdu son aptitude grimpeuse et sa toison protectrice. Les singes mâles sont encore pourvus quant à eux de canines puissantes, qui leur servent principalement, du reste, à affronter des rivaux dans la conquête des femelles – lesquelles n'en ont pas eu besoin, remarque Darwin, pour continuer à survivre. En outre, nul ne sait encore si l'origine du rameau humain doit être rapportée à une forme simio-humaine plus forte (proche du gorille) ou plus faible (proche du chimpanzé) : Darwin observe toutefois que l'extraordinaire capacité d'autodéfense du gorille a sans doute constitué un obstacle à sa socialisation, et qu'une capacité analogue chez l'homme aurait probablement entravé « l'acquisition de ses plus hautes qualités mentales, telles que la sympathie et l'amour de ses semblables ». Durant la phase d'évolution qui se situe entre les ancêtres immédiats de l'homme et l'homme moderne, *la faiblesse est donc un avantage*, car elle conduit à l'union face au danger, à la coopération, à l'entraide et au développement corrélatif de l'intelligence. La perte progressive des capacités animales – incluant une diminution de l'acuité des instincts individuels au bénéfice d'une extension indéfinie des *instincts sociaux* – est surcompensée par l'accroissement simultané des capacités rationnelles et des qualités sociales. En d'autres termes, s'il faut rendre compte de ce qu'est pour Darwin la tendance évolutive de l'animal humain, elle peut se résumer de la manière suivante :

- Au niveau de l'individu : déficit des capacités corporelles-instinctuelles et surcompensation intellectuelle et affective.
- Au niveau de la communauté : déficit biologique et surcompensation sociale.
- Au niveau de l'avantage sélectif : substitution graduelle de l'avantage social et mental à l'avantage biologique.

C'est ce mouvement global qui sera décrit et commenté par Darwin au fil des chapitres « anthropologiques » de *La Filiation*.

6. *En quête de proximités : la question des races*

Plusieurs erreurs persistantes concernant Darwin viennent déjà, presque imperceptiblement, d'être réfutées.

D'abord, celle qui consiste à confondre la survie des plus aptes, nécessairement liée à l'action de la sélection naturelle, avec le « triomphe » ou la « loi » du « plus fort ». Nous venons au contraire de démontrer, en suivant simplement Darwin, que la victoire évolutive la plus remarquable de toute l'histoire de la nature – celle de la forme de vie *sociale* qui s'illustre au sein de l'humanité – est le produit de la *faiblesse*.

Ensuite, celle qui consiste à confondre la pensée de Darwin avec celle – qui est en réalité, comme nous le verrons, celle de Spencer – de l'individualisme triomphant. On vient de démontrer, toujours en suivant le texte darwinien, que l'avantage sélectif qui a décidé en dernier ressort de la suprématie de l'espèce humaine réside dans le mode de vie *communautaire*, dans l'intelligence qui le permet et qu'il favorise en retour, et dans les conduites et sentiments (aide mutuelle, sympathie) avec lesquels il se construit.

L'homme social, dans sa diversité comme dans ses invariances, sera analysé par Darwin, en relation évidente désormais avec ses facultés mentales, dans quatre chapitres clés de *La Filiation*: III, IV, V et XXI. La méthode reste la même: comparative, elle consiste en une recherche de ressemblances interprétables en termes de phylogénie. Les chapitres III et IV portent le même titre: «Comparaison des capacités mentales de l'homme et des animaux inférieurs», le second étant simplement la suite du premier. Le chapitre V s'intitule: «Sur le développement des facultés intellectuelles et morales au cours des temps primitifs et civilisés». Le chapitre XXI est la conclusion de l'ouvrage.

Darwin n'a jamais tenté de réduire l'appréciation que l'on peut faire de la «transcendance évolutive[1]» de l'homme sous

1. Cette formule, extérieure à Darwin, a pu prêter historiquement à des critiques justifiées, comme le rappelle la notice qui lui est consacrée dans le *Dictionnaire du darwinisme et de l'évolution*:

«Une idée classique – réitérée par le positivisme comtien dans sa classification des sciences et des divers ordres de phénomènes – veut que la vie "transcende" les propriétés ordinaires de la matière inanimée, et que par ailleurs les facultés mentales de l'homme "transcendent" celles de n'importe quel (autre) animal. Or cette dernière "transcendance", récente parmi les transcendances évolutives, semble poser des problèmes tout aussi complexes et délicats que ceux qui sont liés à l'émergence de la vie. […] La transcendance humaine par rapport à l'animalité se situerait essentiellement dans la sphère "spirituelle": connaissance, esthétique, sagesse. Ce discours "philosophique" sur l'évolution de l'homme reprend, peut-être à son insu, les distinctions que De Quatrefages, dans son livre sur *L'Espèce humaine*, de 1877, installait entre "âme animale" – caractérisée par sa capacité de produire des mouvements volontaires – et "âme humaine" – caractérisée par des phénomènes traduisant l'existence de la moralité et de la religiosité.

«Ainsi, bien qu'étant d'un usage occasionnel dans le cadre des réflexions sur l'évolution, cette notion possède un ancrage historique dans des théories spiritualistes plutôt opposées au transformisme matérialiste de Darwin, qui ne saurait penser de rupture ni d'intrusion

le rapport des capacités mentales. Une distance considérable, comme il le répète volontiers, sépare sur ce plan le singe le plus intelligent de l'homme le plus inférieur sur l'échelle de la civilisation. Il convient à cet égard de faire ici une digression importante, qu'il faudra tenir pour un acquis définitif tout au long de la lecture des textes anthropologiques de Darwin. Elle concerne le rapport que l'on a souvent cru devoir établir entre une représentation hiérarchique des peuples, fondée sur le critère objectif de la domination actuelle exercée par certains d'entre eux, et le *racisme*.

L'Angleterre victorienne eut sans doute peu de penseurs aussi violemment opposés au racisme que le fut Darwin. Il s'agit là, d'abord, d'une question de fait. Anti-esclavagiste par tradition familiale, il le fut ensuite à un titre d'autant plus personnel qu'il fut lui-même le témoin scandalisé, durant son

---

hétérogène au sein du devenir naturel, ni de règne séparé pour l'homme, lequel, en dépit de son évolution morale, demeure phylogénétiquement rattaché à la série animale.

« Dans le cadre polémique de la fin du XIXe siècle, on a pu déjà voir s'opposer les thèses d'inspiration spiritualiste qui défendaient la "transcendance" de l'homme par rapport au reste de la création comme justifiant son inscription à l'intérieur d'un règne distinct dont il aurait constitué l'unique classe, et celles des partisans et des vulgarisateurs du darwinisme (tel Haeckel en Allemagne), qui tendaient vers un continuisme total entre corps bruts et corps animés, voire entre le psychisme humain et une forme supposée de psychisme moléculaire (panpsychisme matériel), renouant ainsi avec certaines hypothèses émises au XVIIIe siècle.

« La solution proprement darwinienne à ce conflit est à chercher, sans qu'il y ait lieu de recourir à aucune forme de "rupture" ou de "transcendance", du côté de l'anthropologie de Darwin lui-même, dans l'action sélectionnée et convergente des *instincts sociaux*, des progrès de la rationalité et de l'accroissement du sentiment de *sympathie* » (P. Tort et Y. Guy, « Transcendance évolutive », *op. cit.*, vol. III, p. 4317).

séjour au Brésil, de scènes dont il ne put admettre la cruauté[1], et qu'il faillit se brouiller avec FitzRoy, le capitaine du *Beagle*, pour avoir exprimé des doutes sur le fait qu'un esclave s'exprimant devant son maître pût faire sincèrement l'éloge de sa condition[2]. L'opposition de Darwin à l'esclavage[3], comme à

1. L'une des plus souvent relatées est celle d'une violente dispute entre un propriétaire de *fazenda* et son intendant : « Au cours de sa querelle avec son intendant, M. Lennon menaça de vendre aux enchères publiques un petit mulâtre illégitime auquel M. Cowper était très attaché. Il fut également sur le point d'arracher à leur mari toutes les femmes et leurs enfants et de les vendre séparément au marché de Rio. Peut-on imaginer deux exemples plus frappants et plus horribles ? Pourtant, je me porte garant que M. Lennon l'emporte en humanité et en bons sentiments sur le commun des mortels. Devant de tels faits, qu'ils sont peu convaincants les arguments de ceux qui soutiennent que l'esclavage est un mal tolérable ! » (*Diary*, 15 avril 1832).

2. *The Autobiography of Charles Darwin, 1809-1882*, *op. cit.*, p. 74.

3. Dès le début de son voyage à bord du *Beagle*, à 23 ans, Darwin note dans son Journal de bord, à la date du 12 mars 1832, l'anecdote et les commentaires suivants : « Le Cap. Paget nous a rendu d'innombrables visites, et il est toujours très amusant : en présence de personnes qui l'auraient contredit si elles l'avaient pu, il a cité à propos de l'esclavage des faits si révoltants que, si je les avais lus en Angleterre, je les aurais portés au compte du zèle crédule de gens bien intentionnés. L'étendue de ce commerce, la férocité avec laquelle il est soutenu, les gens respectables (!) qui y sont impliqués, tout cela est loin d'être exagéré chez nous. – Je ne doute pas que la condition réelle de ce qui est de loin la majeure partie de la population des esclaves ne soit beaucoup plus heureuse que l'on n'ait eu tendance à le croire auparavant. L'intérêt du propriétaire et toute sorte de bons sentiments qu'il peut avoir doivent aller dans ce sens. – Mais il est entièrement faux (comme le Cap. Paget l'a suffisamment prouvé) qu'aucun, fût-il le mieux traité de tous, ne souhaite retourner dans son pays. – "Si je pouvais seulement revoir une fois mon père et mes deux sœurs, je serais heureux. Je ne pourrai jamais les oublier." C'est ainsi que s'exprima l'un de ces hommes que les sauvages policés d'Angleterre considèrent à peine comme leurs frères, même devant Dieu. – J'ai vu par exemple des gens

toute forme d'oppression de sujets humains en raison de leur race, comme au racisme revendiqué par certains de ses contemporains, mériterait certainement une sérieuse monographie, et il est pour le moins étrange qu'elle n'ait jamais été entreprise. Elle ferait notamment l'histoire et l'analyse du divorce, consécutif à l'action du médecin raciste James Hunt (1833-1869), qui eut lieu entre l'*Ethnological Society of London*, issue en 1843 du mouvement philanthropique incarné par l'*Aborigines' Protection Society*, et l'*Anthropological Society of London*, fondée en 1863 par certains dissidents pour défendre l'esclavage et le maintien d'une pratique coloniale oppressive fondée sur l'idée d'une inégalité foncière

---

à qui j'aurais fait confiance sur d'autres points être si opiniâtres et aveuglés par leurs préjugés que, sur celui-là, je ne me ferai jamais scrupule de leur refuser totalement ma créance. Autant que je puis en juger, tout individu qui s'honore de s'être dépensé pour la cause de l'esclavage peut être sûr qu'il s'est employé contre des malheurs plus grands encore, peut-être, que ceux qu'il imagine. » Cinq jours plus tard, à la veille de quitter la « merveilleuse Bahia », il note : « Si l'homme ajoutait à ce que la Nature a accordé au Brésil ses efforts adéquats et justifiés, comme les habitants pourraient être fiers de leur pays ! Mais là où la plus grande partie d'entre eux est en esclavage et où ce système est perpétué par une absence totale d'éducation, ressort des actions humaines, que peut-on espérer sinon que l'ensemble soit pollué par cette partie-là ? »

Il écrit encore, depuis Rio de Janeiro : « Je ne voudrais pas être un Tory, ne serait-ce qu'à cause de leur sécheresse de cœur à propos de ce qui est le scandale des nations chrétiennes : l'esclavage » (lettre à Henslow, 18 mai-16 juin 1832). Il revient sur ce sujet l'année suivante : « Cela me fait chaud au cœur d'apprendre comment vont les choses en Angleterre. – Hourra pour les honnêtes Whigs. – J'espère qu'ils ne tarderont pas à attaquer cette tache monstrueuse sur la liberté dont nous nous glorifions, l'esclavage colonial. – J'ai suffisamment vu de l'esclavage et des dispositions des nègres pour être entièrement dégoûté des mensonges et des insanités que l'on entend à ce sujet en Angleterre » (lettre à J. M. Herbert, 2 juin 1833).

entre les races humaines. Lors de cet affrontement qui coïncide avec la guerre de Sécession, le mouvement rallié à Darwin, soucieux à la fois de préserver l'unité de l'étude de l'homme et sa dignité éthique, s'opposa aux positions de Hunt, et Darwin lui-même rejoignit l'*Ethnological* à la fin de la décennie, peu de temps avant la publication de *La Filiation de l'Homme*. Ce qui signifie clairement que tout ce qui, au sein de ce dernier ouvrage, concerne les races humaines – l'un des trois objets principaux annoncés par Darwin dans son introduction – est en principe appelé à jouer un rôle dans un débat qui, en Angleterre et dans le monde, est loin d'être clos, et prolonge les discussions parfois violentes entre les *ethnologues* « darwiniens » – partisans de l'influence du milieu sur le modelage des races et des cultures, de l'origine unique de l'espèce humaine (monogénisme), de l'humanisation du lien colonial, de l'éducabilité des peuples primitifs et, bien entendu, de l'abolition de l'esclavage – et les *anthropologues* – partisans quant à eux d'une prédétermination biologique liée à la race, de l'origine plurielle de l'humanité (polygénisme), du renforcement de la domination coloniale et de la naturalité profonde et non réformable du rapport esclavagiste. Il reste que l'attitude personnelle, politico-éthique, de Darwin face à la question de l'esclavage et des races fut d'une constance parfaite tout au long de sa vie. D'abord héritée de l'humanisme éclairé d'Erasmus Darwin et de Josiah Wedgwood, ses deux célèbres aïeux, qui communiaient aussi bien dans l'abolitionnisme qu'à travers leur confiance active dans le progrès des lumières de la science ; puis renforcée par le spectacle des tortures physiques et morales infligées aux esclaves noirs du continent sud-américain ; réactivée ensuite par le contexte de la guerre de Sécession et théorisée enfin par *La Filiation de l'Homme*, dont le chapitre IV contient cet appel à la reconnaissance de l'autre comme semblable :

> « À mesure que l'homme avance en civilisation, et que les petites tribus se réunissent en communautés plus larges, la

plus simple raison devrait aviser chaque individu qu'il doit étendre ses instincts sociaux et ses sympathies à tous les membres de la même nation, même s'ils lui sont personnellement inconnus. Une fois ce point atteint, seule une barrière artificielle peut empêcher ses sympathies de s'étendre aux hommes de toutes les nations et de toutes les races. Il est vrai que, si ces hommes sont séparés de lui par de grandes différences d'apparence ou d'habitudes, l'expérience malheureusement nous montre combien le temps est long avant que nous les regardions comme nos semblables[1]. »

Notons pour l'instant – sans nous appesantir sur ce passage du « lui » au « nous » qu'il convient d'interpréter, dans la dernière phrase, moins comme une défaillance de la grammaire que comme une véritable *participation* coupable au retard à reconnaître en l'autre *notre* semblable – que cet énoncé à lui seul suffirait à balayer toute accusation de complaisance envers une attitude classiquement « raciste ». Et que cette reconnaissance de l'autre dans sa *proximité* donne la mesure même de l'avancement de la *civilisation*. Ce passage d'ailleurs se poursuit par l'exposé des conséquences, au-delà des frontières de l'espèce, de ce mouvement propre de la civilisation : « La sympathie portée au-delà de la sphère de l'homme, c'est-à-dire l'humanité envers les animaux inférieurs, semble être l'une des acquisitions morales les plus récentes. » Les positions très équilibrées de Darwin sur la vivisection tiendront compte de cet élément d'appréciation de l'*humanité* de l'homme à travers son comportement envers le non-humain. Il y a donc un *progrès* de la civilisation, coextensif de celui de la morale, et qui s'évalue au degré d'élargissement des frontières de la *sympathie*. La civilisation est ce qui, à travers la reconnaissance du prochain, rend proche – de proche en proche – le lointain. Cette structure de pensée, cohérente avec le continuisme phylogénétique du

1. *La Filiation de l'Homme*, éd. cit., chap. IV, p. 210.

naturaliste comme elle l'est avec son gradualisme en matière d'évolution différenciatrice, est celle qui gouverne l'anthropologie de Darwin. Le racisme à l'inverse est ce qui s'arrime aux frontières, éternise la distance en l'essentialisant, et se tient à l'abri de la proximité de l'autre. C'est pourquoi les théories anthropologiques racistes furent, toutes ou presque, polygénistes, renvoyant l'origine de l'humanité à plusieurs souches distinctes comme à autant de faisceaux de caractères inscrits, aisément interprétables en termes d'essence ou de destinée.

S'il est encore nécessaire d'éradiquer l'erreur dangereuse qui s'obstine à vouloir lire dans le texte darwinien des énoncés « racistes », c'est non seulement parce que Darwin n'a été lu, au mieux, que par quelques spécialistes – qui, pour la plupart, n'ont pas jugé utile d'insister sur ces questions délicates –, mais c'est aussi, bien sûr, parce que l'entretien de cette erreur a rendu d'infinis services à ceux qui souhaitaient légitimer l'hégémonie coloniale à la lumière d'un racisme « naturaliste » prétendant éclairer l'infériorité native des peuples colonisés. Dans le camp opposé – celui des humanistes pressés amalgamant darwinisme, darwinisme social et eugénisme –, le combat contre un « darwinisme » rapidement et massivement interprété comme l'idéologie de soutien d'une conception inégalitaire des rapports sociaux et des rapports entre sociétés a été à l'origine des bévues les plus graves d'un discours qui se voulait généreux et progressiste. Ceux qui aujourd'hui assimilent lamentablement Darwin et Hitler font exactement ce que voulait Hitler. Nous devrons mille fois encore, hélas, y revenir. Mais il nous faudra auparavant assainir un terrain notionnel singulièrement envahi par la confusion. Et pour cela revenir à des questions fondamentales qui sont en grande partie, n'en déplaise à *Sir* Karl Popper, des questions de *définition*. Ces questions pourraient, dans l'époque contemporaine, s'articuler comme suit :

– Qu'est-ce qu'une race ?
– Qu'est-ce que le racisme ?

– Le fait d'admettre l'existence passée et présente de « races » constitue-t-il un premier pas vers le « racisme » ?
– L'établissement d'une hiérarchie des races, impliqué par le constat d'inégalité imposé par le phénomène colonial, suffit-il à définir le « racisme » ? Comment penser le rapport de supériorité / infériorité dans le contact entre communautés humaines ?

Toutes ces questions délicates ont été abordées vers la fin du XXe siècle d'une manière qui l'était fort peu. Un colloque s'est même tenu à Paris en mars 1992 pour décider s'il fallait ou non supprimer du vocabulaire des institutions républicaines le mot « race », estimé trompeur car suggérant un contenu scientifique depuis longtemps inexistant. Il n'est pas certain que tous ses participants aient été convaincus au même degré que la suppression du mot « race » dût avoir comme conséquence automatique la disparition du racisme, mais il paraît probable que tous furent tentés de penser que son élimination effacerait au moins l'un des supports les plus inconscients et les plus pérennes d'une telle idéologie. Il ne vint apparemment à l'esprit de personne d'expliquer le sens et l'usage premiers du terme et la façon dont il avait été rendu « coupable », de manière à l'innocenter en tant que survivance et chercher ailleurs que dans le vocabulaire les articulations d'un discours que l'on tentait de combattre avant même de l'avoir plus sérieusement analysé [1].

1. Même s'il est entendu que, dans le mouvement de l'évolution, les divisions classificatoires n'ont qu'une valeur temporaire et technique, il y a encore un sens *naturaliste* à dire qu'il y a une seule *espèce* humaine, et que cette espèce, comme à peu près toutes les espèces biologiques, comprend des *variétés*. Dans la tradition naturaliste, « race » est le plus souvent un synonyme de « variété ». Aucun naturaliste sérieux n'ira prétendre qu'il n'y a pas de variétés (de « races ») dans l'espèce humaine. Or, depuis les années 1970, une mode, fortement soutenue par une opinion humaniste-progressiste en quête de certitudes faciles et répétables, a

Afin d'aller rapidement à l'essentiel, j'emprunterai ici, en les abrégeant ou en les actualisant, quelques éléments de

---

imposé l'idée que les races, en dépit de l'évidence visible, *n'existeraient pas*, eu égard à des déterminants cachés révélés par la génétique biochimique et l'analyse des échantillons sanguins. Et que, *en conséquence*, le racisme serait une sottise réfutée par la biologie. Cette idée, puissamment vulgarisée, a constitué l'argumentaire d'un anti-racisme accordé au réductionnisme biologique dominant, et porté par quelques personnalités médiatiquement agréées (Jacques Ruffié, Albert Jacquard, André Langaney, etc.) dont la culture épistémologique n'était sans doute pas à la hauteur de l'excellence affichée de leurs intentions. On a ainsi fondé toute l'argumentation antiraciste sur l'affirmation qu'*il est absurde d'être raciste puisque les races n'existent pas*.

La conséquence logique de cette argumentation est qu'elle se retourne immédiatement contre la cause qu'elle prétend servir: si d'aventure les races existent, alors on peut être raciste sans être forcément un sot. Or il n'y a vraiment aucune raison sérieuse pour en démentir l'existence (même si le mélange a fait son œuvre depuis des temps immémoriaux, ce qui condamne absolument toute idée de «pureté») et le choix artificiel de micro-critères hémotypologiques ou génétiques n'est qu'un artifice classificatoire qui ne saurait effacer la réalité des différences morpho-anatomiques, voire physiologiques héritables (il y en a, telle l'absence de lactase intestinale chez les membres adultes de certaines populations d'Afrique), qui persistent à se manifester entre les variétés qui composent la mosaïque de l'espèce. Ceux qui ont défendu comme une réfutation scientifique sophistiquée et d'avant-garde cette version de l'antiracisme fondée sur un *déni* parfaitement suspect en tant que tel ont non seulement engagé l'opinion publique progressiste sur une voie désastreuse (celle d'une «idéologie progressiste dominante» dont il faudra creuser le concept), mais permis tous les succès à venir de la propagande des extrêmes droites racistes, qui n'a plus qu'à affirmer brutalement la réalité biologique des races (qui est un *fait* «visible», accessible au «bon sens») pour autoriser le racisme. En outre, cette argumentation oublie que le racisme s'adresse à des individus entiers – c'est-à-dire à des organismes complets, à des *phénotypes* (biologiques et culturels) – et non à des caractères biochimiques relevant d'un niveau d'intégration inférieur (et du reste «invisibles»).

définition et de critique à certains articles du *Dictionnaire du darwinisme et de l'évolution*:

> «Peut être qualifié de raciste tout discours qui représente le devenir des groupes humains comme gouverné d'une manière prépondérante par des inégalités biologiques natives agissant sur lui à la manière d'un déterminisme inhérent, persistant, transmissible, et induisant, autorisant ou prescrivant des conduites destinées à accomplir, favo-

---

J'ai appris de Darwin (qui était, comme on l'a montré ici même et contrairement à ce que prétend une tapageuse ignorance, vigoureusement opposé au racisme, et qui était bien placé pour savoir que ce qui est condamnable dans cette idéologie, c'est, à la base, l'idée fixiste d'une permanence héritée de l'origine et porteuse d'une destinée identitaire) quelle peut être l'argumentation juste et efficace – car une argumentation fausse ne peut être efficace que *momentanément*, au risque d'apparaître ensuite comme une tromperie – contre cette «pragmatique des pulsions» (autre concept à creuser) qui constitue le discours-action du racisme.

Dans l'anthropologie de Darwin, on le sait à présent, la sélection naturelle sélectionne les *instincts sociaux*, qui engendrent au sein de l'humanité l'épanouissement des sentiments moraux, et en particulier celui d'une «sympathie» altruiste et solidaire dont les deux principaux effets sont la protection des faibles et la *reconnaissance indéfiniment extensible de l'autre comme semblable*. Ce mouvement, corrélé à celui du développement de la rationalité, caractérise le progrès de la *civilisation*, au sein de laquelle l'éducation et la morale ont supplanté la sélection naturelle. Un «civilisé» qui traiterait un homme d'une autre race ou culture comme un animal domestique ou comme un inférieur-né régresserait donc lui-même vers la barbarie. Cette idée d'une barbarie résiduelle du civilisé, toujours réactivable sur le mode du retour atavique, et s'exprimant à travers le racisme ordinaire et l'oppression coloniale, est d'une grande puissance chez Darwin, pour qui la grandeur du «civilisé» n'est pas de nier l'existence des races, mais de les reconnaître et de les aimer.

riser ou aggraver les conséquences des hiérarchies ainsi postulées[1]. »

On remarquera que cette définition englobe la dimension essentielle d'une induction de *conduites* ajustées au postulat d'inégalité biologique. Il semble bien en effet qu'aucun discours historiquement repérable comme « raciste » n'ait échappé à la loi qui en fait nécessairement, à quelque degré que ce soit, un discours *inducteur ou prescripteur de conduites*. L'inégalité native étant affirmée entre groupes raciaux, une injonction, explicite ou non, s'en dégage, qui peut être celle de l'évitement du métissage, celle de la domination accrue ou de la guerre, celle de la conquête ou du génocide, celle du maintien de l'esclavage ou du développement séparé.

Une seconde observation importante, tirée de cette définition, sera qu'une simple postulation d'inégalité actuelle entre deux groupes humains distincts par la race ne suffit pas à qualifier un discours de « raciste » en un sens authentiquement consistant du terme. Il faut en outre que l'infériorité soit décrite comme inhérente, persistante, contaminante et coextensive dans ses effets à l'ensemble de la durée historique de l'humanité. Cet élément d'essentialisme biologique, toujours étayé par un fort héréditarisme (aux modalités d'ailleurs variables) est requis pour donner au racisme sa pleine envergure de discours sur la destinée des peuples – le constat d'une inégalité simplement contingente n'entraînant aucunement les mêmes conclusions.

Or il est contraire à la théorie de Darwin qu'un rapport d'infériorité / supériorité puisse être pensé, hors du temps et du devenir variationnel, comme inhérent aux groupes naturels, c'est-à-dire puisse s'abstraire d'une conjoncture tissée

1. P. Tort, article « Race, racisme » du *Dictionnaire du darwinisme et de l'évolution*, *op. cit.*, vol. III, p. 3611.

par les « conditions d'existence », comme il lui est contraire de le penser comme éternel, à plus forte raison lorsqu'il s'agit de populations humaines, c'est-à-dire appartenant à une espèce capable de modifier elle-même lesdites conditions.

Le *Dictionnaire* notait déjà que le couple notionnel *infériorité / supériorité* pèse plus, dans l'histoire « large » des théories de l'évolution, par le poids de son héritage idéologique et de sa dérive axiologique que par celui de sa rigueur descriptive – réelle pourtant, mais d'accès complexe – au sein de l'édifice conceptuel darwinien. Il s'agit là de ces termes d'usage courant dont Darwin regretta occasionnellement l'emploi sans avoir toutefois pu en faire l'économie dans l'exposé de sa théorie, conformément à ce qui paraît être une loi presque universelle pour toute démarche largement didactique. Il est devenu banal de commenter le statut délicat de l'expression de « sélection naturelle », et les glissements divers – dus aux multiples traductions et associations qu'il a pu suggérer, dans le registre sensible de l'« élection », de pair avec les métaphores associées de la « lutte pour l'existence », du « triomphe des plus aptes », etc. – qui contaminèrent l'appréhension de son contenu originel au point de le rendre indistinct ou suspect. Là se trouve l'un des nœuds de l'incompréhension globale de la pensée de Darwin et de son recouvrement par les dévoiements idéologiques immédiats que suscita malgré lui un appareil conceptuel qui ne parvenait à se rendre accessible qu'à la condition d'emprunter un vocabulaire assonant avec des univers de discours *autres* que celui de l'étude de l'évolution des organismes.

Le couple de termes *infériorité / supériorité* s'utilise principalement, chez Darwin et la plupart des théoriciens ultérieurs de l'évolution, à trois niveaux :

– Au niveau de relations hiérarchiques entre groupes d'organismes fondées sur une échelle intuitive de complexité : par exemple entre animaux « supérieurs » (pourvus d'un système nerveux central) et animaux « inférieurs » (non pourvus de ce système).

– Au niveau des rapports entre organismes, à propos des résultats de la compétition (concurrence vitale) et, d'une façon plus large, de la lutte pour l'existence : la supériorité ou l'infériorité concerne alors le *degré d'adaptation* des organismes aux conditions de cette lutte.

– Au niveau de la comparaison issue du contact entre les races humaines, à propos de leur *degré de civilisation*, notion dont il faudra élucider la signification proprement darwinienne, bien éloignée de l'inégalitarisme qu'elle paraît induire.

Le premier niveau est celui, classique, des effets de la classification et des hiérarchies que la systématique, en particulier depuis l'irruption de la théorie cellulaire, a instaurées spontanément d'après une représentation étagée de la complexité des organismes : cette échelle de complexité se retrouve entre organismes unicellulaires procaryotes (bactéries), organismes unicellulaires eucaryotes (protistes) et organismes pluricellulaires eucaryotes (métazoaires), entre invertébrés et vertébrés, entre vertébrés inférieurs et vertébrés supérieurs, etc. Darwin en fait usage, sans écart majeur par rapport à une convention partagée par la plupart des naturalistes, si ce n'est que, pour lui, les hiérarchies naturelles ne pourront valoir et prendre sens que si elles sont fondées sur l'établissement à venir des conditions de possibilité d'une véritable classification « généalogique » (phylogénie).

Le deuxième niveau est plus intéressant pour ce qui est de l'apport personnel de Darwin. Il apparaît, dans la logique de la théorie sélective, que la supériorité évolutive d'un organisme coïncide avec sa capacité de l'emporter sur des organismes concurrents dans la lutte pour l'existence, celle-ci ayant lieu *dans des conditions données* : il s'agit donc d'une supériorité *adaptative*, sanctionnée par une suprématie reproductive, qui n'exige aucunement de correspondre à une supériorité issue de la considération globale du degré de complexité organique telle que celle qui vient d'être décrite au niveau précédent, puisqu'il s'avère par exemple que seuls des organismes « inférieurs » peuvent survivre dans certaines conditions (de sécheresse, de température, etc.) qui seraient mortelles pour des organismes plus « évolués » (c'est-à-dire, intuitivement, plus complexes). Il ne s'agit pas davantage d'une supériorité dans l'équipement morpho-anatomique, puisque certaines régressions d'organes sont porteuses d'un bénéfice adaptatif, comme celle qui confère à des coléoptères ayant presque perdu leurs ailes l'avantage de survivre sur des zones côtières balayées par les vents. Cet exemple suffirait à lui seul à démontrer que chez Darwin, et *dans la nature*, la « supériorité » n'est jamais le corrélat absolu d'une quelconque *perfection* organique pensée comme *intrinsèque*, mais est toujours relative à des conditions données, qui peuvent avantager aussi bien la non-possession ou la perte d'un organe que sa disposition pleinement fonctionnelle. La supériorité adaptative d'un organisme se mesure en dernier lieu au fait qu'il laisse la plus nombreuse descendance – laquelle sera, si les conditions ne changent pas, dépositaire à un degré accru des caractéristiques adaptatives qui ont déterminé son succès.

Le troisième niveau d'emploi du couple notionnel *inférieur/supérieur* est le niveau anthropologique, et c'est de lui que relèvent la plupart des mésinterprétations qui ont gêné jusqu'ici la compréhension rigoureuse et intégrale de la théorie darwinienne. Dans l'ensemble de la nature vivante soumise à la loi de l'évolution par sélection et accumulation de variations avantageuses, le « supérieur », on l'a vu, est le détenteur occasionnel d'un avantage adaptatif qui se produit au point de croisement imprévisible de séries causales multiples (on parlera alors de « hasard »), avantage qui lui procure une position d'hégémonie mesurable au nombre de ses descendants. Or, avant d'en arriver à interroger les modalités de cette dynamique lorsqu'elle parvient au palier d'évolution des sociétés humaines, il convient de comprendre ce qu'est une supériorité adaptative au sein des communautés animales. C'est précisément, comme on l'a détaillé plus haut, ce que fait Darwin au début de *La Filiation de l'Homme* en précisant que, chez les animaux sociaux inférieurs, les modifications individuelles retenues par la sélection comme utiles à la communauté ne présentent aucun avantage appréciable pour l'individu, qui se trouve en quelque sorte «transcendé» par la sélection au profit de l'association communautaire. Chez les animaux sociaux supérieurs non humains, la sélection des qualités utiles au groupe trie des variations organiques qui sont avantageuses d'abord pour l'individu, lequel en fait un usage individuel avant d'en faire indirectement bénéficier le groupe. Enfin, pour ce qui est des facultés les plus «élevées» – qui concernent éminemment l'évolution humaine –, leur acquisition s'effectue en fonction quasi unique de l'avantage communautaire, qui se reverse en avantage indirect rejaillissant sur les individus. Cette dialectique est l'une des voies d'accès à l'anthropologie évolutive de Darwin. Elle établit que la supériorité mentale de l'homme sur les autres animaux ne saurait être dissociée d'un avantage directement *collectif*, et que c'est par redistribution secondaire de cet avantage collectif que les individus s'en sont trouvés eux-mêmes, en tant que tels, favorisés. Chez les mammifères non humains, l'avantage social était indirect et inconscient; chez les hommes des premières sociétés, il devient direct et *conscient*. Il présuppose donc un progrès de la rationalité uni à celui de la socialité par un développement conjoint. En d'autres termes, les *instincts sociaux*, qui chez l'homme favorisent le développement du mode de vie communautaire et les sentiments qui lui sont liés, favorisent également le développement de l'intelligence et de la morale, et reçoivent d'elles en retour les moyens améliorés de leur mise en œuvre au service de la communauté. Ce qui constitue le ressort du triomphe évolutif du mode de vie social au sein de l'espèce humaine, de la victoire du plus civilisé sur le moins civilisé et de la prééminence de l'espèce humaine au sein de la nature :

« Avec une expérience et une raison accrues, l'homme perçoit les conséquences les plus éloignées de ses actions, et les vertus relatives à soi-même, telles que tempérance, chasteté, etc., qui sont durant les temps anciens, comme nous l'avons vu précédemment, tout à fait méconnues, en viennent à être hautement estimées ou même tenues pour sacrées. [...] En dernier lieu, notre sens moral ou conscience devient un sentiment hautement complexe – puisant son origine dans les instincts sociaux, largement guidé par l'approbation de nos pareils, réglé par la raison, l'intérêt personnel, et dans les temps plus tardifs par des sentiments profondément religieux, et confirmé par l'instruction et l'habitude.

« On ne doit pas l'oublier : bien qu'un haut niveau de moralité ne donne qu'un avantage léger ou nul à chaque homme particulier et à ses enfants sur les autres hommes de la même tribu, néanmoins un accroissement dans le nombre d'hommes bien doués et un avancement dans le niveau de moralité donneront certainement un immense avantage à une tribu sur une autre. Une tribu incluant de nombreux membres qui, pour posséder à un haut degré l'esprit de patriotisme, de fidélité, d'obéissance, de courage et de sympathie, seraient toujours prêts à s'aider l'un l'autre, et à se sacrifier pour le bien commun, serait victorieuse sur la plupart des autres tribus ; et cela serait de la sélection naturelle. De tout temps, partout dans le monde, des tribus ont supplanté d'autres tribus ; et comme la moralité est un élément important dans leur succès, le niveau de moralité et le nombre d'hommes bien doués tendra ainsi partout à s'élever et à s'accroître[1]. »

1. *La Filiation de l'Homme*, éd. cit., chap. v, p. 220-221.

Ainsi, le dernier stade atteint par l'évolution sociale de l'homme, celui qui se trouve par conséquent en position d'incontestable supériorité évolutive, reprend en apparence les mêmes caractéristiques évolutives que le premier, celui des insectes sociaux : si directement il n'apporte pas ou n'apporte que très peu d'avantages individuels, il assure en revanche un fort avantage communautaire au sein d'une lutte reportée à l'extérieur du corps social – la compétition avec d'autres sociétés ou l'affrontement avec le milieu en général. Toutefois, cette étape du processus d'évolution sociale comporte des avantages indirects pour les individus, sous les formes liées de la rationalisation et de la moralisation des conduites, de la valorisation de l'éloge et du blâme, de la culture éthique et de l'éducation. Les individus « doués » du stade primitif de la sociabilité animale l'étaient sans conscience ni obligation : aussi accédaient-ils à un avantage sélectif communautaire sans en ressentir ni comprendre individuellement le bénéfice. Les individus « bien doués » de la société humaine civilisée sont déclarés tels en référence à une échelle de positivité qui n'est plus celle des facteurs favorisant la survie et la suprématie individuelles, mais celle du degré de dévouement, éprouvé et réfléchi, à la société dans son ensemble. La compétition individuelle à l'intérieur d'une société en voie de « civilisation » est devenue une émulation morale, gouvernée par un primat de l'altruisme qui contredit l'égoïsme primitif sans dénier son antériorité ni même sa nécessité évolutive : c'est parce que l'homme a été soumis, dans les temps archaïques, à de fortes pressions sélectives qu'il a pu lutter pour survivre, développer ses facultés et découvrir l'avantage offert par l'organisation sociale et l'engagement solidaire qu'elle impose, en même temps qu'il a pu développer les vertus et les médiateurs rationnels qui lui ont permis de choisir l'avantage indirect contre l'avantage immédiat. Et un instinct « durable » contre une impulsion éphémère. L'échelle de la « civilisation » prend ainsi le relais de l'échelle des formes organiques et des hiérarchies individuelles de la force et de l'aptitude vitale, mais en suivant la loi d'un éloignement progressif par rapport à ce qui a assuré auparavant la production d'individus victorieux dans la lutte, et dont la « supériorité » change de registre en s'affiliant à l'intérêt du groupe. Darwin pourra donc continuer à utiliser les termes de « supériorité » et d'« infériorité » en les appliquant aux sociétés humaines, mais en tenant compte de ce transfert hiérarchique sur une échelle où se sont progressivement inversées les valeurs qui confèrent aux individus comme aux sociétés le caractère de « *fittest* ».

Il s'en déduit que, lorsque Darwin parle des « races inférieures » de l'humanité, son expression, en plus d'être commune à tous les anthropologistes de son siècle[1], signifie essentiellement deux choses :

- Que ces races humaines ont été vaincues dans l'affrontement avec les races « civilisées », c'est-à-dire celles qui ont eu, pour des raisons presque intégralement géoclimatiques, la chance de développer des capacités rationnelles et sociales susceptibles d'assurer leur empire sur celles qui n'ont pas eu la même chance. En aucun cas il ne s'agit d'inégalités de type biologique pensées comme fixes et définitives.
- Que ces races ont été vaincues pour n'avoir pu, pour des raisons du même ordre, développer ces capacités rationnelles et morales – ces dernières issues du sentiment de « sympathie » – qui, à l'intérieur des races victorieuses, interdisent l'élimination violente du semblable.

1. Ce qui enlève toute portée à l'accusation naïve de racisme proférée par ceux qui s'appuient sur des mots, et non sur des logiques, pour interpréter le sens contextuel d'une pareille expression – ainsi Pascal Acot dans P. Tort (dir.), *Misère de la sociobiologie*, Paris, PUF, 1985.

Le corollaire de tout cela est que la suprématie des valeurs altruistes constitue la cause réelle de la victoire du civilisé sur le barbare, et qu'en conséquence la tendance évolutive propre à la civilisation doit être l'extension à l'ensemble de l'humanité des sentiments qui ont fait sortir avantageusement les civilisés des rapports d'affrontement et de guerre à l'intérieur de chaque nation, et qui se heurtent encore aux « barrières artificielles » que sont les frontières. La paix universelle est l'horizon nécessaire du mouvement d'extension indéfinie de la sympathie porté par la victoire évolutive de la civilisation. C'est également au nom de la civilisation et de son horizon moral que Darwin condamne l'esclavage ainsi que l'oppression et la répression coloniales comme étant la manifestation de ce qu'il conviendrait de nommer la *barbarie résiduelle*[1] du civilisé. Le barbare est celui qui est encore sous l'emprise d'une sélection naturelle archaïque, celle qui élimine le faible. Le civilisé est celui qui protège le faible et qui reconnaît le semblable dans l'autre et le proche dans l'inférieur, comme Darwin reconnaissant le prochain dans tout être sensible et recommandant à son égard de faire preuve de la plus grande *humanité*, qui est un autre mot pour *sympathie*. L'« infériorité » d'un peuple n'est plus alors qu'un moindre avancement sur la voie du progrès d'un universalisme moral appelé par la

1. Au chap. V de *La Filiation de l'Homme*, Darwin emploie l'expression « reliquat de barbarie » pour caractériser la psychologie et le comportement ordinaires des « instables qui refusent de s'assujettir à la moindre activité régulière » – ce qui représente selon Galton un « grand obstacle à la civilisation » –, et émigrent vers des contrées nouvellement colonisées « où ils se révèlent d'utiles pionniers » (éd. cit., p. 225). Le milieu changeant, un défaut peut devenir un avantage. Nul doute que Darwin, écrivant ces lignes, n'ait eu à l'esprit certaines caractéristiques des hommes au passé douteux qui formèrent une part non négligeable des troupes d'immigrants anglais qui s'embarquèrent pour coloniser les territoires nord-américains.

tendance évolutive dessinée à l'intérieur d'eux-mêmes par les peuples victorieux. L'éducation pourra, en peu de temps, rattraper ce retard, comme le prouve l'exemple des Fuégiens acculturés en Angleterre :

> « On range les Fuégiens parmi les barbares les plus inférieurs ; mais j'ai été continuellement stupéfié de voir combien les trois indigènes à bord du *HMS Beagle*, qui avaient vécu quelques années en Angleterre et qui parlaient un peu d'anglais, nous ressemblaient étroitement dans le caractère et la plupart de nos facultés mentales [1]. »

De même que tout organisme est variable et toute variation sélectionnable, de même tout animal supérieur est domesticable et tout homme éducable, c'est-à-dire civilisable. L'inférieur est ce qui peut devenir semblable, au prix d'une dépense éducative de la part du « civilisé » prouvant ainsi son degré de civilisation. C'est pourquoi Darwin, ce non-croyant qui, adulte, ne vit jamais dans la religion qu'un mensonge civilisateur, respecta toujours néanmoins les missionnaires plus que les conquérants.

1. *La Filiation de l'Homme*, éd. cit., chap. III, p. 149-150.

II

L'effet réversif de l'évolution

Une seule phrase de Darwin, extraite de la conclusion de *La Filiation de l'Homme* (chap. XXI), suffira à rendre compte du sens, essentiel pour la compréhension du rapport entre biologie évolutive et anthropologie culturelle, de ce concept que j'ai *nommé*, pour la première fois, en 1980, dans le cadre d'un enseignement oral, et qui n'a été exposé dans un livre[1] qu'en 1983 :

> « Si importante qu'ait été, et soit encore, la lutte pour l'existence, cependant, en ce qui concerne la partie la plus élevée de la nature de l'homme, il y a d'autres facteurs plus importants. Car les qualités morales progressent, directement ou indirectement, beaucoup plus grâce aux effets de l'habitude, aux capacités de raisonnement, à l'instruction, à la religion, etc., que grâce à la sélection naturelle ; et ce, bien que l'on puisse attribuer en toute assurance à ce dernier facteur les instincts sociaux, qui ont fourni la base du développement du sens moral[2]. »

1. *La Pensée hiérarchique et l'Évolution*, Paris, Aubier, 1983.

2. Ce passage est immédiatement précédé de celui dans lequel Darwin exprime sa claire opposition à toute application sociale du malthusianisme : « L'homme, comme tout autre animal, a sans nul doute progressé jusqu'à sa haute condition actuelle grâce à une lutte pour l'existence qui est la conséquence de sa multiplication rapide ;

Cette phrase capitale, simple mais aux développements infinis, a mis ensuite près d'un quart de siècle à être admise dans ses inévitables implications par la plupart des connaisseurs du texte darwinien, ce qui suggère à l'évidence qu'une résistance d'un type particulier s'opposait à sa compréhension. Comme j'ai eu plusieurs centaines d'occasions d'expliciter ce concept qui est celui d'un mécanisme efficient de l'évolution conduisant de l'*animalité* de l'homme à sa *civilisation* et à sa *morale*, il me faudra ici reparcourir les phases

---

et s'il doit s'élever encore plus, il est à craindre qu'il ne doive rester soumis à une lutte sévère. Autrement il sombrerait dans l'indolence, et les hommes les mieux doués ne réussiraient pas mieux dans le combat de la vie que ceux qui le sont moins. Par conséquent, notre taux naturel de croissance, même s'il conduit à de nombreux et évidents malheurs, ne doit d'aucune manière être grandement diminué. Il devrait y avoir compétition ouverte pour tous les hommes ; et l'on ne devrait pas empêcher, par des lois ou des coutumes, les plus capables de réussir le mieux et d'élever le plus grand nombre de descendants. » C'est également au nom de cette conviction rééquilibratrice que Darwin s'engagera contre le maintien du droit de primogéniture avec majorats dans la tradition juridique anglaise en matière de transmission des biens. Il faut noter que Darwin récuse ici la coercition exercée envers les plus pauvres (comme il récusera la disqualification des cadets de famille), dont il défend le droit à la procréation au nom d'une concurrence sans exclusive. Mais il convient de ne pas oublier non plus que si, contre Malthus, Darwin paraît défendre le principe d'une concurrence libre et généralisée qui pourrait ressembler à la poursuite (en l'occurrence spencérienne) de la sélection naturelle au sein des sociétés civilisées, les modalités de cette « poursuite » sont désormais éthiques et solidaires, la compétition éliminatoire, dépassée et supplantée dans l'évolution, s'étant convertie, grâce à l'épanouissement des instincts sociaux et aux progrès de l'éducation, en une *émulation* en vue d'un niveau moral plus élevé, *excluant l'élimination.* Ce qu'explique, précisément, le passage auquel se rattache cette note, et qui conclut quasiment *La Filiation de l'Homme*.

imposées de cette explicitation en veillant à ce que leur exposition didactique se déploie de la manière la plus complète et la plus intelligible. Ce que fit inlassablement Darwin par rapport au concept central de sélection naturelle doit être refait ici par rapport au concept du mécanisme qui règle l'accession de l'homme à la condition de « civilisé ». Je ne craindrai donc pas ici de me répéter, sachant qu'au cœur de cette répétition – qui n'est jamais *seulement* une répétition – se logent de multiples occasions d'ouvrir de nouvelles perspectives de compréhension et d'analyse.

Je partirai ici du noyau définitionnel proposé par le *Dictionnaire du darwinisme et de l'évolution* :

> « Concept clé de l'anthropologie darwinienne (à distinguer de l'anthropologie *évolutionniste*), l'*effet réversif de l'évolution* est ce qui permet de penser chez Darwin le passage entre ce que l'on nommera par commodité la sphère de la *nature*, régie par la stricte loi de la *sélection*, et l'état d'une *société civilisée*, à l'intérieur de laquelle se généralisent et s'institutionnalisent des conduites qui *s'opposent* au libre jeu de cette loi. Si ce concept n'est nulle part *nommé* dans l'œuvre de Darwin, il y est cependant *décrit* et opère dans certains chapitres importants de *La Filiation de l'Homme* de 1871, qu'il faut considérer comme son troisième grand ouvrage de synthèse, et comme la poursuite conséquente, dans le champ de l'histoire évolutive de l'homme naturel et social, de la théorie sélective développée dans *L'Origine des espèces*. Il résulte d'un paradoxe identifié par Darwin au cours de son essai d'extension à l'homme de la théorie de la filiation, et de son effort pour penser le devenir social et moral de l'humanité comme un effet et un développement particulier de l'application antérieure et universelle de la loi sélective à la sphère du vivant.

« Ce paradoxe peut se formuler ainsi : la sélection naturelle, principe directeur de l'évolution impliquant l'élimination des moins aptes dans la lutte pour la vie, sélectionne dans l'humanité une forme de vie sociale dont la marche vers la civilisation tend à exclure de plus en plus, à travers le jeu lié de la morale et des institutions, les comportements éliminatoires. En termes simplifiés, *la sélection naturelle sélectionne la civilisation, qui s'oppose à la sélection naturelle*. Comment résoudre cette apparente difficulté ?

« Nous la résoudrons en développant simplement la logique même de la théorie sélective. La sélection naturelle – il s'agit chez Darwin d'un point fondamental – sélectionne non seulement des variations organiques présentant un avantage adaptatif, mais aussi des *instincts*. Parmi ces instincts avantageux, ceux que Darwin nomme les *instincts sociaux* ont été tout particulièrement retenus et développés, ainsi que le prouvent le triomphe universel du mode de vie *social* au sein de l'humanité, et la tendancielle hégémonie des peuples "civilisés". Or, dans l'état de "civilisation", résultat complexe d'un accroissement de la rationalité, de l'emprise grandissante du sentiment de "sympathie" et des différentes formes morales et institutionnelles de l'altruisme, on assiste à un *renversement* de plus en plus accentué des conduites individuelles et sociales par rapport à ce que serait la poursuite pure et simple du fonctionnement sélectif antérieur : au lieu de l'élimination des moins aptes apparaît, avec la civilisation, le devoir d'assistance qui met en œuvre à leur endroit de multiples démarches de secours et de réhabilitation ; au lieu de l'extinction naturelle des malades et des infirmes, leur sauvegarde par la mobilisation de technologies et de savoirs (hygiène, médecine, techniques du corps) visant à la réduction et à la compensation des déficits organiques ; au lieu de l'acceptation des conséquences destructrices des hiérarchies naturelles de la force, du nombre et de l'aptitude vitale, un interventionnisme rééquilibrateur qui s'oppose à la disqualification sociale.

« Par le biais des *instincts sociaux*, la sélection naturelle, sans "saut" ni rupture, a ainsi sélectionné *son contraire*, soit : un ensemble normé, et en extension, de comportements sociaux *anti-éliminatoires* – donc *anti-sélectifs* au sens que revêt le terme de *sélection* dans la théorie développée par *L'Origine des espèces* –, ainsi, corrélativement, qu'une *éthique anti-sélectionniste* (= anti-éliminatoire) traduite en principes, en règles de conduite et en lois. L'émergence progressive de la *morale* apparaît donc comme un phénomène indissociable de l'évolution, et c'est là une suite normale du matérialisme de Darwin et de l'inévitable extension de la théorie de la sélection naturelle à l'explication du devenir des sociétés humaines. Mais cette extension, que trop de théoriciens, abusés par l'écran tissé autour de Darwin par la philosophie évolutionniste de Spencer, ont interprétée hâtivement sur le modèle simpliste et faux du "darwinisme social" libéral (application aux sociétés humaines du principe de l'élimination des moins aptes au sein d'une concurrence vitale généralisée), ne peut en toute rigueur s'effectuer que sous la modalité de l'*effet réversif*, qui oblige à concevoir le *renversement* même de l'opération sélective comme base et condition de l'accession à la "civilisation". C'est ce qui interdit définitivement qu'une *sociobiologie* triviale, qui défendrait au contraire, et à l'opposé de toute la logique anthropologique de Darwin, l'idée d'une continuité *simple* (sans renversement) entre nature et société, puisse à bon droit se réclamer du darwinisme.

« L'opération réversive est ainsi ce qui fonde la justesse finale de la distinction entre *nature* et *culture*, en évitant le piège d'une "rupture" magiquement installée entre ses deux termes : la continuité évolutive, à travers cette opération de renversement progressif liée au développement (lui-même *sélectionné*) des *instincts sociaux*, produit de cette manière non pas une rupture effective, mais un *effet de rupture* qui provient de ce que la sélection naturelle s'est trouvée, dans le cours de sa propre évolution, *soumise elle-même à sa propre loi* – sa forme nouvellement sélectionnée, qui favorise la protection des "faibles", l'emportant, *parce qu'avantageuse*, sur sa forme ancienne, qui privilégiait leur élimination. L'*avantage* nouveau n'est plus alors d'ordre biologique : il est devenu *social*[1]. »

Par là même, Darwin sauve la singularité humaine – et donc la nécessité des sciences de l'homme et de la société – tout en invitant à ne jamais rompre le lien qui la relie au biologique et à l'ensemble de la nature – excluant ainsi toute régression spiritualiste comparable à celle qui de nos jours revient périodiquement s'attaquer à lui. Renvoyant dos à dos le réductionnisme sociobiologique ordinaire et la théologie, il n'a pu cependant éviter la perpétuelle réitération du débat stérile qui oppose aujourd'hui, comme s'ils avaient un jour une chance de s'entendre, scientifiques et croyants (ou croyants déguisés en scientifiques). Certains commentateurs ou vulgarisateurs contemporains portent, eux, la responsabilité d'avoir refusé de comprendre qu'il avait, quant à lui, largement dépassé ce débat.

1. *L'émergence de la morale*

La suprématie de l'homme sur l'ensemble du monde vivant, conquise par la voie de la sélection naturelle, constitue nécessairement, dans le cadre de la théorie, la preuve qu'un

1. P. Tort, article « Effet réversif de l'évolution », dans *Dictionnaire du darwinisme et de l'évolution*, Paris, PUF, 1996, vol. I, p. 1334-1335.

progrès vers une vie sociale consciente et intelligente, assorti des sentiments qui lui sont adéquats, est bien la tendance évolutive par rapport à laquelle s'échelonnent hiérarchiquement toutes les formes de vie et d'association. Contrairement à nombre de ses lecteurs, Darwin n'a jamais oublié un instant que la sélection naturelle ne se borne pas à sélectionner des variations organiques avantageuses. Elle sélectionne aussi, comme on vient de le rappeler, des *instincts*, individuels et collectifs. On a vu précédemment que les premiers ont eu tendance à décroître à mesure que l'homme socialisé, et développant de ce fait un ample registre de capacités rationnelles, organisationnelles et techniques, s'avançait vers une *civilisation* qui épargnait de plus en plus à l'individu de livrer le combat pour l'existence au moyen de ses seules forces agissant à l'état d'isolement. L'intelligence se dégage progressivement de l'instinct suivant le modèle de la divergence évolutive, et, dans le nouveau milieu façonné par la société humaine, prend le pas sur lui en le condamnant à suivre la loi du dépérissement des anciennes formes. Dans l'origine en effet, il n'y a pas deux racines séparées pour l'intelligence et l'instinct, et Darwin soulignera à quel point certains animaux doués de fortes capacités instinctuelles – tels les castors – sont également parmi les plus intelligents[1]. Ce sont en fait la pensée et

1. *La Filiation de l'Homme*, éd. cit., chap. III, p. 151 : « Le petit nombre et la simplicité comparative des instincts chez les animaux supérieurs contrastent remarquablement avec ceux des animaux inférieurs. Cuvier [Frédéric Cuvier, frère cadet de Georges] soutenait que l'instinct et l'intelligence sont en raison inverse ; et d'autres ont pensé que les facultés intellectuelles des animaux supérieurs se sont développées graduellement à partir de leurs instincts. Mais Pouchet [Georges Pouchet, fils de Félix-Archimède], dans un article intéressant [« L'instinct chez les insectes », *Revue des Deux Mondes*, février 1870, p. 690], a montré qu'aucune raison inverse de ce genre n'existe. Les insectes qui possèdent les instincts les plus remarquables sont certainement les plus intelligents. Dans la série vertébrée, les membres les

le langage évolués de l'homme réfléchissant sur son évolution qui effectuent ces distinctions, que la marche de l'évolution elle-même ignore à son commencement, où ni l'instinct ni l'intelligence n'existent à l'état « pur » : l'instinct bâtisseur existe chez l'oiseau, mais c'est une intelligence inhérente à son fonctionnement adulte qui lui permet d'apporter, aux procédés qu'il met spontanément en œuvre, des adjonctions correctives et des adaptations intentionnelles à l'imprévu [1] qui paraissent relever d'une faculté rationnelle d'analyse et de gestion des situations. Force est d'admettre donc que, même si les instincts complexes paraissent se développer par sélection à partir d'instincts plus simples, il existe probablement « un certain degré d'interférence entre le développement de l'intelligence libre et de l'instinct [2] », et, secondairement, que cette interférence est plus remarquable chez les animaux à vie sociale développée. Quant à l'*apprentissage* proprement dit, il est courant entre générations chez les animaux domestiques comme chez les animaux sauvages. Plus haut sur l'échelle animale, à l'étage humain, il vient compenser une sorte de vulnérabilité première, le nouvel être ne devant sa survie qu'à la protection et l'éducation reçues de son entourage, les-

moins intelligents, à savoir les poissons et les amphibiens, ne possèdent pas d'instincts complexes ; et parmi les mammifères l'animal le plus remarquable pour ses instincts, à savoir le castor, est hautement intelligent, ainsi que l'admettent tous ceux qui ont lu l'excellent travail de M. Morgan [*The American Beaver and his Works*, 1868]. »

1. C'est cette improvisation devant l'accidentel, cette gestion intelligente de l'imprévu qui, soulignée par les transformistes, s'oppose à la réduction fixiste et providentialiste de l'instinct à un « mécanisme monté » ou à un processus prescrit, comme c'est le cas par exemple chez Jean-Henri Fabre. La logique transformiste implique une mixité originelle de l'instinct qui permet au sein de ce dernier une ouverture sélectionnée aux développements de l'intelligence.

2. *La Filiation de l'Homme*, éd. cit., chap. III, p. 152.

quelles sont les manifestations les plus claires et les plus immédiates des instincts et des sentiments sociaux. Si dans l'espèce humaine l'acuité des instincts et des facultés sensorielles de l'individu tendent à s'amenuiser, en revanche l'instinct social a grandi au point de transférer sur la communauté la plupart des avantages dont il était porteur, en s'appuyant sur le développement conjoint des facultés mentales et des comportements éducatifs. Là encore, les singes anthropoïdes en sont les indiscutables témoins.

Régression des instincts individuels et progression des instincts sociaux caractérisent donc schématiquement l'évolution de l'homme sauvage vers l'homme civilisé, ce qui signifie que, dans l'espèce humaine, la sélection naturelle a œuvré en faveur de ces derniers instincts, lesquels ont favorisé le développement des sentiments affectifs, des conduites altruistes et solidaires et des capacités rationnelles qui rendent possible un état d'association au sein duquel les intérêts, penchants et avantages individuels ont perdu leur prépondérance, abolissant simultanément le triomphe individuel des plus aptes. Ce qui témoigne d'une telle évolution est le fait massif de la *protection des faibles* – c'est-à-dire de ceux qui sont frappés individuellement ou collectivement d'une moindre aptitude au sein du contexte envisagé –, protection qui s'oppose directement au résultat le plus brut du fonctionnement primitif de la sélection naturelle, à savoir leur élimination.

Le passage de la *barbarie* à la *civilisation* peut donc se résumer ainsi : dans le processus global d'une évolution de l'homme gouvernée, comme l'ensemble de l'évolution du monde vivant, par la sélection naturelle, l'élimination des moins aptes, conséquence de cette sélection et porteuse à ce titre, au niveau biologique, d'une amélioration de la performance adaptative individuelle des survivants, est progressivement remplacée par leur protection. Cela n'est pas construit à titre d'hypothèse, mais bel et bien observé comme un fait global propre aux nations « civilisées » : alors que, chez les peuples « sauvages », la sélection naturelle procédait encore aveuglément à l'élimination des moins aptes, ou qu'au sein des nations « barbares » une sélection artificielle – comme dans le cas de l'euthanasie spartiate des enfants mal formés – prolongeait consciemment son action, la *civilisation* impose la préservation et la réhabilitation des existences fragiles :

> « Chez les sauvages, la plupart des faibles de corps ou d'esprit sont bientôt éliminés ; et ceux qui survivent affichent généralement un vigoureux état de santé. Nous autres hommes civilisés, au contraire, faisons tout notre possible pour mettre un frein au processus de l'élimination ; nous construisons des asiles pour les idiots, les estropiés et les malades ; nous instituons des lois sur les pauvres ; et nos médecins déploient toute leur habileté pour conserver la vie de chacun jusqu'au dernier moment. Il y a tout lieu de croire que la vaccination a préservé des milliers d'individus qui, à cause d'une faible constitution, auraient autrefois succombé à la variole. Ainsi, les membres faibles des sociétés civilisées propagent leur nature. Il n'est personne qui, s'étant occupé de la reproduction des animaux domestiques, doutera que cela doive être hautement nuisible pour la race de l'homme. Il est surprenant de voir avec quelle rapidité un manque de soins, ou des soins mal adressés, conduisent à la dégénérescence d'une race domestique ; mais excepté dans le cas de l'homme lui-même, presque personne n'est si ignorant qu'il permette à ses pires animaux de se reproduire.
>
> « L'aide que nous nous sentons poussés à apporter à ceux qui sont privés de secours est pour l'essentiel une conséquence inhérente de l'instinct de sympathie, qui fut acquis originellement comme une partie des instincts sociaux, mais a été ensuite, de la manière dont nous l'avons antérieurement indiqué, rendu plus délicat et étendu plus largement. Nous ne saurions réfréner notre sympathie, même sous la pression d'une raison implacable, sans porter une atteinte dégradante à

la partie la plus noble de notre nature. Le chirurgien peut se durcir en pratiquant une opération, car il sait qu'il est en train d'agir pour le bien de son patient ; mais si nous devions intentionnellement négliger ceux qui sont faibles et sans secours, ce ne pourrait être qu'en vue d'un bénéfice imprévisible, lié à un mal présent qui nous submerge. Nous devons par conséquent supporter les effets indubitablement mauvais de la survie des faibles et de la propagation de leur nature[1]. »

Il est étonnant de mesurer combien les pressions idéologiques s'exerçant sur la lecture, la citation et l'interprétation d'un texte sont aptes à en dénaturer le sens jusqu'à lui faire signifier le contraire de ce que construit sa logique. Ce passage en particulier a été lu comme celui où Darwin aurait déploré au nom du bien-être eugénique du groupe social le maintien en vie des êtres de faible qualité biologique et reproductive. L'omission fréquente, dans la plupart des occurrences citationnelles, de son dernier paragraphe – ou la citation exclusive de sa dernière phrase –, est le symptôme le plus énorme et le plus courant de cette tendance à tirer le texte de Darwin vers une adhésion pure et simple à un eugénisme clairement assimilé à la vigilance de l'éleveur d'animaux domestiques. Comme nous l'avons expliqué pour le racisme, l'eugénisme comme discours n'est proprement nommé que s'il articule par rapport à ses victimes décret d'infériorité biologique pérenne et prescription d'exclusion reproductive. Par exemple, dans le cadre des propositions régies ou autorisées par la théorie darwinienne, le constat de l'infériorité d'un peuple par rapport à un autre – qui est un fait d'*histoire* et vaut par rapport à un milieu et à un moment – ne comporte naturellement aucune pérennisation liée à la représentation de la « race » comme une essence fixe[2], et n'a rien à voir avec le

1. *Ibid.*, chap. V, p. 222.
2. Voir *ibid.*, chap. VII, p. 265 : « On peut douter que l'on puisse identifier un caractère qui soit distinctif d'une race et qui soit constant. »

racisme prescripteur d'attitudes d'oppression renforcée, d'élimination ou d'exclusion, que Darwin a toujours combattu avec la dernière énergie. De même, ici, la seule reconnaissance de l'effet négatif de la transmission d'une infériorité corporelle vaut comme le relevé d'une évidence biomédicale, mais ne saurait valoir comme une prescription eugéniste, puisque cette dernière est *refusée* en toutes lettres dans la dernière phrase, et que ce refus est cohérent avec le mouvement général de l'explication darwinienne de la civilisation comme extension indéfinie de la protection des faibles et de la sympathie – le déficit biologique étant surcompensé par un avantage social et moral qui est sélectionné *contre* l'avantage (biologique individuel) anciennement privilégié par une formule de sélection considérée dès lors comme dépassée par ce qu'elle a elle-même contribué à construire.

Il importe de rappeler le cadre dans lequel, au sein du texte de *La Filiation*, cette question – celle de « l'action de la sélection naturelle sur les nations civilisées » – est introduite. Le passage cité est précédé immédiatement du rappel de la discussion de ce sujet par William Rathbone Greg (1809-1881), Alfred Russel Wallace (1823-1913) et Francis Galton (1822-1911). Le premier est une sorte de prototype mixte de l'idéologie libérale d'inspiration malthusienne ralliant d'un côté le « darwinisme social » spencérien et de l'autre l'eugénisme de Galton, avec l'éventuel renfort bivalent de Haeckel – cette convergence entre deux logiques théoriquement distinctes n'étant pas rare, en raison de l'attraction commune et prépondérante exercée par le souci de l'élimination nécessaire de la masse des moins aptes. Économiste et politologue libéral, Greg n'est cité par Darwin que dans *La Filiation*, pour un seul article du mois de septembre 1868 paru dans le *Fraser's Magazine* et intitulé « On the Failure of "Natural Selection" in the Case of Man », qui sera à l'origine d'un débat. Un hygiénisme eugéniste montant, conséquence d'une première diffusion des thèses de Galton, imprègne cette période, et la référence galtonienne à la théorie sélective pèse évidemment d'un grand poids sur la tonalité des discussions et sur la confusion, qui demeurera longtemps, entre darwinisme et eugénisme. Comme à son habitude, Darwin rapportera fidèlement les arguments en présence, ne prenant que rarement parti, et laissant peut-être imprudemment au travail du morcellement citationnel le soin d'infléchir ce qui passera pour être sa position personnelle. L'élagage du texte darwinien est devenu ainsi un métier chez la grande masse des interprètes anglo-saxons libéraux ou sociobiologistes de Darwin, suivis en cela, en vertu des excellentes lois tardiennes de l'imitation, par une masse presque comparable de commentateurs en d'autres langues. L'observance d'un certain nombre de règles simples aurait cependant objectivement permis, n'était la force des pressions idéologiques, de ne pas verser dans le travestissement ou la dénaturation de sa pensée anthropologique.

La première règle est de ne jamais considérer que citation vaut approbation. Dans le cas contraire, Darwin citant Cuvier ou De Quatrefages serait créationniste, anti-transformiste, catastrophiste ou partisan d'un « Règne humain » objet de création spéciale. Le plus inexpérimenté des lecteurs de Darwin apprendra rapidement en le lisant que sa coutume, dans le traitement d'une question controversée, est de citer toutes les contributions significatives qui lui paraissent apporter à la position du problème et à son traitement un éclairage multiple et contradictoire. Ce n'est pas exceptionnellement, mais *habituellement*, voire *méthodiquement*, que Darwin cite toutes les opinions dont il dispose, à commencer par celles de ses adversaires. Citer, pour lui, à des fins d'élucidation, n'est jamais souscrire. Il s'agit donc, si l'on prétend *lire*, de se rendre capable de parvenir au terme des discours rapportés, commentés ou cités pour tenter de comprendre, ensuite, le degré de pertinence que l'auteur leur accorde et quelle peut être sa conclusion personnelle lorsqu'il a eu expressément l'intention de la formuler.

La deuxième règle est de se pénétrer de l'idée que, dans la somme de textes produits par un savant, tous les énoncés n'ont pas le même statut. Une note jetée dans un carnet, une lettre écrite à un correspondant, une confidence faite à sa famille n'ont pas le même statut face à sa théorie que l'ensemble d'une œuvre imprimée qu'il lui consacre ouvertement, dont il assume publiquement les conclusions, lesquelles sont censées s'accorder d'une manière nécessaire à sa logique.

La troisième règle, enfin, est de considérer toujours le lien de *cohérence* qui cherche nécessairement à se tisser entre la théorie et les faits, ou entre les prémisses et la conclusion, et de ne jamais recourir *a priori* à l'hypothèse d'une incohérence. Par exemple, étant donné le fort pouvoir de contrainte logique de la théorie sélective, on choisira de l'assumer entièrement lors de son application à un objet qui en apparence la contredit. La théorie sélective en effet déclare :

1. que les espèces ne sont pas fixes, mais évoluent par variations avantageuses sélectionnées et transmises au sein d'un milieu donné ;
2. que les espèces actuelles sont rattachées par un lien généalogique à un ancêtre commun, et que chaque être vivant aujourd'hui est l'extrémité actuelle d'une ascendance complexe, ramifiée et dont les transformations n'ont jamais été interrompues ;
3. que la sélection naturelle, opérateur de ces transformations, est un processus nécessairement éliminatoire ;
4. que l'élimination sélective frappe nécessairement ceux qui sont les moins aptes à survivre dans le milieu considéré ;
5. et enfin, que la civilisation, conséquence et aboutissement inachevé de la sélection naturelle, se définit toutefois et *s'observe* comme ce qui *s'oppose* à l'élimination des moins aptes.

Ce dernier point, qui a statut de fait d'observation chez Darwin (voir plus haut), paraît contredire si diamétralement le point antérieur (n° 4) qu'un commentateur pressé – il y en eut évidemment plus d'un – peut conclure à une incohérence née de l'irruption de la culture éthique personnelle de l'auteur ou de son obéissance à une loi morale subie, mais non théorisée – bref, d'une *idéologie*[1]. Faire le pari de la cohérence conduit au contraire à reconnaître la nécessité d'une genèse à reconstruire entre les points 4 et 5, genèse au sein de laquelle devront être logiquement reliés le mécanisme directeur de l'évolution des organismes (la sélection naturelle éliminatoire) et la tendance *anti-éliminatoire* de cette solidarité affective qui se constitue très progressivement chez les animaux supérieurs, puis chez les humains primitifs à mesure qu'ils approfondissent le mode de vie *social* et, peu à peu, accèdent à la *civilisation*.

Dans la perspective du continuisme « généalogique » darwinien, cette opération ne peut être pensée en aucun cas sur le mode d'une *rupture*. Mais la comparaison des deux extrémités de la chaîne (élimination, protection) produit un *effet de rupture*, exactement comme si l'on regardait, sans tenir compte des stades intermédiaires, les deux états les plus distants d'un phénomène de variation continue de la couleur sur l'aile d'un insecte. Étienne Rabaud en livre un exemple typique en alignant une série de coléoptères du genre *Chrysochroa* suivant un ordre de variation croissante eu égard au système de coloration des élytres : « En les examinant les uns

1. C'est ce qui conduisit en 1982 les instigateurs du colloque de Chantilly (Yvette Conry, Dominique Lecourt, etc.) à conclure à une « coupure » chez Darwin entre la science (incarnée par *L'Origine des espèces*) et l'idéologie (incarnée par *La Filiation de l'Homme*). Un tel expédient permettait en effet une grande économie de réflexion et d'analyse. *Cf.*, pour l'apprécier, Y. Conry (dir.), *De Darwin au darwinisme : science et idéologie*, Paris, Vrin, 1983.

à côté des autres, écrit-il, on passe insensiblement d'un individu dont les élytres bleus sont rayés d'une bande brune à un individu dont les élytres bruns sont marqués d'une large tache bleue. La "déviation", s'il y en a une, s'accentue progressivement et l'on ne saurait établir le moment où cesse le type spécifique. Si, au contraire, on considère seulement les deux extrêmes, abstraction faite des intermédiaires, la différence est telle que les naturalistes n'ont pas hésité à désigner chacun d'eux par un nom différent[1].» Bien que simplificatrice et «linéaire», cette métaphore suffit à penser l'une des questions incessamment agitées par Darwin: celle de la «limite», insaisissable en soi, qui «sépare» des formes que la classification, pour des raisons simultanément opératoires et dogmatiques, distingue. Une rupture visible, pour Darwin, n'est en réalité que l'effet de la disparition ou de l'occultation d'intermédiaires généalogiques. Le synchronisme classificatoire des systèmes fixistes est aveugle en ce que, précisément, il ne s'attache qu'au visible. Il enregistre comme séparation et rupture essentielles ce qui doit être, dans la réalité des processus naturels, pensé comme un simple défaut actuel de la reconstitution phylogénétique. Il en va de même pour tout processus

1. Étienne Rabaud, *La Tératogenèse*, Paris, O. Doin et Fils, 1914, p. 8. L'auteur, qui décrit et commente ici, en s'attachant à un seul critère, une variation continue au sein d'un même genre, le fait avec l'intention expresse de rendre évidente la fragilité des délimitations admises par les systématiciens entre *espèces* et *variétés*, comme l'avaient fait avant lui Buffon et dans une plus large mesure Darwin, et comme doit naturellement le faire tout transformiste cohérent. La relativisation des divisions classificatoires est nécessairement impliquée par la reconnaissance du fait que toutes les formes d'existences vivantes sont liées par une histoire phylogénétique. La proposition darwinienne qui tend à regarder les variétés comme des espèces naissantes s'inscrit à la fois contre le créationnisme fixiste et contre l'essentialisme qui s'attache par voie de conséquence aux frontières admises entre taxons et entre catégories.

continu, et, très normalement, pour ce que j'ai nommé l'effet réversif de l'évolution.

Pour comprendre ce concept et ce qu'il sous-tend au sein de la représentation darwinienne du devenir évolutif de l'espèce humaine, il convient d'abord de ne pas s'éloigner un instant de la conscience du *continuisme* essentiel à la théorie de la « descendance » modifiée. C'est-à-dire au transformisme en général comme théorie « généalogique ». Le transformisme est « continuiste » parce que, étant généalogique, il ne peut tolérer la moindre rupture ou interruption dans la chaîne nécessairement continue qui relie un organisme à sa forme ancestrale et, au-delà, à l'origine même du vivant. Pour rendre cette évidence encore plus claire, on dira qu'à cet égard, tout « discontinuisme » véritable est nécessairement la marque d'une approche non scientifique : la vision théologique et créationniste du vivant est discontinuiste parce qu'elle décrète une séparation de nature entre le non-vivant et le vivant, entre les formes du vivant, entre le corps et l'âme, le matériel et le spirituel, l'instinct et l'intelligence, le créateur et le créé, etc. Ce discontinuisme radical est celui du dogme de la création séparée des éléments du monde physique ainsi que des espèces vivantes par un acte miraculeux et indépendant. Il exclut la notion d'un processus d'engendrement ou de détermination causale entre les niveaux ou les formes de l'être. À l'étage humain, il maintiendra ainsi, nécessairement, lors même qu'il paraîtra – avec Jean-Paul II par exemple – souscrire à l'évidence du transformisme biologique, une rupture dualiste entre une évolution somatique et l'irruption (infusion) d'un principe spirituel rendant possible la conscience morale.

À l'opposé, et en dehors du champ de la croyance et des dogmes, tout continuisme à base matérielle est nécessairement *moniste*, au sens qu'illustra notamment Haeckel. Ce dernier, radicalisant la perspective unitaire qui caractérisait en Angleterre le système de Spencer, n'établissait aucune rupture entre l'univers matériel exploré par les sciences physico-chimiques, l'univers de la vie exploré par la biologie depuis le stade de la cellule jusqu'aux organismes les plus complexes, et celui de l'activité psychique, cognitive et sociale. Sa représentation de l'univers s'exprime, à cet égard, dans une sorte de *panpsychisme matériel* moniste qui interprète les phénomènes de conscience comme ayant leurs antécédents à l'intérieur des constituants élémentaires de la matière, et comme sujets à une évolution dont le sommet actuel s'atteint dans la conscience humaine centralisée. Parallèlement, tout transformisme biologique est nécessairement continuiste, quelle que soit sa théorie particulière du passage interspécifique, dans la mesure très générale où il demeure par définition une théorie de la *descendance*. Les controverses secondaires entre « gradualisme » et « mutationnisme » n'altèrent pas à ce niveau la nature continuiste d'un discours dont la thèse fondamentale demeure celle de l'engendrement, sur une ligne de descendance, et par transmission de variation, de chaque espèce vivante à partir d'une variété issue d'une autre espèce.

Si donc l'on accepte de nommer « continuiste » toute représentation de l'être ne reconnaissant en nature aucune rupture entre ses différents niveaux – ce qui n'implique nullement que ces derniers doivent être confondus –, on reconnaîtra sans difficulté que toute la science moderne, qui s'est constituée en expliquant les niveaux de la réalité comme formés par des processus caractérisant les niveaux inférieurs, conduit nécessairement à une représentation continuiste et moniste de l'être impliquant la différenciation progressive de ses niveaux.

Ces points étant éclaircis, la façon dont Darwin va résoudre le problème logique posé par l'apparente antinomie entre évolution sélective et civilisation anti-sélective dans l'univers de pensée d'un continuisme moniste va rappeler la manière dont il avait résolu la contradiction entre capacité reproductive de chaque espèce (modèle malthusien de la croissance géométrique) et peuplement plurispécifique équilibré des territoires naturels (fait d'observation) : par la *déduction d'un mécanisme nécessaire*, qui dans le premier cas était l'*élimination*, et qui devient dans le cas présent l'*élimination de l'élimination*. En d'autres termes, la *civilisation*, qui comme tout état du vivant procède d'une évolution gouvernée par la sélection naturelle, donc inclut dans sa genèse un mécanisme éliminatoire crucial sans lequel aucun « progrès » n'aurait été réalisé, se définit comme ce qui *s'oppose* de plus en plus consciemment – et avec un succès que mesure la domination de l'homme sur l'animal, puis du « civilisé » sur le « barbare » – à ce mécanisme éliminatoire. Le processus civilisationnel se confond bien ainsi chez Darwin avec un mouvement tendanciel d'*élimination de l'élimination*. Ce qui signifie nécessairement que la sélection naturelle a sélectionné *son contraire*. Ou, plus précisément, le contraire de son mode opératoire ancien. Le renversement observé devra donc nécessairement s'accommoder du continuisme inhérent à la perspective phylogénétique, et s'opérer dans son cadre.

Ce qui, à l'expérience, s'est révélé long et difficile à comprendre dans ce mécanisme que j'ai nommé l'*effet réversif de l'évolution*, c'est, dans le contexte inévitablement persistant d'une métaphysique des différences irréductibles et des commencements absolus, ce *retournement progressif*, ce *passage continu au revers* dont une métaphore topologique m'a permis de faire voir physiquement l'effectivité.

2. *La didactique de l'anneau*

M'autorisant du principe, déjà évoqué, suivant lequel toute didactique efficace requiert une part toujours renégociée de répétition nécessaire, je reviendrai ici, en les modifiant sur des points de formulation qui me paraissent aujourd'hui améliorables, aux préliminaires d'un long exposé de 1991[1] destiné à expliquer l'*effet* dont il est ici question.

« Il n'y a peut-être d'autre lien que celui d'une relative coïncidence temporelle entre la grande intuition darwinienne de la transmutation évolutive des espèces et l'émergence, en géométrie, de la topologie générale et différentielle. Il suffit pourtant de se placer à un certain niveau d'abstraction pour apercevoir entre ces deux constructions scientifiques une autre coïncidence, qui n'est rien de moins que celle des *objets* : le darwinisme en effet, comme la topologie, est une théorie des *transformations continues*.

« Aussi n'est-ce aucunement par simple goût des analogies mathématiques que j'ai choisi d'emprunter à la topologie différentielle la figure – fréquemment qualifiée de "déconcertante" par les mathématiciens eux-mêmes – qui servira à modéliser le passage continu, chez Darwin, entre une biologie de l'évolution fondée sur la sélection éliminatoire et une anthropologie dont les données observationnelles, notamment dans le registre de la vie sociale et morale, contredisent absolument, sans pour autant cesser d'être les effets de son application antérieure, le principe d'élimination qui constitue le noyau de la théorie sélective. *Là où la nature élimine, la civilisation préserve*, et il est malgré cela nécessaire de ne jamais oublier que la civilisation n'est d'abord que le produit évolutif d'un long processus antérieur gouverné par la sélection, produit qui en aucun de ses traits distinctifs ne saurait se délier de son origine – de cette *nature* si lointaine et si contraire, et dont cependant il est le fruit.

1. P. Tort, « L'effet réversif de l'évolution. Fondements de l'anthropologie darwinienne », dans P. Tort (dir.), *Darwinisme et société*, Paris, PUF, 1992 [congrès international de 1991], p. 14-15.

«La figure que je requiers ici, et dont j'ai souhaité que l'examen fût préalable à la présentation théorique achevée de ce que j'ai nommé en 1980 l'*effet réversif de l'évolution* – clé perdue et retrouvée de l'anthropologie de Darwin –, cette figure aux propriétés étranges et "déroutantes" est celle de l'*anneau de Möbius*.

«La réalisation de cet anneau nécessite l'emploi d'un ruban de papier rectangulaire d'une certaine longueur et, proportionnellement, d'une assez faible largeur, dont on colle bord à bord les extrémités après avoir fait subir à l'une d'entre elles un mouvement de torsion de 180 degrés. On assiste alors, du fait de ce simple geste, à la métamorphose d'un long rectangle de papier possédant deux faces en une boucle à *surface unique* et ne possédant plus, de surcroît, qu'un seul bord.

«La relative popularité de cette manipulation chez les pédagogues des mathématiques tient pour une bonne part à ce caractère proprement *déroutant*, et à l'impression qu'elle donne, une fois réalisée, et suivie éventuellement du découpage de la ceinture de papier suivant une ligne médiane ou suivant une ligne délimitant un tiers de sa largeur, d'un tour de passe-passe habilement réussi. Mais cette allure spectaculaire ne fait en vérité qu'exhiber le scandale éprouvé par la conscience formée aux assurances délimitatives de la géométrie classique devant la réalité tangible d'un phénomène qui était jusqu'alors demeuré quasiment irreprésentable: celui d'un *renversement sans rupture*, celui d'un *passage continu et progressif*, actualisé dans l'évidence d'un objet, à ce qui, dans la configuration initiale, était tout aussi évidemment donné comme *distinct* et *opposé*: l'"autre" face, le *revers*.

«Cela n'est pas sans conséquences. On est effectivement passé *de l'autre côté*, ce qui s'est opéré d'une manière coextensive à l'*abolition même de la dualité oppositionnelle des faces* et des extrémités. Mais il reste que, si l'on a conservé la mémoire de l'état antérieur, on est bel et bien passé *sur l'autre face*. Cela peut continuer d'apparaître si l'on a choisi au départ de colorer l'une des faces du ruban. Lorsque l'anneau sera réalisé, il demeurera possible dans ce cas de distinguer visuellement entre les deux faces antérieurement opposées. Un tel procédé cependant n'est pédagogiquement intéressant que si l'on entend, pour faire saisir les propriétés topologiques de cette surface, passer par le détour de la *fabrique* de l'anneau, par l'opération reconstituée de son engendrement à partir des deux faces et des deux extrémités d'abord distinctes et individualisées d'une bande qui va, précisément, *devenir* l'anneau. Il y a un *avant* et un *après*, la trace de l'*avant* étant visible dans l'*après*, et se signalant par une frontière (celle des deux couleurs) qui brise visuellement le continu de la surface. Mais cet artifice préalable à la torsion n'est pas adéquat à notre objet, qui est un *processus* continu qu'il s'agit plutôt de suivre dans le trajet unique qui le constitue.

Le ruban de Möbius sert à faire comprendre l'opération réversive. Composé d'une bande (2 faces) refermée après torsion d'un demi-tour, il ne comporte plus qu'une seule face et qu'un seul bord. Si l'on nomme « nature » et « civilisation » les deux faces initialement opposées, on constate que l'on passe ici de l'une à l'autre *sans saut ni rupture* (il ne saurait y en avoir dans une généalogie). Le continuisme darwinien en anthropologie n'est pas simple, mais réversif. Le mouvement nature → culture ne produit pas de rupture, mais un « effet de rupture », car on est tout de même, progressivement, passé « de l'autre côté ».

« Ce qu'il y a lieu en fait de comprendre, et de faire comprendre, c'est moins la fabrique de l'anneau – qui relève d'un seul et simple geste – que ce que fait l'anneau de *ce dont il est fait* une fois qu'il est fabriqué. Cela peut se résumer en une formule simple : *avec de l'opposé, l'anneau fait du continu*. La transformation de la bande à deux faces en ruban à une seule face symbolisera le passage d'une perception fixiste et essentialiste de la nature, fondée sur des séparations et des oppositions dans l'espace et dans le temps, à une représentation de la genèse progressive et sans saut d'une réalité à partir d'une réalité différente, voire antagonique.

« Dès lors, si l'on choisit de nommer la face A de la bande initiale "Nature", et sa face B "Civilisation", il est aisé de comprendre comment on peut passer insensiblement de l'une à l'autre en respectant le *continuisme* moniste qui est la condition même de la cohérence de toute théorie généalogique : l'absence nécessaire de saut, d'interruption ou de vide dans ce que reconstitue une telle théorie impose au devenir A → B la figure du ruban de Möbius. Ce n'est pas une rupture, mais une continuité réversive qui conduit de la face "Nature" (gouvernée par la sélection éliminatoire) à la face qu'on lui sait opposée (dominée par les conduites altruistes et solidaires), en imposant la torsion comme seule possibilité de continuum. Il suffit pour l'observer, en se détachant de l'artifice distinctif des faces diversement colorées, mais en le conservant à l'esprit, de promener, en commençant n'importe où, un pinceau de couleur sur la surface de l'anneau sans changer de direction, pour expérimenter qu'au terme de son parcours, là où le dernier espace à peindre vient à disparaître sous la même teinte dont il a revêtu le "revers" initial de l'anneau, ce pinceau aura recouvert d'*une seule couleur* la surface, ainsi reconnue comme unique, de cette boucle torse qui est en chacun de ses points effectuée par sa propre torsion, sans que l'on puisse assigner à cette dernière la moindre délimitation d'origine. L'anneau de Möbius n'est pas le lieu d'une torsion ponctuelle. Dans l'anneau de Möbius, c'est la torsion elle-même qui constitue le lieu. »

Qu'est-ce qui se gagne, une fois compris le sens de la métaphore du ruban de Möbius, à travers l'usage de cette représentation ? Pourquoi une figure qui n'a jamais été utilisée par Darwin dans l'exposé de ses propres idées vient-elle aujourd'hui aider si sensiblement la compréhension, dans son œuvre, du lien entre biologie évolutive et anthropologie sociale, c'est-à-dire, au niveau des mécanismes, entre sélection naturelle et civilisation ?

Le gain essentiel de cette représentation, dans laquelle la production du *contraire* s'atteint dans l'élément d'une successivité ininterrompue et homogène, pourrait être d'illustrer d'une manière particulièrement saillante ce que la philosophie a tenté d'identifier sous le concept de processus *dialectique* appliqué à l'être. Unité processuelle des contraires et passage par le négatif habitent en effet le discours bio-anthropologique de Darwin décrivant une transition nécessairement continue, car généalogique, entre des états opposés de l'homme qui relèvent cependant l'un et l'autre du processus sélectif. Dans cette transition, la contradiction est ce qui apparaît en premier : il est certain, d'après l'observation, qu'au sein même de la nature vivante et en vertu du principe de continuité que présuppose l'hypothèse phylogénétique, la *civilisation* humaine apparaît par rapport à ce qui l'engendre comme une réalité antinomique. Elle épargne les faibles et leur porte assistance au lieu de les abandonner au destin d'anéantissement que la nature ou la sauvagerie leur aurait assurément ménagé. Un seul mécanisme toutefois – qui comporte une composante éliminatoire centrale – rend compte de tout engendrement évolutif : celui de la sélection naturelle. C'est à travers lui, moteur de l'évolution suivant l'expression consacrée, que l'homme en tous ses stades de développement physique, mental et culturel se rattache à la série de ses ancêtres animaux. Et cependant l'homme civilisé a instauré un mode de vie communautaire qui *contrarie* objectivement, en favorisant l'altruisme en direction des plus faibles, et en acceptant (ainsi que Darwin le rappelle) les conséquences probablement dysgéniques de ce choix, la loi d'élimination qui se trouve au cœur du mécanisme premier de la sélection naturelle. La *civilisation* devient alors pleinement l'illustration d'un processus dialectique qui peut être correctement traduit en termes de tendance par la formule : *élimination de l'élimination*, laquelle naturellement n'annule pas le fait que la *civilisation* elle-même ait été sélectionnée comme avantageuse par une sélection éliminatoire. On passe donc bien de l'*élimination* (nature, sauvagerie, barbarie) à l'*élimination tendancielle de l'élimination* (civilisation) et, avec le développement de la morale et du droit, à la *prescription de conduites anti-éliminatoires* décrites par Darwin (voir ci-dessus) comme formant « la partie la plus noble de notre nature ». Ce renversement, si puissamment thématisé par *La Filiation de l'Homme*, n'y a pourtant été, pendant plus d'un siècle, ni analysé ni probablement même perçu.

Ce renversement, rappelons-le, tient tout entier dans la phrase de Darwin citée plus haut, et qui appartient aux conclusions de *La Filiation* (chap. XXI) :

> « Si importante qu'ait été, et soit encore, la lutte pour l'existence, cependant, en ce qui concerne la partie la plus élevée de la nature de l'homme, il y a d'autres facteurs plus importants. Car les qualités morales progressent, directement ou indirectement, beaucoup plus grâce aux effets de l'habitude, aux capacités de raisonnement, à l'instruction, à la religion, etc., que grâce à la sélection naturelle ; et ce, bien que l'on puisse attribuer en toute assurance à ce dernier facteur les instincts sociaux, qui ont fourni la base du développement du sens moral[1]. »

1. *La Filiation de l'Homme*, éd. cit., chap. XXI, p. 739-740.

Phrase précieuse, et précise, que je commenterai en espaçant, suivant l'ordre *évolutif* imposé par la logique de la théorie générale dont elle est l'un des aboutissements, les instances qu'elle convoque pour décrire le mouvement civilisationnel :

Lutte pour l'existence → Sélection naturelle → Instincts sociaux → Sens moral → Civilisation

Ce premier schéma, simplement linéaire, pourrait se passer de tout commentaire, puisqu'il ne fait que transcrire d'une façon simplifiée le mécanisme d'engendrement que cette phrase résume. Il doit toutefois, afin d'être compris dans sa richesse, être nourri de tout ce que Darwin a établi antérieurement, chaque terme ayant été l'objet de développements multiples qui en font le foyer d'un réseau de conséquences et d'implications. Au terme du raisonnement anthropologique de Darwin, ce schéma général à valeur récapitulative enracine dans une sorte de visibilité dialectique le fait qu'au stade du devenir des sociétés humaines qui correspond à ce qu'il est convenu de nommer la *civilisation*, cette dernière est :

1. dans sa genèse : un produit de l'action sélective exercée sur les groupes humains ;
2. dans son état actuel : une réalité en évolution dont la tendance évolutive dominante est « la production d'un niveau de moralité plus élevé » (autre formulation de Darwin) ;
3. dans sa nouveauté évolutive : un milieu de plus en plus gouverné par l'homme, et favorisant l'amélioration et la suprématie des traits avantageux à déterminisme fortement collectif (moralité, solidarité, altruisme, capacités mentales) qui l'ont produit, par le moyen de l'*éducation* ;
4. dans son inscription au sein du mouvement évolutif : le cadre dans lequel subsiste une *lutte pour l'existence* – et l'on notera avec soin le choix, ici, de ce terme, qui n'est ni « concurrence vitale », ni « sélection naturelle » –, mais sous des modalités que Darwin précise ailleurs (compétition

poursuivie entre les individus pour un plus haut niveau de moralité, *i. e.* de solidarité, d'altruisme, de sympathie, etc.) ; et, simultanément, le cadre au sein duquel la sélection naturelle (ou sa version ancienne, éliminatoire) entame une évolution régressive qui correspond, à l'intérieur de la théorie générale, au « dépérissement des anciennes formes ».

On enrichira donc le schéma précédent, en y incluant les éléments de tous les développements antérieurs, de la façon suivante :

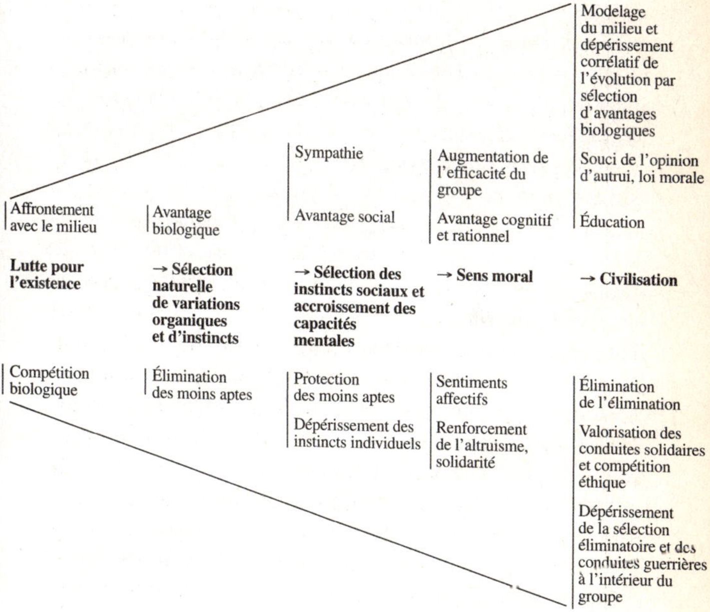

Ce schéma enrichi permet, simplement, de suivre la cohérence d'une *tendance évolutive* orientée vers le secours mutuel et la paix, celle dont Darwin observe l'action au sein des nations « civilisées » et dont il rend compte dans les termes propres de sa théorie *en l'approuvant* en toutes lettres dans la mesure où elle se confond avec l'extension des « conquêtes morales ». Cette tendance se confirme d'une manière éclatante au cœur d'un passage dont intentionnellement nous n'avons cité plus haut que le début, passage également conclusif d'un développement, et où la position exprimée par Darwin est assumée comme sienne :

> « À mesure que l'homme avance en civilisation, et que les petites tribus se réunissent en communautés plus larges, la plus simple raison devrait aviser chaque individu qu'il doit étendre ses instincts sociaux et ses sympathies à tous les membres d'une même nation, même s'ils lui sont personnellement inconnus. Une fois ce point atteint, il n'y a plus qu'une barrière artificielle pour empêcher ses sympathies de s'étendre aux hommes de toutes les nations et de toutes les races. Il est vrai que si ces hommes sont séparés de lui par de grandes différences d'apparence extérieure ou d'habitudes, l'expérience malheureusement nous montre combien le temps est long avant que nous les regardions comme nos semblables. La sympathie portée au-delà de la sphère de l'homme, c'est-à-dire le sentiment d'humanité envers les animaux inférieurs, semble être l'une des acquisitions morales les plus récentes. Les sauvages apparemment ne la ressentent pas, sauf à l'égard de leurs animaux familiers. Les détestables spectacles de gladiateurs chez les anciens Romains montrent combien peu ces derniers en avaient la notion. L'idée même d'humanité, pour autant que j'aie pu l'observer, était nouvelle pour la plupart des gauchos des pampas. Cette vertu, l'une des plus nobles dont l'homme soit doué, semble provenir incidemment de ce que nos sympathies deviennent plus déli-

cates et se diffusent plus largement, jusqu'à ce qu'elles soient étendues à tous les êtres sensibles. Sitôt que cette vertu est honorée et pratiquée par un petit nombre d'hommes, elle se répand à travers l'instruction et l'exemple donnés aux jeunes, et finit par être incorporée à l'opinion publique [1]. »

On voit à lire ces lignes combien contraignante est la logique de l'anthropologie évolutive de Darwin, et combien la malversation qui en a tiré pendant plus d'un siècle la légitimation naturaliste d'une conception « gladiatrice » de la société se trouve ici par avance expressément dénoncée. Le thème de l'*extension indéfinie du sentiment de sympathie* jusqu'aux limites de l'être sensible – et les positions hautement rationnelles et éthiques de Darwin sur la question de la vivisection le prouvent abondamment [2] – possède une force structurante qui ne saurait être contredite par aucune citation intentionnellement morcelée et isolée de son contexte démonstratif. Cette ligne d'évolution, accordée à la logique de l'effet réversif, est ce qui doit tendre à définir également, du point de vue de l'obtention sociale du plus grand bonheur, l'éthique du *civilisé*.

Qu'en est-il dès lors du statut de l'éthique de Darwin, sur laquelle tant d'ignorance dogmatique a été jusqu'ici déversée ?

Il s'agit là d'une question éminemment complexe et aporétique si l'on entend la traiter *en philosophe*. Car, comme je

1. *La Filiation de l'Homme*, éd. cit., chap. IV, p. 210.

2. *Report of the Royal Commission on the Practice of Subjecting Live Animals to Experiments for Scientific Purposes : with the Minutes of Evidence and Appendix*, London, Her Majesty's Stationery Office. Le témoignage de Darwin (prononcé le 8 novembre 1875) se trouve p. 233-234, § 4662-4672. Darwin, interrogé par le vicomte Cardwell au nom de la commission royale sur la vivisection, prendra énergiquement parti pour l'anesthésie des animaux soumis aux expérimentations, chaque fois que celle-ci est compatible avec leur succès, toute souffrance gratuite suscitant chez lui « *detestation and abhorrence* ».

l'ai montré dans un autre ouvrage[1], c'est très précisément ce que Darwin se refuse à faire. Darwin s'intéresse, certes, à la philosophie, et le nombre de ses lectures attestées dans ce domaine le confirme amplement. Comme il s'intéresse à la religion, à la morale et à la politique. Mais non comme s'y intéresse un « philosophe ». Il importe peu de savoir si c'est sincèrement ou non que Darwin, en de multiples occasions, s'est déclaré incompétent sur les sujets « philosophiques ». Il est intéressant, du reste, de remarquer qu'il possède une représentation précise et documentée, par exemple, des diverses écoles de pensée anglaises, voire françaises, pour ce qui est de la théorie des sciences et de la morale. Il a lu Bacon, Comte, il connaît Stuart Mill et, cédant à un devoir qu'il jugera plus tard bien inutile, il a parcouru Spencer[2]. Son refus de pénétrer sur le terrain de la philosophie procède d'une attitude de principe analogue à celle qui lui impose de ne pas prendre ouvertement parti sur les questions religieuses et de demeurer officiellement agnostique, considérant son athéisme intime comme compromettant et comme privé de réel intérêt dans un débat où la preuve est impraticable. On pourrait dire dès lors qu'il est « agnostique » en philosophie, ce qui le dispense d'adopter une doctrine et de démontrer sa validité. En revanche, et dans l'exacte mesure où, pour une part, les objets de la philosophie sont également les siens, il examine les contenus de la philosophie, en même temps que la philosophie elle-même est normalement intégrée dans la galerie d'objets qu'étudie et interprète son anthropologie évolutive[3]. Et ce, au même titre que la religion et tous les

1. P. Tort, *Darwin et la Philosophie*, Paris, Kimé, 2004.

2. Le jugement fortement négatif de Darwin sur Spencer et sur l'apport proprement scientifique de son œuvre se trouve dans la version « restaurée » de l'*Autobiographie* de 1876.

3. J'ai tenté naguère de donner une idée du rapport parfaitement distancié que pouvait entretenir Darwin avec le corpus « philosophique »

objets culturels en général. Ce que construit la philosophie à travers ses contenus comme à travers ses méthodes est susceptible d'intéresser une théorie générale de l'évolution de l'homme qui s'avance quant à elle sur un terrain plus étroite-

---

dans l'ouvrage qui vient d'être cité, dont il me paraît opportun d'extraire le passage suivant :

« Il est absolument clair que Darwin se trouve d'emblée à l'opposé des choix philosophiques d'un Joseph Butler, ecclésiastique et théoricien de la concordance entre la Révélation, l'éthique du christianisme et l'ordre de la nature. Mais il prélève dans son ouvrage de 1736, *The Analogy of Religion, Natural and Revealed, to the Constitution and Course of Nature*, des fragments de problématiques telles que celle de la nature des sentiments affectifs, de la sympathie, de l'altruisme et de l'action morale, qu'il utilisera comme des matériaux à réinterpréter à la lumière de sa propre théorie. Il est tout aussi certain que Darwin ne pouvait partager la moindre des convictions majeures, violemment antirationalistes et antidéistes, d'Edmund Burke. Mais il trouve dans son livre de 1757, *Philosophical Inquiry into Origin of our Ideas of the Sublime and Beautiful*, qu'il lit dans l'édition de 1823, des éléments qui, réinterprétés, serviront à nourrir sa réflexion sur les bases psychologiques du sentiment de transcendance inhérent au vécu des actes et sentiments religieux, aussi bien qu'à construire, à plus long terme, sa théorie des origines animales de l'appréhension sensible de la beauté. C'est également ce thème de la beauté que Darwin approche de multiples manières à travers les écrits de Coleridge et d'Ørsted, dont le spiritualisme, poético-religieux pour le premier et esthético-mathématique pour le second, est aux antipodes de ses conclusions personnelles sur la nature. On devine aisément que Le Brun, Bell, Lavater et Lessing ne seront exploités par Darwin qu'en tant qu'ils renferment des données sur l'expression qui constitueront autant de matériaux pour son ouvrage de 1872. Oken, dont Darwin a strictement négligé toute la philosophie – qu'il qualifie de "mystique" –, ne réapparaîtra (encore n'est-ce qu'une hypothèse de Francis Darwin) qu'à propos d'un point minuscule de classification concernant deux cirripèdes (lettre à Strickland du 10 février 1849). Chez Dugald Stewart, Darwin ira chercher des éléments pour sa théorie des émotions et des matériaux sur l'origine psychologique de l'impression de sublime, du sentiment

ment normé par l'accord nécessaire entre la doctrine et les faits. Si l'énoncé par Kant de la loi morale a bien un sens en philosophie – l'exigence d'universel –, c'est ce sens même qui fera « sens » pour la théorie globale de l'évolution humaine, et ce « sens » sera celui d'un fait. Et ce fait sera l'existence même de la morale kantienne à l'horizon d'une tendance évolutive qu'elle confirme en la portant à son expression idéale. Le fait que la morale kantienne fixe, dans l'obéissance au devoir, un horizon universel est lui-même le symptôme d'un fait d'évolution du même ordre que celui que décrit Darwin, élargissant dans l'avenir des consciences humaines la reconnaissance de la valeur de l'autre jusqu'au respect de chaque être sensible : mais tandis que Kant exprime par là l'idéal ou l'exigence philosophique d'un bien universellement souhaitable et « absolu », Darwin décrit une tendance évolutive objectivement analysable, qui a la teneur d'un fait, mais qui, bien qu'il en souhaite la poursuite, ne fonde, en droit, aucun devoir qui « transcende » les

---

de l'éternité et du goût, et peut-être des éléments épars sur la morale et la théorie de la connaissance, sans égard particulier pour les convictions providentialistes de leur auteur. Que dire enfin du calme mépris que dut ressentir Darwin à l'égard de l'idéalisme "transcendantaliste" d'Emerson, de son rejet des méthodes objectives d'expérimentation, de son finalisme et de sa foi de théologien en la révélation intuitive de "l'âme divine de la nature" ? Il ne le lut d'ailleurs que partiellement en octobre 1841, préfacé par un Carlyle dont il n'appréciait pas davantage l'aigreur sarcastique et la révoltante justification de l'esclavage par le droit du plus fort (*Autobiography*). On peut à volonté multiplier ces exemples de lectures sélectives ou d'emprunts parcellaires qui n'emportent jamais avec eux la moindre trace d'adhésion de type "philosophique" au discours, au texte ou au corpus dont ils sont extraits. D'un théologien anglican scientifiquement progressiste et reconnaissant les "*self-evolving powers of nature*" (Baden Powell, 1797-1860), Darwin fera même un allié, et jusqu'à un précurseur de sa théorie » (*Darwin et la Philosophie*, *op. cit.*, p. 38-39).

recommandations nées de sa simple approbation rationnelle.

En toutes lettres, Darwin annonce son intention d'analyser la morale – sous l'angle privilégié de la question du devoir – « exclusivement du point de vue de l'histoire naturelle » :

> « Emmanuel Kant s'exclame : "Devoir ! Pensée merveilleuse qui n'opère ni par une tendre insinuation, ni par la flatterie, ni par aucune menace, mais en présentant ta loi austère à l'âme, et t'assurant ainsi toujours le respect, sinon l'obéissance ; toi devant qui tous les appétits sont muets, même si en secret ils sont rebelles ; où est ton origine ?"
>
> « Cette question importante a été débattue par nombre d'auteurs [1] de grand talent ; et la seule raison qui justifie que j'y revienne est le fait qu'il est impossible ici de la passer sous silence ; et que, à ma connaissance, personne ne l'a encore abordée exclusivement du point de vue de l'histoire naturelle. Cette recherche présente également un autre intérêt, comme tentative pour voir quelle lumière l'étude des animaux inférieurs jette sur l'une des facultés psychiques les plus élevées de l'homme [2]. »

La question sera traitée, comme on vient de le lire, sous l'angle de l'origine. Il s'agira nécessairement, bien sûr, d'une *généalogie de la morale*. Le principe continuiste conduira à détecter chez les animaux dotés d'une conscience moins complexe les *primordia* de la conscience morale par laquelle l'homme a pu sembler, à ceux qui ont tenu à isoler son

1. [Note de Darwin :] « M. Bain donne une liste (*Mental und Moral Science*, 1868, p. 543-725) de vingt-six auteurs britanniques qui ont écrit sur ce sujet, et dont les noms sont familiers à tout lecteur ; on pourrait également ajouter à cette liste le nom de M. Bain lui-même, ainsi que ceux de M. Lecky, de M. Shadworth Hodgson, de *Sir* J. Lubbock, et d'autres encore. »

2. *La Filiation de l'Homme*, éd. cit., chap. IV, p. 183-184.

« Règne », se définir *exclusivement*. D'où une quête attentive et patiente des manifestations affectives et altruistes à tous les niveaux observables de l'animalité – et de leurs probables corrélations avec le développement de l'intelligence. Cela se comprend aisément.

On recherchera donc l'*origine* de la morale, logée dans l'instinct social, et épousant ses développements phylogénétiques et leur entrelacs évolutif avec l'accroissement conjoint des capacités rationnelles.

On ne posera pas la question *philosophique* des « fondements ».

3. *Le noble et l'indigne*

Le sentiment du *devoir* – il s'agit selon Darwin « du plus noble de tous les attributs de l'homme[1] » – peut conduire ce dernier à risquer sa vie pour un semblable ou à la sacrifier pour une grande cause. Il se confond chez Darwin avec le *sens moral*, comme le montre sans la moindre équivoque l'association directe de ce terme avec la citation de Kant au début du chapitre IV de *La Filiation*. Il dépend expressément du développement des instincts sociaux et des capacités intellectuelles. Il comporte enfin l'idée d'une relégation de l'intérêt individuel direct au profit d'une instance extérieure au sujet, mais liée à lui par une proximité d'être et d'existence : l'autre individu appartenant à la même communauté, ou cette communauté elle-même dans son ensemble. On notera pour l'instant, afin d'y revenir dans la suite, l'immédiateté du rapport entre devoir, sens moral et sacrifice (ou risque de mort), et l'assomption par Darwin d'un jugement de valeur positif sur le « devoir », qu'il partage avec l'opinion générale : le

1. *Ibid.*, p. 183. L'anglais dit : « *It is the most noble of all the attributes of man* [...] ».

terme « noble », qu'il utilise par ailleurs chaque fois qu'il s'agit pour lui d'approuver la justesse d'une attitude *altruiste*, est chez lui un marqueur axiologique régulier dont les occurrences peuvent être analysées d'une manière instructive. On le retrouve en particulier dans l'expression, citée plus haut, de « partie la plus noble de notre nature[1] » pour désigner la compassion – autre nom de la « sympathie » – et l'assistance à l'autre souffrant, ou encore l'« humanité » envers tous les êtres sensibles. Nous y reviendrons.

Le risque propre assumé en faveur d'autrui et le sacrifice de soi au profit de la communauté sont donc invariablement déclarés « nobles ». Cette prédication nue et sans recul énonciatif suggère plusieurs questions. Comment interpréter l'usage d'un tel terme ? Est-il une concession didactique au langage courant ou vaut-il comme approbation expresse de la valeur qu'il résume ? Est-il là pour décrire ou pour magnifier ? S'agit-il d'une expression simplement conforme au jugement couramment porté sur un acte par une communauté qui prescrit des attitudes et des conduites dans l'intérêt de sa propre cohérence ? L'altruisme interindividuel *affectif* au sein du groupe ne serait-il alors que la traduction indirecte de l'égoïsme *rationnel* du groupe ? La distinction entre des actions « nobles » (altruistes) et des actions « indignes » (égoïstes), apparemment spontanée chez Darwin, signe-t-elle une adhésion infra-critique à des valeurs couramment honorées ? En adhérant ainsi aux valeurs de la « civilisation » – et en employant très fréquemment à leur propos un « nous » clairement participatif –, Darwin approuve-t-il l'évolution morale des nations « civilisées » et reconnaît-il implicitement par là leur caractère universel et nécessaire (puisqu'elles ont été sélectionnées et l'ont emporté sur celles qui ont prévalu chez les peuples vaincus) ?

Du point de vue de la théorie, une première réponse

1. « *This virtue, one of the noblest with which man is endowed,* […] » (*ibidem*).

s'impose : la variation avantageuse qui a permis aux instincts sociaux, en étant sélectionnés, de s'accroître conjointement aux capacités rationnelles a favorisé l'émergence évolutive d'une « civilisation » qui l'a emporté, *grâce aux sentiments altruistes, sympathiques et solidaires développés en son sein* et à leurs conséquences morales et institutionnelles, sur toutes les formes d'organisation communautaire n'ayant pas développé au même degré ces relations entre leurs membres. Une socialité unie et solidaire est pour Darwin un avantage adaptatif. La morale, qui édicte les règles intimes de cette socialité, tout comme le droit qui les institutionnalise, est donc *un bien*, car elle favorise le succès évolutif du groupe dans son affrontement vital avec les groupes concurrents.

Dès lors, approuver la morale n'est rien de plus que suivre la règle du succès évolutif auquel elle a si puissamment contribué. Mais, objecteront les philosophes, obéir à la loi morale par calcul d'utilité, par conviction rationnelle ou par obéissance envers l'éducation reçue n'est pas un comportement « moral ». On peut aisément imaginer – après les théories du contrat ou du « pacte social » édifiées depuis Hobbes – qu'un raisonnement strictement utilitaire puisse conduire au respect des valeurs et des comportements moraux qu'une société impose à ses membres. L'individu qui renonce à une partie de ses droits individuels ou de ses satisfactions égoïstes reçoit de son groupe, en retour, une protection qui se renforce de chaque adhésion semblable à la sienne, et qui lui apporte un avantage indirect tout en assurant la suprématie de sa communauté dans une compétition vitale qui désormais s'exerce non plus entre individus, mais entre groupes[1]. Darwin a une

1. Dans le *Traité de la nature humaine*, Hume avait déjà développé cette idée de la limitation première de la « sympathie » au groupe, engendrant un rapport d'affrontement entre groupes solidarisés par ce sentiment sur un plan exclusivement *interne*. À ce stade, le rapport entre ces diverses circonscriptions limitatives de la sympathie permet,

conscience claire de ce palier évolutif et de sa durée. Mais le mouvement de l'assimilation sympathique se poursuit au-delà : le stade ultérieur, on l'a vu, est la solidarité avec ces autres groupes, puis avec l'humanité tout entière, puis, au-delà encore, avec tous les êtres sensibles. Ce thème est extrêmement présent chez Darwin, dont la logique est ici visionnaire, car confirmée par tous les regroupements élargis et toutes les alliances diverses qui ont jalonné l'histoire des nations depuis la fin du XIXe siècle, ainsi que par l'attention croissante témoignée au bien-être animal. En effet, dans un contexte de confirmation progressive de l'avantage attaché aux conduites assimilatives et altruistes qui ont déterminé la prépondérance évolutive de la « civilisation » sur la « barbarie », la sélection de la *sympathie* ne peut que s'accentuer et s'étendre. Ce processus d'extension indéfinie – lorsque les conditions ne changent pas, et elles le peuvent de moins en moins, puisque l'homme gouverne d'autant plus son milieu qu'il s'élève sur l'échelle de la civilisation – représente donc une tendance évolutive dont le progrès ne pourra que dépendre du temps, compte tenu de la persistance des « barrières artificielles », et ne sera contrarié qu'occasionnellement par des « retours » épisodiques à une condition antérieure, qu'elle soit pré-civilisationnelle ou pré-humaine. Darwin, on s'en souvient, déplore la longueur du temps nécessaire pour que s'effectue enfin cette reconnaissance de l'autre comme « semblable », qui rend chaque individu « sympathique » envers l'étranger autant qu'il peut l'être, auparavant, envers un membre de son propre groupe social. Le philosophe pourra reconnaître chez Darwin ce souci d'asseoir le comportement

---

dans la pensée de Darwin, de poursuivre le processus de lutte entre tribus et entre nations, mais porte toutefois le germe de reconnaissances et d'unions plus larges à mesure que s'étend l'emprise civilisationnelle, qui est une réduction progressive (indissociablement affective, cognitive et éthique) de l'altérité de l'autre.

assimilatif et altruiste sur ses bases naturelles – la sélection des instincts sociaux, liés, chez les animaux supérieurs, à l'existence de la communauté sexuelle et reproductive qu'est le couple parental et aux soins que ce dernier apporte à la progéniture ; il pourra comprendre comment l'évolution améliore sélectivement le « sens moral » en raison de l'avantage qu'il donne au groupe dont il renforce la cohérence ; il pourra même comprendre que, dans le milieu relationnel ainsi créé, seule une paix universelle et un altruisme généralisé pourront servir d'horizon, à moins d'un terrible bouleversement des conditions, à la tendance évolutive qui a déjà produit une paix et un altruisme restreints. Mais il ne pourra y trouver de justification à ce que cette tendance ou direction soit « bonne » autrement que par des raisons relevant du succès reproductif et de l'utilité vitale élargie – l'affectivité elle-même s'inscrivant dans ce champ de l'évolutivement utile.

Le philosophe ici ressent ordinairement un manque, que l'on désignera sommairement comme celui du « fondement » ou de la « justification » qui assurerait au comportement moral – celui par lequel l'individu renonce à un bien individuel au profit d'un *autre*, individuel ou collectif – un caractère de respectabilité intrinsèque, bref, une *valeur* qui conférerait à l'obligation d'agir moralement un ancrage absolu et non réductible à une motivation utilitaire. Or c'est précisément ce que ne peut apporter une théorie *non philosophique* de la génération évolutive de la morale telle que celle développée par Darwin. Darwin sait que *renoncement* et *sacrifice* constituent les *valeurs* centrales des grandes religions. Ayant congédié toute forme de croyance religieuse, son effort sera alors de penser *dans l'immanence de l'histoire naturelle et sociale des divers peuples* l'avènement des actes fondateurs des valeurs éthiques comme lié à des états de l'humanité socialisée en cours d'évolution. Cette approche phylogénétique et évolutive de la morale s'intègre normalement, on l'a compris, au « bouclage » anthropologique du transformisme sélectif. Renoncement et sacrifice constituant comme on l'a dit des valeurs cruciales dans la plupart des grandes religions ou systèmes philosophiques des nations « civilisées », il les étudiera donc du point de vue phylogénétique, en recherchant les indices primordiaux de tels comportements au sein du monde animal et de l'humanité primitive. S'il y a chez lui recherche de « fondements », ces derniers seront normalement et exclusivement *naturalistes* et *anthropologiques*, et toute sollicitation philosophique sera, par rapport à eux, sinon illégitime, tout au moins *déplacée*.

La question de la valeur ou de la beauté morale du risque et du sacrifice altruiste ne sera, à notre sens, éclairée qu'à la lumière de l'analyse de la *sélection sexuelle*.

III

Sélection sexuelle : beauté, choix d'objet, symbolisme et risque de mort

La Filiation de l'Homme est également l'ouvrage dans lequel Darwin développe une théorie complémentaire qui nous intéressera particulièrement ici, celle de la *sélection liée au sexe* – expression qui doit s'entendre de deux manières : comme sélection de caractères qui se transmettent principalement à un seul sexe, et comme sélection liée à la relation sexuelle et procréative en général comme modalité particulière – et éventuellement dissidente ou tendanciellement contradictoire – de la sélection naturelle.

1. *Les armes et les charmes*

Le chapitre VIII de *La Filiation* définit la sélection sexuelle comme une sélection qui « dépend de l'avantage que possèdent certains individus sur d'autres de même sexe et de même espèce, uniquement en ce qui concerne la reproduction[1] ». Elle repose elle aussi sur une lutte, et plus spécialement sur une *compétition*, tout en demeurant relativement indépendante de la « lutte pour l'existence » dans sa définition courante et globale, puisqu'elle ne concerne que la rivalité des mâles dans l'affrontement périodique qui les oppose au sein de

1. *La Filiation de l'Homme*, éd. cit., chap. VIII, p. 305.

nombreuses espèces pour la possession des femelles. Ses effets sont rarement une élimination ou une disqualification définitive, mais le plus souvent une mise à l'écart momentanée des mâles vaincus au profit du mâle vainqueur, lequel triomphe grâce à son surcroît de vigueur et de combativité, ou grâce à la supériorité de ses armes (cornes plus développées chez les cerfs, ergots plus acérés chez les coqs, crinière protectrice plus épaisse chez le lion, plumage plus brillant et chant plus virtuose chez les oiseaux). Ces modifications – souvent périodiques – sont donc autant d'avantages réservés aux mâles en tant qu'acteurs de la poursuite amoureuse. Elles constituent un enrichissement sélectionné des organes ou des traits morphologiques propres au seul sexe mâle – *caractères sexuels secondaires* qui, sans rapport physiologique direct avec la génération, jouent cependant un rôle adjuvant dans son accomplissement en favorisant leurs détenteurs soit face au choix exercé par les femelles, soit dans la lutte pour leur possession : certains organes préhensiles chez divers crustacés, notamment, servent d'outils de saisie et de maintien de la femelle pendant l'accouplement. La transmission de ces caractères, comme de leurs modifications avantageuses, oblige à souligner l'efficience de l'hérédité attachée à un seul sexe. Lorsqu'un avantage lié à un caractère sexuel secondaire donne lieu à une supériorité dans la compétition, les mâles qui le détiennent sont par là même en mesure d'engendrer et de protéger une plus nombreuse descendance, à laquelle ils le transmettent. La question la plus délicate paraît être celle de la surdétermination possible de certains organes ou caractères par un éventuel recouvrement des champs d'action de la sélection sexuelle et de la sélection naturelle. Un organe ou un caractère peut en effet être sélectionné à la fois comme utile à la survie et avantageux dans la compétition sexuelle : étant donné une espèce à l'intérieur de laquelle le mâle et la femelle ont un mode de vie absolument semblable, et où le mâle se différencie par un développement plus remarquable de ses organes sensoriels et locomoteurs, il est possible de penser que cette supériorité organique est fortement utile au mâle pour localiser et rejoindre la femelle, et il s'agit dans ce cas d'un avantage normalement adapté à cet usage *comme à d'autres habitudes vitales*, c'est-à-dire d'un avantage direct dans la lutte pour la vie, avec pour résultat la production d'une nombreuse descendance. Cet avantage peut donc parfaitement relever de la simple sélection naturelle. Mais si l'on considère que la femelle, qui vit exactement dans les mêmes conditions, survit parfaitement dans le milieu commun de l'espèce sans posséder de tels avantages, et qu'un mâle qui n'en serait que faiblement pourvu parviendrait identiquement, avec juste un peu plus de temps, à s'accoupler avec elle, il apparaît qu'une meilleure performance sensorielle et locomotrice ne joue un rôle discriminant véritablement décisif qu'*entre mâles* lors de la conquête des femelles, et que cet avantage, qui dans ce cas est une *avance*, et qui est toujours à la fin *reproductif*, joue au niveau *procréatif* dans une relation de compétition dont l'issue favorise le mâle le plus rapide et le mieux orienté. Il s'agit donc dans ce cas de sélection *sexuelle*, avec transmission de l'avantage sélectif à la descendance mâle mature. « C'est l'importance de cette distinction qui m'a conduit à nommer cette forme de sélection sélection sexuelle », conclut Darwin. Si un organe de préhension plus fortement développé permet à un mâle un meilleur arrimage à la femelle lors de l'assaut d'autres mâles compétiteurs, et que cet avantage n'en est réellement un *que* dans cette situation, il est clair que son perfectionnement est dû à la sélection sexuelle, l'avantage détenu par certains mâles sur leurs rivaux étant le seul véritablement discriminant. « Mais dans la plupart des cas de ce genre, ajoute Darwin, il est impossible de distinguer les effets de la sélection sexuelle de ceux de la sélection naturelle »[1].

Le raisonnement de Darwin est toujours structurellement le même et consiste à réitérer implicitement la même ques-

1. *Ibid.*, p. 306.

tion : si l'on considère que le triomphe dans la lutte globale pour l'existence est l'engendrement de la plus nombreuse descendance, quel est l'avantage discriminant qui permet ce triomphe en dernier ressort ? Et la réponse à cette question est plus souvent livrée par une déduction logique que par une simple observation : dans la nature en effet, sélection naturelle et sélection sexuelle sont généralement indiscernables dans leurs résultats (reproduction augmentée) et dans leur action (cas des organes mâles à usages multiples). Seule une réflexion théorique sur le facteur de supériorité *décisif* – *i. e.* seul déterminant en dernière instance pour départager les mâles et discriminer le vainqueur – permet de distinguer ce qui procède de l'action de la sélection naturelle et ce qui procède de l'action de la sélection sexuelle. Ce qu'il importe de comprendre désormais, c'est le rapport qui existe entre ces deux instances distinguées par leur désignation théorique, mais fusionnées au stade adulte dans la vie des espèces – leur distinction même indiquant la dualité fondamentale et ordonnée des impératifs auxquels est soumis tout organisme vivant : *d'abord vivre* – c'est-à-dire accéder aux ressources, se nourrir, se développer –, *ensuite se reproduire* – c'est-à-dire s'accoupler et assurer la survie de sa descendance. La sélection sexuelle était donc une nécessité seconde, bien que nécessairement intégrée dans le processus de la sélection globale. La succession chronologique de *L'Origine des espèces* (qui installe la théorie générale de la sélection naturelle) et de *La Filiation de l'Homme* (qui formule la théorie seconde et complémentaire de la sélection sexuelle) rend ainsi parfaitement compte d'un ordre inscrit dans l'histoire individuelle de chaque organisme vivant – ordre qui lui impose de commencer par s'alimenter et devenir adulte *avant* de procréer ou d'être en mesure d'y parvenir, conformément à ce qu'ont observé et souligné la plupart des grands naturalistes.

On remarquera ici dans le texte de Darwin un infléchissement remarquable qui paraît assigner à la conquête du partenaire sexuel et reproductif une participation plus sensible de la *volonté consciente* des individus :

> « Il y a beaucoup d'autres structures et beaucoup d'autres instincts qui ont dû se développer sous l'effet de la sélection sexuelle, comme : les armes offensives et les moyens de défense des mâles pour combattre et chasser leurs rivaux ; leur courage et leur pugnacité ; leurs ornements variés ; leurs dispositifs pour produire de la musique vocale ou instrumentale et leurs glandes pour émettre des odeurs, la plupart de ces structures ne servant qu'à attirer et exciter la femelle. Il est clair que ces caractères sont le résultat de la sélection sexuelle, et non de la sélection ordinaire, puisque des mâles sans armes, sans ornements et sans attraits réussiraient tout aussi bien dans la bataille pour la vie et parviendraient à laisser une nombreuse descendance sans la présence de mâles mieux pourvus qu'eux. Nous pouvons déduire qu'il en serait ainsi, parce que les femelles qui n'ont ni armes ni ornements sont capables de survivre et de propager leur espèce. Les caractères sexuels secondaires du type de ceux que nous venons d'évoquer [...] sont intéressants à bien des égards, mais surtout parce qu'ils dépendent de la volonté, du choix et de la rivalité des individus de l'un et l'autre sexe. Lorsque nous observons deux mâles combattant pour la possession de la femelle ou plusieurs oiseaux mâles déployant leur splendide plumage et se livrant à d'étranges contorsions devant une assemblée de femelles, nous ne pouvons douter que, bien qu'ils soient guidés par l'instinct, ils savent ce qu'ils font et que c'est consciemment qu'ils exercent leurs capacités physiques et mentales [1]. »

Cette insistance de Darwin sur la *volonté* et la *conscience* investies dans la conquête pourrait paraître insolite : lorsque

1. *Ibid.*, p. 306-307.

des individus conspécifiques se disputent une proie, ils paraissent en effet, tout autant, s'opposer par leur volonté consciente. La nouveauté de la situation de compétition amoureuse vient alors de la différence même des rôles sexuels dans les préludes à l'accouplement, et du choix opéré par les femelles spectatrices, qui ne participent pas à l'affrontement, alors qu'elles peuvent tout à fait prendre part à un antagonisme lié à l'obtention de nourriture. Dans le cadre de l'affrontement sexuel, parfois fortement ritualisé, l'issue du combat des mâles rivaux dépend de caractères de supériorité qui ne sont efficients qu'à l'intérieur de ce champ relationnel, et qui ne valent que compte tenu de la préférence des femelles. Ce qui est engagé dans ce combat au titre d'une volonté consciente plus fortement individualisée, et qui implique un choix d'objet en vue de l'union, n'est plus seulement un *besoin* (comme celui de se nourrir), mais déjà, nettement ébauché, un *désir*. L'instrument majeur pour y satisfaire n'est plus alors de l'ordre des *armes*, mais de celui des *charmes*. Il est celui de la *beauté*.

Il importe dès lors de comprendre que la distinction entre l'*arme* et l'*ornement* ne peut valablement s'interpréter qu'en référence à un organe ou un trait morphologique *unique*. C'est un topique de la langue classique comme du vocabulaire amoureux que de dire qu'un sujet décidé à séduire fera usage de ses *armes* pour dire qu'il utilisera ses *charmes* afin d'accéder à l'objet convoité : ces deux expressions s'équivalent parce qu'elles désignent d'une manière parfaitement interchangeable les mêmes instruments de la conquête amoureuse. Dans l'univers animal, les confrontations auxquelles se livrent les mâles durant la période dite des « amours » mettent en œuvre des *armes* qui sont autant d'arguments de séduction – des *charmes* donc – aptes à susciter la préférence des femelles. Darwin a recensé avec un soin attentif les attributs mâles qui présentent cette surdétermination fonctionnelle : les cornes ou les grosses mandibules dentées de certains coléoptères semblent ainsi devoir leur conformation à la supériorité qu'elles tendent à procurer à leurs détenteurs dans les combats, mais l'observation montre couramment que ces affrontements sont rares, et que ces appendices ou organes n'en portent que rarement les traces. Chez certaines espèces, le développement singulier des mandibules des mâles a entre autres usages celui de maintenir solidement la femelle pendant l'acte copulatoire, et Darwin incline en même temps à attribuer leur hypertrophie beaucoup plus à leur fonction ornementale qu'à leur utilité technique pour la défense ou l'attaque[1]. Les batailles de papillons, parfois spectaculaires, s'exécutent par ailleurs indépendamment de la possession de toute arme spéciale. Les saumons se livrent des combats parfois mortels, usant du moyen de défense périodique que constitue l'avancée en crochet de leur mâchoire inférieure à la saison du frai. Les tortues et les lézards n'y échappent pas, les serpents seuls semblant s'en abstenir, ce que Darwin porte au compte de leur intelligence. Les oiseaux, dans l'ensemble

1. *Ibid.*, chap. X, p. 402 : « Bien que les mandibules du cerf-volant commun, et probablement de beaucoup d'autres espèces, soient utilisées comme des armes efficaces pour se battre, il est peu probable que leur grande taille s'explique ainsi. Nous avons vu qu'elles sont utilisées par le *Lucanus elaphus* d'Amérique du N. pour saisir la femelle. Étant donné qu'elles ont poussé si visiblement et si élégamment, et qu'en raison de leur grande taille elles ne sont pas très bien adaptées pour pincer, il m'est venu à l'esprit qu'elles pouvaient de surcroît servir d'ornement, tout comme les cornes sur la tête et le thorax des diverses espèces que nous avons décrites plus haut. Le *Chiasognathus grantii* mâle du Chili du S. – superbe scarabée appartenant à la même famille – possède des mandibules extrêmement développées ; il est hardi et belliqueux ; quand il est menacé, il fait volte-face, ouvre ses grandes mâchoires et stridule violemment en même temps. Mais ses mandibules n'étaient pas assez fortes pour pincer mon doigt en me causant une véritable douleur. »

plus pacifiques, luttent cependant au moyen de leur bec, de leurs pattes et de leurs ailes, développant parfois des équipements spéciaux tels que les ergots qui ornent les pattes de certains gallinacés mâles – cela plus fréquemment dans les espèces polygames. Darwin remarque toutefois que les femelles ne manifestent pas invariablement leur préférence aux mâles victorieux : il emprunte en effet à une communication personnelle sur le grand tétras (coq de bruyère) due au jeune paléontologue Vladimir Kovalevskij (1842-1883) l'assurance « qu'il arrive à la femelle de s'éclipser avec un jeune mâle qui n'a pas osé entrer dans l'arène avec les coqs plus âgés, comme le font quelquefois les femelles du cerf commun d'Écosse[1] ». C'est principalement dans la classe des mammifères que l'on rencontre la plus grande proportion de combats de mâles, et ce indépendamment de la détention de toute « arme » spécialisée. Darwin cite les lièvres, les écureuils, les castors, les guanacos de Patagonie, les phoques, les cachalots, les cerfs, les éléphants, les taureaux, les chevaux sauvages, etc. Il évoque le développement particulier des canines des mâles chez les antilopes, les cerfs musqués, les chameaux, les chevaux, les sangliers, certains singes, les phoques et les morses, ainsi que celui des incisives chez les éléphants d'Inde et les dugongs, ou encore celui de la « corne » – incisive supérieure gauche hyper-développée – du narval, et celui de l'ergot venimeux que porte au talon la patte postérieure de l'ornithorynque. Ce qui se remarque chez Darwin dans

1. *Ibid.*, chap. XIII, p. 473. Voir également une référence au même auteur dans *La Variation des animaux et des plantes à l'état domestique*, chap. XIII, sur les combats souvent meurtriers des grands tétras en Russie. En Allemagne, selon Brehm, cité par Darwin immédiatement après, « les tétras noirs sont si absorbés qu'ils en deviennent presque sourds et aveugles, moins toutefois que les grands tétras : aussi peut-on tuer oiseau après oiseau au même endroit ou même les capturer à la main ».

l'interprétation qu'il donne de ces conformations permanentes ou périodiques, c'est une nouvelle fois son insistance sur leur surdétermination fonctionnelle. Dans chacun des cas énumérés, l'organe singularisé par un développement qui paraît ajusté d'une manière prépondérante à son utilité dans les combats possède aussi d'autres usages. On sait que les cerfs adultes, vers la fin de l'été, au terme de la période de renouvellement de leurs bois – perdus au printemps –, se disposent au brame, sorte de défi vocal appelant aux combats de mâles qui précèdent les accouplements. À cette époque, la masse des cornes a atteint son maximum annuel, qui selon l'âge présente différentes variations dans le développement, la forme et la densité. À propos de ces bois, Darwin, qui admet qu'ils constituent une arme impressionnante, observe qu'une simple pointe serait toutefois d'une efficacité offensive et défensive plus grande, tandis que des ramures volumineuses et complexes constituent en diverses occasions des handicaps parfois mortels, étant propices à une immobilisation de l'animal dans les taillis ainsi qu'à des enchevêtrements inextricables lors des combats – prouvés par des squelettes retrouvés ainsi attachés l'un à l'autre. L'harmonieuse configuration en lyre des cornes de certaines antilopes mâles présente un risque analogue. Darwin en induit l'hypothèse de la double fonction – guerrière et ornementale – de tels attributs dont la forme remarquable incarne pour ainsi dire l'éventuel conflit entre l'avantage au combat ou dans la défense contre la prédation et la préséance dans l'ordre de la *beauté*[1]. Darwin rappelle à ce propos que nombre d'oiseaux mâles – un exemple célèbre est celui de l'oiseau de paradis – n'ont acquis les longues plumes décoratives qui constituent leur parure de noces qu'au prix d'un alourdissement considérable rendant parfois leur vol hésitant ou impossible, d'une vulnérabilité subséquente face aux prédateurs, et d'une diminution globale de leur vivacité.

1. *Ibid.*, chap. XVII.

La sélection sexuelle est donc susceptible d'œuvrer dans deux directions distinctes, voire quelquefois opposées : tantôt elle sélectionne chez le mâle des « armes » qui servent *également* d'ornements (cas des cerfs) – et dans ce cas leur fonction ornementale peut s'avérer contraire à la survie ou compliquer leur usage guerrier –, tantôt elle développe, indépendamment des « armes », des attributs strictement ornementaux (parure de noces des oiseaux) qui, tout en augmentant le degré de qualification dans la rivalité amoureuse, peuvent constituer un handicap mortel dans la fuite ou le combat : dans les deux cas, la sélection de la *beauté* s'oppose à l'optimisation des chances de survie à laquelle est censée œuvrer, globalement, la sélection naturelle.

2. *Désir, altruisme, sacrifice*

La *beauté* peut donc être fatale.

Le reproche d'« anthropomorphisme » couramment adressé à Darwin usant du terme de *beauté* pour qualifier l'accentuation de certains caractères sexuels secondaires mâles dans la période prénuptiale est évidemment lié à l'idée que seul l'homme est émotionnellement et intellectuellement capable d'apprécier cette culmination particulière d'une qualité sensible[1]. On perçoit la naïveté de ce grief en même temps que

1. Darwin répond à ce reproche en quelques lignes limpides du chap. XIII de *La Filiation* (éd. cit., p. 505-506) : « Le faisan Argus ne possède pas de couleurs vives, de sorte que son succès en amour paraît dépendre de la grande taille de ses plumes et de l'élaboration des motifs très élégants qui les ornent. Beaucoup prétendront qu'il est totalement incroyable qu'un oiseau femelle soit capable d'apprécier la beauté d'un jeu de nuances et l'élégance des motifs. C'est sans aucun doute un fait merveilleux qu'elle possède ce degré de goût presque humain. Celui qui imagine qu'il peut, sans se tromper, jauger

l'on comprend sa racine inconsciemment théologique. Selon Darwin, pour qui l'homme n'est doté *ab origine* d'aucun privilège de *nature*, mais a porté à un *degré* inédit certaines qualités comme la sociabilité, l'intelligence et la sympathie, il existe nécessairement, au sentiment humain de la beauté, un antécédent animal dont une trace éclatante se retrouve – on vient de le confirmer – chez les mammifères et les oiseaux. Parler donc de « sentiment de la beauté » chez les animaux n'est rien d'autre que souligner par l'identité d'un *terme* l'identité de *nature* qui sous-tend la sensibilité particulière dont cette désignation unique cherche à traduire, précisément, le caractère *commun* – bien qu'à des *degrés* divers – aux hommes évolués et aux animaux. Darwin fera de même pour tous les autres traits comportementaux, facultés ou qualités que les théologiens ou leurs interprètes naturalistes ont voulu réserver strictement à l'homme : intelligence rationnelle, conscience morale, voire – Darwin citant ici Braubach –, sentiments religieux[1].

---

les capacités de discernement et le goût des animaux inférieurs, dénie peut-être au faisan Argus femelle l'aptitude à apprécier une beauté aussi raffinée ; mais il sera alors obligé d'admettre que les postures extraordinaires adoptées par le mâle dans l'acte de la cour nuptiale, et qui lui permettent d'exhiber dans toute sa plénitude l'admirable beauté de son plumage, sont sans aucun objet ; et c'est là une conclusion que pour ma part je n'admettrai jamais. »

1. Cf. P. Tort, *Darwin et la Religion (La conversion matérialiste)*, Paris, Ellipse, 2008 : « [...] en 1871, *La Filiation de l'Homme* a déjà commis face aux Églises l'irréparable sacrilège transformiste d'assigner au sentiment religieux des *primordia* animaux. Elle emprunte par exemple au pédagogue allemand Wilhelm Braubach (1792-1877), un élève de Friedrich Ludwig Weidig (1791-1837) influencé par Johann Heinrich Pestalozzi (1746-1827) et par Darwin lui-même, l'idée que le chien regarde son maître comme un Dieu. Darwin pour sa part observe alors que son propre chien, aboyant avec frénésie en direction d'un parasol poussé sur une pelouse par le vent, et ne pouvant en

L'un des enseignements majeurs que livre l'analyse de la théorie de la sélection sexuelle chez Darwin est celui du risque de mort et de la propension auto-sacrificielle peut-être semi-consciente attachés à la situation de recherche amoureuse[1]. Comme si la quête d'un objet auquel s'unir – qui est la manifestation première d'un « altruisme » entendu comme mouvement vers l'altérité – entraînait presque irrémédiablement un renoncement consenti à la préférence de soi – renoncement dont on a vu en commençant ce chapitre qu'il définissait par ailleurs chez l'homme, en épousant la logique de l'*effet réversif*, les conditions mêmes de la *civilisation.*

Si la sélection naturelle a développé des structures et des instincts permettant d'*éviter la mort*, la sélection sexuelle

---

inférer que la présence d'un intrus, donne une image originaire de l'*animisme* spontané et de la croyance aux esprits qui nourrissent le commencement de la plupart des religions humaines. Or, nous le verrons, la notion même de cet *animisme* renvoie souverainement à une *anthropologie* que Darwin a fortement contribué à établir, elle aussi, sur de nouveaux fondements. »

1. Voir *La Filiation de l'Homme*, éd. cit., chap. XIII, p. 509 : « Comme les oiseaux se reproduisent toujours au moment où la nourriture est abondante, les mâles ne souffrent probablement pas trop, dans leur recherche d'aliments, des inconvénients causés par cette entrave à leur capacité de mouvement ; mais il ne fait guère de doute qu'ils doivent être, alors, plus facilement victimes des oiseaux de proie. Il est tout aussi certain que la longue traîne du paon, la longue queue et les longues rémiges du faisan Argus doivent en faire des proies plus faciles pour les chats-tigres à l'affût que s'ils ne les avaient point. Même les vives couleurs de nombreux oiseaux mâles ne peuvent manquer d'attirer l'attention de leurs ennemis de toutes sortes. Il en ressort, ainsi que M. Gould l'a remarqué, que ces oiseaux sont généralement d'une disposition farouche, comme s'ils étaient conscients que leur beauté était pour eux une source de danger, et qu'ils sont beaucoup plus difficiles à découvrir ou à approcher que les femelles de coloration sombre et relativement apprivoisées, ou que les jeunes mâles qui n'ont pas encore leurs ornements. »

développe au contraire des annexes physiques et des comportements susceptibles d'*exposer la vie*, établissant une équation entre la beauté, la séduction et le risque. Cette inversion toutefois est interne à la sélection naturelle, car la sélection sexuelle, on l'a vu, se subordonne ultimement à la contrainte nécessaire de l'avantage vital *déterminant en dernier ressort*. En même temps, la sélection sexuelle, complément ou adjuvant de la sélection naturelle, en est comme une pousse adventice, un rejet divergent, un prolongement parfois turbulent et contradictoire. Elle contient les prémices du sacrifice altruiste avant que ce dernier n'accède à l'expression consciente et volontaire qui le caractérisera au sein de la loi morale, comme elle contient le *primordium* de l'action consciente et volontaire elle-même – et la claire insistance de Darwin sur ce point dans le dernier passage cité le confirme amplement. Alors que la sélection naturelle obéissait globalement à une logique du besoin (et donc, exclusivement, de la survie), la sélection sexuelle, qui s'y intègre en la prolongeant, obéit à une logique commençante du *désir*, qui l'inverse en partie dans l'exacte mesure où elle fait coïncider la première émergence phénoménale de l'altruisme (l'effort de conquête du partenaire de la procréation) avec la possibilité du sacrifice individuel et de la mort. Ce qui caractérise éminemment aussi, comme il convient d'y insister, l'obéissance volontaire à la loi morale et à son idéal héroïque (mourir pour une cause, sous le regard des autres). Le mâle risque sa vie dans le combat ou dans l'exhibition ; la femelle la risquera d'une façon plus discrète et plus constante dans l'entretien, la défense et l'élevage de la progéniture, fonction qui s'accorde avec l'effacement relatif de ses couleurs, généralement plus ternes que celles du mâle, et de ce fait moins exposées. Vertus guerrières et vertus domestiques trouvent là l'origine de leur répartition sexuelle au sein des civilisations humaines. Fondées sur l'impératif pratique de la *protection*, elles sont la source évidente et l'objet de toutes les prescriptions morales.

La protection est, souverainement, altruiste, et qui protège *s'expose*. Le mâle assure cette fonction au niveau du groupe familial, voire, dans le cas des singes, cher à Darwin en raison de sa proximité phylogénétique avec l'homme, à un niveau plus élevé. Mais la femelle l'assure au plus près envers la progéniture, ce qui la conduit parfois à s'exposer elle aussi d'une manière « héroïque » : Aristote dans son *Histoire des animaux* (IX, 8) décrit le cas de la perdrix feignant d'être blessée afin d'attirer sur elle l'attention et la poursuite d'un chasseur qu'elle détourne ainsi de son nid et de sa progéniture. La Fontaine n'a pas manqué quant à lui de relever l'intérêt prodigieux d'un tel comportement[1]. Michel Boulard, qui assimile ce comportement à un « auto-mimétisme », note qu'il se manifeste souvent chez les oiseaux nichant au sol, tels encore que les courlis et les gravelots, et l'a observé lui-même chez les engoulevents de Madagascar[2]. La femelle elle aussi, par amour, se met en danger.

1. L'animal pense – et peut même calculer – son sacrifice : c'est ce que tente d'illustrer, contre Descartes, et d'après cet exemple, La Fontaine dans le *Discours à Madame de la Sablière* (1678, livre IX, fable 20) :

> Quand la Perdrix
> Voit ses petits
> En danger et n'ayant qu'une plume nouvelle
> Qui ne peut fuir encor par les airs le trépas,
> Elle fait la blessée, et va traînant de l'aile,
> Attirant le Chasseur et le Chien sur ses pas,
> Détourne le danger, sauve ainsi sa famille ;
> Et puis, quand le Chasseur croit que son chien la pille,
> Elle lui dit adieu, prend sa volée, et rit
> De l'homme qui, confus, des yeux en vain la suit.

2. Michel Boulard, *Mimétisme. Figures biologiques du paraître*, Travaux de l'Institut Charles Darwin International (en cours).

3. *Femelles, femmes et progrès de la civilisation*

C'est ici le lieu d'anéantir une autre idée reçue concernant Darwin. Un truisme vindicatif, fondé sur une méconnaissance des textes aujourd'hui difficilement imaginable, consiste en effet à adresser à l'œuvre anthropologique du naturaliste l'accusation de *sexisme*, impliquant que pour Darwin le sexe supérieur, et donc par nature dominant, serait le sexe masculin, cette hiérarchie comportant comme il va de soi tous les effets *pérennisants* qu'engendre une telle justification naturaliste de l'infériorité féminine. Or non seulement Darwin n'a jamais écrit une seule ligne qui pût, réinsérée dans sa logique, donner prise à une telle accusation, mais il a soutenu et argumenté des positions exactement contraires.

De même que le racisme, le sexisme est un *fixisme*. La nature qu'il invoque est *telle*, et ne change pas. Le raciste n'imagine pas que la race qu'il méprise puisse un jour, sans se dissoudre, cesser d'être inférieure. Le sexiste de même condamne l'idée que les femmes puissent échapper un jour à la condition qu'est censée imposer leur nature depuis qu'elles sont femmes. Or Darwin pense et explique très précisément l'inverse. L'article « Femmes » du *Dictionnaire du darwinisme*, qu'il nous faudra citer et commenter ici comme le premier exposé consacré à cette démonstration, l'établit en suivant les développements de Darwin et en commençant avec lui par prendre acte de la domination objective du sexe masculin comme d'un *fait* évolutif soumis lui aussi, au fil de l'avancée de la civilisation, au mécanisme réversif. Cette démonstration est ici nécessaire à la compréhension de la remarquable cohérence de l'anthropologie darwinienne.

La question des différences entre les sexes au sein de l'humanité est traitée par Darwin dans les chapitres XIX et XX de *La Filiation de l'Homme*. On suivra donc ici pas à pas la progression argumentative de ces deux chapitres en prenant le soin élémentaire – souvent négligé par les amateurs de citations orphelines – de l'inscrire à sa place dans le champ de la démonstration plus large à laquelle elle concourt : celle d'une tendance évolutive de la sélection sexuelle dans la classe des mammifères.

Il s'agira donc d'abord d'étudier les différences corporelles, mentales et comportementales entre les deux sexes, afin d'y découvrir les racines évolutives de la « supériorité » masculine.

Le dimorphisme sexuel au sein de l'espèce humaine s'inscrit naturellement dans le double registre physique et mental. Darwin énumère, d'après les observations et les mesures des anatomistes, les traits de simple différence entre les sexes et ceux qui traduisent la supériorité de l'homme : ce dernier est plus grand, plus lourd, plus fort, plus musclé. Il a les épaules plus carrées, et la corrélation soulignée par Schaafhausen entre le développement musculaire et la saillie des sourcils lui procure une arcade sus-orbitaire plus marquée. Son corps et, singulièrement, son visage sont plus velus. Sa voix est plus puissante. Les caractères mentaux paraissent suivre dans l'ensemble cette hiérarchie anatomique :

> « L'homme est plus courageux, belliqueux et énergique que la femme, et possède un génie plus inventif. Son cerveau est plus gros dans l'absolu, mais le fait que ce soit ou non en proportion avec son corps plus grand n'a pas, je crois, été pleinement établi. Chez la femme le visage est plus rond ; les mâchoires et la base du crâne plus petites ; les contours du corps plus arrondis, plus proéminents par endroits ; et son pelvis est plus large que celui de l'homme ; mais ce dernier caractère peut être considéré plutôt comme un caractère sexuel primaire que secondaire. Elle parvient à maturité à un âge plus précoce que l'homme[1]. »

1. *La Filiation de l'Homme*, éd. cit., chap. XIX, p. 676.

Cette supériorité apparente de *puissance* dans le sexe masculin est sensiblement parallèle à celle qui peut être observée chez les primates, et semble suivre une règle dominante chez les vertébrés. Elle dépend à la fois de la sélection naturelle et de la sélection sexuelle :

> « On ne peut guère douter que la taille et la force plus grandes chez l'homme, par rapport à la femme, en même temps que ses épaules plus larges, ses muscles plus développés, les contours rudes de son corps, son plus grand courage, sa plus grande pugnacité, ne soient tous en grande partie hérités de ses ancêtres mâles semi-humains. Ces caractères, cependant, ont dû être préservés, voire augmentés pendant la longue période de sauvagerie de l'homme, par la victoire des plus forts et des plus audacieux, à la fois dans la lutte générale pour la vie et dans leurs différends pour obtenir des épouses ; victoire qui a dû leur assurer de laisser une progéniture plus nombreuse que leurs frères moins favorisés. Il n'est pas probable que la force plus grande de l'homme ait été originellement acquise grâce aux effets héréditaires du travail, plus pénible que celui de la femme, qu'il aurait accompli pour sa propre subsistance et celle de sa famille ; car les femmes dans toutes les nations barbares sont contraintes à travailler au moins aussi dur que les hommes. Chez les peuples civilisés l'épreuve du combat pour la possession des femmes a cessé depuis longtemps ; d'un autre côté, les hommes, en règle générale, doivent travailler plus dur que les femmes pour leur subsistance conjointe, et donc leur plus grande force en aura été préservée [1]. »

Rien n'oppose pour l'instant sélection naturelle et sélection sexuelle, convergentes ici. Cette dernière, comme il semble

1. *Ibid.*, p. 682.

que ce soit également le cas chez les grands mammifères et les grands singes, joue sans doute un rôle étendu dans l'établissement des différences entre les caractères mentaux et les facultés intellectuelles des deux sexes. La comparaison des performances masculines et féminines dans les matières qui requièrent pensée, raison et imagination profondes, ou simplement usage technique des sens et des mains, établirait sans appel, selon Darwin, la supériorité de l'homme :

> « Si l'on faisait deux listes des hommes et des femmes les plus éminents en poésie, en peinture, en sculpture, en musique (comprenant à la fois la composition et l'exécution), en histoire, en science et en philosophie, avec une demi-douzaine de noms sous chaque sujet, les deux listes ne supporteraient pas la comparaison. Nous pouvons aussi déduire, d'après la loi de la déviation par rapport aux moyennes, si bien illustrée par M. Galton dans son ouvrage *Hereditary Genius*, que si les hommes sont capables d'une prééminence certaine sur les femmes sur de nombreux sujets, la moyenne de la capacité mentale chez l'homme doit nécessairement être supérieure à celle de la femme [1]. »

Darwin rappelle que la loi du combat – qui règne chez les mammifères mâles jusqu'aux « ancêtres semi-humains mâles de l'homme et les sauvages », a longtemps conditionné l'accès à la possession des femelles, et que toutefois la supériorité

1. *Ibid.*, p. 683. On notera en passant que le recours au travail statistique de Galton, qui n'est pas exceptionnel chez Darwin – compte tenu par ailleurs des liens familiaux et scientifiques qui existaient ou, pour les seconds, avaient existé entre les deux hommes –, n'eut jamais pour lui le sens d'une approbation de ses positions eugénistes, ainsi que nous l'avons montré plus haut. La réhabilitation des faibles étant pour Darwin la marque de la civilisation et exprimant, répétons-le, « la partie la plus noble de notre nature ».

physique ne pouvait l'emporter dans cet affrontement qu'associée à un courage, une persévérance, une résolution et une pugnacité durables et susceptibles de multiples actualisations, ainsi qu'à une supériorité coïncidente des capacités intellectuelles :

> «Chez les animaux sociaux, les jeunes mâles doivent passer par plus d'un affrontement avant de gagner une femelle, et les mâles plus âgés doivent garder leurs femelles au prix de combats renouvelés. Ils doivent, aussi, dans le cas de l'espèce humaine, défendre leurs femelles, ainsi que leurs petits, contre des ennemis de toutes sortes, et chasser pour leur survie commune. Mais éviter les ennemis ou les attaquer avec succès, capturer des animaux sauvages, et façonner des armes, tout cela exige le concours de facultés mentales supérieures, à savoir l'esprit d'observation, la raison, l'invention, ou l'imagination. Ces différentes facultés auront ainsi été continuellement mises à l'épreuve et auront subi une sélection pendant l'âge d'homme ; en outre, elles auront été fortifiées par l'usage durant la même période de vie. Par conséquent, conformément au principe souvent invoqué, on pourrait s'attendre à ce qu'elles aient au moins tendance à se transmettre principalement aux rejetons mâles à la période correspondante de l'âge d'homme.
>
> «Or, quand deux hommes sont mis en concurrence, ou un homme et une femme, tous deux dotés de toutes qualités mentales à un égal degré de perfection, si ce n'est que l'un a une plus grande énergie, une plus grande persévérance et un plus grand courage, celui-là se distinguera généralement plus dans toute entreprise, et prendra l'ascendant. On peut dire qu'il possède le génie car une haute autorité a déclaré que le génie était la patience ; et la patience, en ce sens, signifie une persévérance inflexible, indomptable. Mais ce point de vue sur le génie est peut-être incomplet ; car sans les capacités supérieures de l'imagination et de la raison, aucun

> succès éminent ne peut être remporté dans bien des domaines. Ces dernières facultés, tout comme les premières, se seront développées chez l'homme en partie par sélection sexuelle – c'est-à-dire dans les affrontements entre mâles rivaux –, et en partie par sélection naturelle – c'est-à-dire à partir du succès dans la lutte générale pour la vie ; et comme dans les deux cas la lutte aura eu lieu durant la maturité, les caractères ainsi gagnés auront été transmis plus complètement à la descendance mâle qu'à la descendance femelle. Cela s'accorde d'une manière frappante avec le point de vue sur la modification et le renforcement de nombre de nos facultés mentales par la sélection sexuelle qui veut que, premièrement, elles subissent, comme on sait, un changement considérable à la puberté, et que, deuxièmement, les eunuques demeurent inférieurs toute leur vie à l'égard de ces mêmes qualités. C'est ainsi que l'homme a fini par être supérieur à la femme. Il est, en fait, heureux que la loi de l'égale transmission des caractères aux deux sexes prévale chez les mammifères ; autrement il est probable que l'homme serait devenu aussi supérieur à la femme par les dons de l'esprit que l'est le paon à la paonne par le plumage ornemental[1]. »

Le « génie inventif », l'activité de l'imagination et de la raison sont donc, dans le sexe masculin, des cibles privilégiées de l'action sélective, que celle-ci procède de la sélection sexuelle – qui repose sur la compétition des mâles rivaux – ou de la sélection naturelle – qui décide de la réussite dans la lutte globale pour l'existence. De fait, la convergence des deux modalités de la sélection est ici indiscutable, l'homme seul ayant à s'exposer d'une manière prééminente sur les deux fronts de la protection contre les dangers extérieurs et de la compétition sexuelle au sein de sa communauté. Or, souligne Darwin, « comme dans les deux cas la lutte aura eu lieu

1. *Ibid.*, p. 684.

durant la maturité, les caractères ainsi gagnés auront été transmis plus complètement à la descendance mâle qu'à la descendance femelle », ce dont la conclusion est simple et nette : « C'est ainsi que l'homme a fini par être supérieur à la femme[1]. » Cette phrase, qui clôt la première partie du raisonnement de Darwin sur le rapport homme/femme dans l'évolution, fait assurément partie de celles qui, isolées de leur environnement argumentatif, ont le plus servi, à l'état de ce que nous nommions plus haut « citation orpheline », à alimenter de véhémentes attaques contre la prétendue naturalisation par Darwin de la hiérarchie des sexes. Il s'agit à présent d'examiner la *seconde* partie de son raisonnement – celle dont la plupart des commentateurs ne parlent pour ainsi dire jamais, et qui possède un lien logique fondamental avec ce que Darwin vient d'évoquer sous les termes de « loi de l'égale transmission des caractères aux deux sexes » à l'intérieur de la classe des mammifères. Cette « loi », ainsi que nous l'expliquions en 1996, résulte de l'examen systématique par Darwin des caractères sexuels secondaires à tous les niveaux de l'échelle des organismes, et établit que plus on s'élève sur cette échelle, plus les caractères remarquables d'un sexe tendent à se transmettre à l'autre sexe dans la génération. Cette « loi » est rappelée à la fin du « résumé » sur lequel s'achève le chapitre immédiatement précédent (chap. XVIII) :

> « La loi de la transmission égale des caractères aux deux sexes, en ce qui concerne la couleur et les autres ornements, a prévalu d'une manière beaucoup plus étendue chez les mammifères que chez les oiseaux ; mais les armes, telles que les cornes et les défenses, ont souvent été transmises exclusivement aux mâles, ou d'une manière beaucoup plus parfaite aux mâles qu'aux femelles. C'est un fait surprenant, car les mâles utilisent généralement leurs armes pour se défendre

1. *Ibid.*

d'ennemis de toutes sortes, et ces armes auraient pu rendre le même service aux femelles. Autant que nous pouvons en juger, leur absence chez ce dernier sexe ne peut être expliquée que par la forme d'hérédité qui a prévalu. Enfin, chez les quadrupèdes, les affrontements entre les individus du même sexe, qu'ils soient paisibles ou sanglants, ont, à de très rares exceptions près, été réservés aux mâles ; de sorte que ces derniers ont été modifiés par sélection sexuelle beaucoup plus couramment que les femelles, soit pour combattre entre eux, soit pour attirer le sexe opposé[1]. »

Les mâles auront donc le double privilège des *armes* et des *charmes*, et c'est ici le lieu de se souvenir que les avantages issus de la sélection sexuelle qui jouent dans le registre des « charmes » entrent en fréquente contradiction avec ceux qui paraissent jouer en faveur de l'usage agonistique des « armes ». L'exemple le plus flamboyant de cette contradiction parfois mortelle, on l'a vu, est celui de l'alourdissement temporaire provoqué chez certains oiseaux mâles par des « parures de noces » qui empêchent ces oiseaux de voler – ce qui les livre fréquemment aux prédateurs en réduisant leur capacité de fuite – et de se servir de leurs ressources ordinaires dans les affrontements directs. L'ornement – ce qui est offert à l'autre sexe comme une promesse de valeur, ou ce qui dans le temps de la cour nuptiale affiche les signes d'une puissance augmentée, ou encore ce qui s'ajoute de purement ostentatoire à la force pour rendre celle-ci désirable – est un surcroît susceptible de *s'inverser* et de compromettre la *vie* même qu'il porte à la surface visible du corps comme une inscription.

1. *Ibid.*, chap. XVIII, p. 671-672.

4. *L'autonomisation du symbolique*

L'exhibition de la beauté est ainsi comme la forme primordiale, biologique et éthologique, de l'*affichage symbolique*, qui attire, influence et *incite*, mais peut être trompeur et cacher une vérité différente ou défaillante. Le signifiant s'autonomise, vaut par et pour lui-même, se détache et s'affranchit de la réalité de ce qu'il annonce, pour s'exercer dans l'ordre pur de la séduction et de l'emprise. Deux citations extraites du chapitre XIII feront comprendre à quel point Darwin s'approche ici d'une théorisation de la genèse *biologique* du symbolique et de sa destinée :

> « Le cas du faisan Argus mâle est éminemment intéressant, parce qu'il nous fournit de bons témoignages sur le fait que la beauté la plus raffinée peut servir d'attrait sexuel, et ne pas avoir d'autre but [1]. »

> « Quiconque a vu les splendides caroncules bleues du faisan Tragopan mâle, distendues pendant la cour nuptiale, ne peut, même un instant, douter que la beauté ne soit le but recherché. Les faits que nous venons de citer montrent clairement que les plumes et les autres ornements des oiseaux mâles doivent avoir pour eux la plus haute importance ; et nous constatons aussi que la beauté est parfois même plus importante que la victoire dans le combat [2]. »

La *beauté*, d'abord simple excroissance de l'*utilité* et signe naturel de la *force* qu'elle accompagne et prolonge, devient ainsi susceptible d'être développée *pour elle-même*, le « signe » – incarné dans une structure au développement hypertélique –

1. *Ibid.*, chap. XIII, p. 505.
2. *Ibid.*, p. 509-510.

devenant alors plus important dans la relation à l'autre que la chose même qu'il signifie (la force vitale), laquelle peut *en réalité* s'amenuiser jusqu'à disparaître sous son contraire (l'affaiblissement, la vulnérabilité). La promesse de *sur-vie* dissimule sous son exagération même le risque de mort (échec de la survie) et l'acceptation *de facto* de l'éventualité du sacrifice. L'*effet réversif* connaît alors une seconde actualisation à l'intérieur même du processus de la sélection sexuelle.

Cette dialectique du *retournement de l'utile en un ornemental susceptible de le trahir* se retrouve dans l'histoire des systèmes d'affichage symbolique, où elle demeure étroitement liée à la domination, au pouvoir et au prestige. Un retour vers une analyse déjà ancienne me permettra ici de faire mieux comprendre ce en quoi Darwin, dans les développements de sa théorie de la sélection sexuelle qui indiquent une prise d'autonomie relative de cette dernière par rapport à la sélection naturelle, fournit bien les *bases bio-éthologiques de l'autonomisation du champ symbolique* en général.

L'une des idées importantes de *La Filiation* – qui paraît avoir largement échappé jusqu'ici à l'interprétation – est que, particulièrement chez les insectes, les « armes » des mâles, dont la destination apparente était le combat, n'ont pu connaître le développement hypertrophié qui est le leur qu'à la faveur d'une relative *désuétude* de cet emploi, lorsque l'usage ornemental, relayant en quelque sorte l'utilité organique primitive, fit basculer leur avantage du côté de la sélection sexuelle. Ma thèse est ici qu'il convient d'analyser ce phénomène comme l'ébauche *naturelle* d'un avantage *symbolique*. Et que c'est l'histoire *humaine* qui, à terme, en fournit l'analogie la plus éclairante.

S'il y a en effet un antécédent théorique au propos de Darwin sur le *raffinement* qui transforme l'*utile* en *ornemental*, c'est bien celui des historiens des formes symboliques qui se sont attachés, au XVIIIe siècle, à l'étude de l'évolution des systèmes d'écriture. Le plus célèbre d'entre eux en Angleterre, William Warburton[1], établit très exactement ce schéma à propos de la pictographie égyptienne primitive, dont les figures simples et transparentes, initialement affichées pour annoncer les différentes phases du travail agricole, lorsqu'elles cessent d'être en usage pour laisser place à des tracés plus « raffinés », deviennent des ornements ou des emblèmes dont le sens premier s'obscurcit, et dont le pouvoir s'hypertrophie à mesure que l'imagination humaine en fait les représentations de diverses puissances sublimées, les objets d'un culte idolâtrique ou d'une fétichisation ornementale. Certes, le principe d'utilité est premier chez Darwin et se maintient comme principe d'explication du développement des caractères sexuels secondaires « ornementaux ». À plusieurs reprises et dans ses conclusions, Darwin répète que l'étalage par les oiseaux mâles des brillantes couleurs de leur plumage lors des rituels de parade nuptiale ne saurait s'effectuer sans raison ni intention (voir par exemple chap. XIV, *in fine*[2]) : il a bel et bien

1. *Essai sur les hiéroglyphes des Égyptiens* [1738], éd. P. Tort, Paris, Aubier, 1978.

2. *La Filiation de l'Homme*, éd. cit., chap. XIV, p. 551 : « M. Belt, après avoir décrit la beauté du *Florisuga mellivora* [colibri jacobin], déclare : "J'ai vu la femelle posée sur une branche, et deux mâles déployant leurs charmes devant elle. L'un s'élançait vers le ciel comme une fusée, puis, déployant soudain sa queue d'un blanc de neige, comme un parachute inversé, redescendait lentement devant elle, en tournant sur lui-même pour se montrer tour à tour de dos et de face… Sa queue blanche déployée couvrait plus d'espace que tout le reste de l'oiseau, et constituait de toute évidence le clou du spectacle. Tandis que l'un des mâles descendait, l'autre s'élançait dans les airs, pour redescendre lentement à son tour, la queue déployée. Le spectacle se termine généralement par un combat entre les deux protagonistes ; mais je ne saurais dire si c'est le plus beau ou le plus pugnace des prétendants qui se voit finalement accepté." M. Gould, après avoir décrit le plumage particulier de l'*Urosticte* [colibri de Benjamin], ajoute : "Il ne fait pour moi guère de doute qu'il n'a d'autres objets que

pour but de susciter en leur faveur l'inclination et le choix des femelles. Mais l'usage de l'ornement s'est alors en grande partie substitué à l'usage de l'arme, et l'attribut naturel s'est en quelque sorte *chargé de symbolique* – d'un symbolique qui, il faut le redire, *contrarie* déjà son utilité strictement *vitale*, tout comme l'idolâtrie liée à la perte du sens premier des hiéroglyphes contrariait l'usage « simple et transparent » des signes initialement utilitaires des anciens Égyptiens pour les détourner vers un usage aliénant, superstitieux et trompeur. L'hyper-accentuation du symbolique peut en effet conduire à l'aveuglement, à la sujétion, à la défaite ou à la mort. C'est là sans doute, en suivant la logique de Darwin, l'une des plus belles et profondes analogies que l'on puisse établir entre les hommes et les oiseaux.

Car les hommes, comme les oiseaux, apprécient la beauté. Là encore, on repoussera le reproche banal d'anthropocentrisme couramment adressé au fait de parler, à propos des oiseaux, de « goût pour le beau » ou de « goût pour la nouveauté », tous penchants qui semblent appartenir d'une manière exclusive à un registre spécifiquement humain. Il est en effet absolument requis par la logique généalogique de *La Filiation de l'Homme* que ces penchants humains, portés à leur degré de développement et de raffinement le plus extrême, soient néanmoins, comme toute aptitude manifestée, le fruit d'antécédents animaux : dès lors, le reproche qui s'adresse au vocabulaire employé se vide de toute pertinence, puisqu'il n'y a pour nommer ces inclinations et ces valeurs d'autres termes que ceux que les hommes ont forgés lorsqu'ils

---

l'ornement et la variété." Cela étant admis, nous pouvons comprendre comment les mâles qui, jadis, se sont trouvés parés des ornements les plus élégants et les plus originaux, y ont gagné quelque avantage, non dans la lutte ordinaire pour la vie, mais dans la rivalité avec les autres mâles, et ont laissé ainsi un plus grand nombre de descendants pour hériter de leur beauté nouvellement acquise. »

furent aptes à désigner par le langage les formes mêmes de leur culmination.

La cohérence logique du texte darwinien apparaîtra avec une force encore plus grande à la faveur d'une autre analogie.

On se souvient que Darwin, pour argumenter la possibilité d'une sélection de variations avantageuses *dans la nature*, a fait appel à son existence avérée dans l'univers de la domestication : la *sélection artificielle* appliquée aux animaux et aux plantes prouve la possibilité d'une sélection *naturelle* par le fait même qu'elle démontre à travers ses produits la *sélectionnabilité* des variations organiques présentées par les organismes naturels. L'existence et l'étude de l'activité sélective des éleveurs et des horticulteurs induisent l'hypothèse d'une force de *tri* analogue s'exerçant dans la nature en dehors de tout choix humain, et c'est à ce moment que l'idée malthusienne de la pression populationnelle vient introduire les concepts nécessaires de lutte pour l'existence, de compétition et de régulation des effectifs par élimination des moins adaptés.

Avec la sélection sexuelle et à l'occasion de son explication, Darwin fait un pas de plus dans l'analogie. La sélection sexuelle, on l'a vu, repose en dernière instance sur le choix exercé par les femelles, qui manifestent une préférence, un goût spécial pour la beauté particulière de tel ou tel mâle s'offrant à leur admiration. On découvre alors que la sélection sexuelle ainsi réduite à sa manifestation la plus simple et spontanée est l'analogue du choix, identiquement simple et spontané, des éleveurs élisant pour la reproduction certains individus de préférence à d'autres moins avantagés à leurs yeux :

> « Tous les animaux présentent des différences individuelles, et de même que l'homme peut modifier les espèces domestiques d'oiseaux en sélectionnant les individus qui lui paraissent les plus beaux, de même la préférence habituelle-

ment, ou même occasionnellement, exercée par les femelles en faveur des mâles les plus attirants a dû entraîner avec une quasi-certitude leur modification; et ces modifications pourraient se développer, au fil du temps, presque indéfiniment, tant qu'elles resteraient compatibles avec l'existence de l'espèce[1]. »

La conclusion qui s'en tire est assurément d'une grande portée. Le *choix exercé par les femelles* est bien, chez les animaux supérieurs, un facteur clé de l'amélioration de l'espèce, dans les limites permises par le maintien de son existence (ce qui signifie une fois de plus que la sélection sexuelle demeure subordonnée à une sélection naturelle qui ne saurait disparaître en tant que mécanisme recteur sans condamner irrémédiablement la *survie*). Ce choix, en ce qu'il traduit la propension des femelles à couronner les efforts séducteurs du mâle le plus beau, est appelé en outre à instruire toute étude ultérieure – éventuellement « freudienne » – sur l'origine animale et sexuelle du sentiment esthétique. Il implique enfin, par l'analogie du rôle *sélectif* de l'éleveur orientant la reproduction et du rôle *électif* de la femelle exprimant ses penchants en faveur d'un partenaire privilégié pour la procréation, *que l'amélioration de l'espèce soit gouvernée par les femelles dans toute la mesure où elles expriment leur choix*, ce qui est, du point de vue des idées reçues, une conclusion pour le moins *inattendue*.

5. *Horizon éthique et égalité des sexes*

Qu'est-ce donc qui change dans l'espèce humaine, où il devient progressivement évident que la *parure* tend à devenir un apanage de plus en plus exclusivement féminin ? Au sein de la plupart des espèces animales à reproduction sexuelle, c'était le mâle qui, étant dans une grande mesure soumis au

1. *Ibid.*, p. 529.

choix des femelles pour son accouplement, détenait ostensiblement le privilège risqué de la parure. Or, dans l'espèce humaine, c'est l'homme qui choisit sa (ou ses) femelle(s) au lieu d'être choisi par elle(s). Du même coup il se trouve relativement exclu de la supériorité ornementale. Si la règle au sein de l'humanité semble pencher en faveur d'un choix exercé par les mâles – si les femmes ne choisissent pas, encore que leur choix puisse s'exercer d'une manière relative, au témoignage de plusieurs ethnologues cités par Darwin –, la sélection des caractères sexuels ornementaux a dû s'effectuer plutôt en leur faveur, les femmes devenant ainsi « plus belles que les hommes », et plus expérimentées en matière d'ornements. La seule sélection qui se soit opérée au bénéfice des hommes a donc dû être celle des « armes » que sont pour lui la force physique, la persévérance, le courage et l'intelligence. La femme n'aurait-elle plus alors que le seul avantage de la beauté ? Darwin répond à cette question dans ce même chapitre XIX où il s'efforce d'identifier les différences entre les deux sexes au sein de l'humanité :

> « La femme semble différer de l'homme dans ses dispositions mentales, principalement dans sa plus grande tendresse et son moindre égoïsme ; et cela se vérifie même chez les sauvages, comme le montre un passage bien connu des Voyages de Mungo Park, et par des déclarations faites par bien d'autres voyageurs. La femme, grâce à ses instincts maternels, manifeste ces qualités à l'égard de ses jeunes enfants à un degré éminent ; il est donc vraisemblable qu'elle les étende souvent à ses semblables. L'homme est le rival des autres hommes ; il se complaît dans la compétition, et cela conduit à l'ambition, qui passe très facilement à l'égoïsme. Ces dernières qualités semblent être un droit naturel et malheureux qu'il détient en naissant[1]. »

1. *Ibid.*, chap. XIX, p. 682-683.

Ce que nous avons expliqué plus haut de l'anthropologie de Darwin et de l'effet réversif de l'évolution permet de reconstituer ici le réseau précis et délicat qui relie ce dernier énoncé à ceux qui, dans *La Filiation*, développent la description du sentiment (ou instinct) de *sympathie*. L'instinct maternel (qui fait partie des instincts domestiques) est pour Darwin ce qui, au niveau de l'individu féminin, sert de base psychologique et comportementale à l'instinct *social*, dont la sélection engendre l'extension indéfinie du sentiment de *sympathie* qui caractérise l'avancée essentiellement *altruiste* de la *civilisation*. L'altruisme des mères dans la classe des mammifères, et singulièrement dans l'espèce humaine où le soin nourricier s'accompagne d'un soin éducatif primaire, est le germe par excellence de ce que Darwin, on le sait désormais, nomme ailleurs « la partie la plus noble de notre nature », à savoir le secours aux faibles et leur protection durant le temps que dure leur faiblesse.

La cohérence de ce réseau logique, qui distribue dans ses énoncés des syntagmes rigoureusement univoques, repérables et précis dans le sens qu'ils construisent (en particulier l'expression, réitérée ici, d'« étendre à ses semblables »), fait apparaître en toute clarté que l'égoïsme du mâle, qui a assuré sa domination dans les premiers âges de l'évolution humaine, est appelé à se voir remplacé peu à peu par l'altruisme assimilatif qui est le sceau de la *civilisation*, et dont la *femme*, dès ses comportements instinctifs individuels à l'égard de sa progéniture, était déjà porteuse. La « loi de transmission égale aux deux sexes », jointe à la détention spéciale par la femme de l'instinct le plus apte aux développements civilisationnels, place donc celle-ci sur la voie des avantages évolutifs les plus « élevés » – son infériorité persistante dans l'usage de ses facultés et dans son statut n'empêchant nullement que l'égalité des sexes ne soit pour Darwin l'horizon des tendances évolutives *morales* de l'humanité. La femme étant par excellence *porteuse d'éthique* dans ses caractères instinctuels et comportementaux – assistance aux faibles, protection, tendresse –, et le perfectionnement moral étant assimilé par Darwin à l'enjeu principal d'une compétition évoluée, c'est de l'*éducation* que Darwin attendra la réduction de son inégalité actuelle, éducation dont elle est elle-même porteuse aux premiers âges de la vie d'un enfant, et dont le chapitre conclusif de *La Filiation* déclare qu'elle a supplanté la sélection naturelle dans la conduite de l'évolution de l'humanité civilisée :

> « Pour que la femme atteigne le même niveau que l'homme, il faudrait qu'elle soit, à l'approche de l'âge adulte, entraînée à l'énergie et à la persévérance, et que sa raison et son imagination aient été exercées au plus haut degré ; il est probable qu'alors elle transmettrait ces qualités principalement à ses filles adultes. Toutes les femmes, cependant, ne pourraient pas être élevées ainsi, à moins que, durant de nombreuses générations, celles qui excellent dans les solides vertus ci-dessus évoquées ne se marient, et ne produisent des descendants en plus grand nombre que les autres femmes. Comme on l'a précédemment remarqué à propos de la force physique, bien que les hommes ne se battent plus aujourd'hui pour obtenir leurs épouses, et que cette forme de sélection soit tombée en désuétude, ils soutiennent pourtant, durant l'âge adulte, une lutte sévère pour se maintenir en vie, eux et leur famille ; et cela tendra à maintenir, voire à augmenter leurs capacités mentales, et en conséquence l'inégalité actuelle entre les sexes [1]. »

Rattrapage évolutif, donc, d'un sexe par l'autre, moyennant l'intervention corrective de l'instruction. L'acquisition possible des moyens de l'*égalité*, entre les sexes comme entre les races,

1. *Ibid.*, p. 685.

exclut définitivement que l'inégalité soit pensée par Darwin comme une irrémédiable fatalité biologique. Pour Darwin, dans le registre « civilisé », toute inégalité se corrige par l'*éducation*. L'éducation comme remède contre l'inégalité entretenue par la sélection naturelle *et* par la sélection sexuelle – laquelle cependant installe à travers les rituels nuptiaux et les soins dispensés aux jeunes l'amorce d'un altruisme destiné à inverser les dominances antérieures –, et la femme devenant, par ses instincts généreux et son intelligence conquise, l'*avenir de l'homme* : telle est la leçon, poursuivie jusqu'entre les sexes, de l'*effet réversif de l'évolution*.

IV

L'origine de la morale

Quels sont donc les éléments ou qualités qui caractérisent, dans le recensement qu'en effectue Darwin, les manifestations du comportement *moral* de l'homme civilisé ?

La conscience morale, on l'a vu, est identifiée au sentiment du *devoir* et suppose la distinction intime du bien et du mal. Cette distinction repose sur l'expérience de la capacité qu'a l'individu de choisir de suivre un instinct durable, car socialement utile et pour cette raison même objet d'approbation collective, plutôt qu'une impulsion éphémère vers la satisfaction immédiate d'un désir égoïste et passager. La conscience morale inclut aussi le risque de mort couru pour autrui, ou le sacrifice de soi au profit d'un idéal collectif, et l'on a compris désormais que cette capacité ne saurait être disjointe de ce qui se gagne au sein de la compétition en vue de l'obtention du partenaire sexuel et reproductif – premier mouvement volontaire vers une altérité qu'il s'agit non de combattre, mais de conquérir. Elle présuppose donc des instincts sociaux puissants, incluant les affections réciproques de la famille, qui en sont probablement le creuset, ainsi, conjointement, qu'un stade élevé de développement des facultés intellectuelles. Elle s'enracine dans le plaisir éprouvé à la fréquentation des semblables, et donc dans ce produit immédiat du développement des instincts sociaux qu'est la *sympathie*. Elle implique les services réciproques et l'entraide. Lors d'un manquement aux règles qu'elle édicte (et qui se résument dans l'injonction générale de préférer suivre le penchant durable et socialement utile plutôt que le désir individuel immédiat), elle inspire le regret, la honte, le repentir ou le remords[1]. Elle s'appuie sur

1. Le *remords* – comme, à des degrés moindres, le repentir, la honte ou le simple regret – est la trace psychologique laissée dans la conscience par le fait d'avoir préféré l'éphémère au durable. C'est ce qu'explique le chap. IV (p. 212-213) :

« Au moment de l'action, l'homme aura sans nul doute tendance à suivre l'impulsion la plus forte ; et même si cela lui inspire occasionnellement les actes les plus nobles, cela le conduit plus généralement à assouvir ses propres désirs aux dépens d'autres hommes. Mais ces désirs une fois assouvis, lorsque les impressions passées et moins vigoureuses sont jugées à l'aune de l'instinct social qui perdure et de sa profonde considération pour l'estime qui lui est portée par ses semblables, alors le châtiment ne tardera sûrement pas à venir. Il éprouvera à ce moment le remords, le repentir, le regret ou la honte, ce dernier sentiment étant, cependant, presque exclusivement lié au jugement des autres. Il prendra par conséquent la résolution plus ou moins ferme d'agir différemment à l'avenir ; il s'agit là de conscience ; car la conscience regarde en arrière et sert de guide pour l'avenir.

« La nature et la force des sentiments que nous appelons le regret, la honte, le repentir ou le remords dépendent apparemment non seulement de la force de l'instinct violé, mais en partie également de la force de la tentation, et souvent encore davantage du jugement de nos semblables. Le prix qu'accorde un homme à la manière dont les autres l'apprécient dépend de la force de son sentiment de sympathie inné ou acquis ; et de sa propre aptitude à déterminer par l'exercice de sa raison les conséquences lointaines de ses actes. Un autre élément est d'une très grande importance, même s'il n'est pas nécessaire, à savoir le respect ou la crainte envers les Dieux, ou les Esprits auxquels tout homme croit : et cela s'applique particulièrement aux cas de remords. Plusieurs critiques ont objecté que même si des regrets ou un repentir léger sont expliqués par le point de vue défendu dans ce chapitre, il est impossible de rendre compte ainsi de ce sentiment de remords qui bouleverse l'âme. Mais je ne vois guère de force dans cette objection. Mes critiques ne définissent pas ce qu'ils entendent par remords, et je ne peux trouver de définition qui impliquerait plus qu'une forme accablante de repentir. Le

le souci de l'opinion d'autrui et de l'opinion publique en général, ainsi que sur l'habitude qui renforce, au sein de l'éducation et de l'instruction, l'instinct social et l'obéissance aux souhaits et au jugement de la communauté. Elle intègre enfin un mouvement d'extension indéfini des conduites assimilatives en direction de tous les hommes, voire de tous les êtres sensibles.

On sait également que l'objectif principal de la démonstration de Darwin est de trouver à chaque caractéristique majeure du comportement moral humain un corrélat ou un analogue animal qui permette de penser ce comportement comme le résultat d'un processus évolutif, d'un « développement graduel » comparable – et lié – à celui des facultés. Il s'agit, en d'autres termes, de faire apparaître que l'action morale – produite par le *sens* moral ou la *conscience* morale – n'est pas une improvisation ou un privilège de l'homme, ni même une invention de l'homme civilisé, ni *a fortiori* le fruit d'une révélation transcendante qui par ailleurs aurait été différente suivant les cultures, mais l'accentuation ou l'intensification d'une tendance évolutive présente chez les animaux supérieurs du fait de leur organisation en unités reproductives, familiales et communautaires – ce qui rend nécessaire sa présence chez l'ancêtre commun que partagent les singes anthro-

---

remords semble être au repentir ce que la rage est à la colère, ou la torture à la peine. Il est loin d'être étrange qu'un instinct si puissant et si communément admiré que l'amour maternel conduise, lorsqu'on lui désobéit, à la souffrance la plus profonde, aussitôt que l'impression liée à la cause passée de cette désobéissance s'affaiblit. Même quand une action ne s'oppose à aucun instinct en particulier, le simple fait de savoir que nos amis et égaux nous méprisent pour l'avoir accomplie suffit pour nous causer une douleur profonde. Qui peut douter que le refus de se battre en duel par peur n'ait suscité chez beaucoup d'hommes une honte infinie ? Plus d'un Hindou, dit-on, a été remué jusqu'au fond de son âme pour avoir mangé une nourriture impure. »

poïdes et l'homme. Du côté des instincts que Darwin estime logiquement nécessaires à la formation de ces unités aux contours de plus en plus vastes, il établira une gradation simple qui place l'instinct *sexuel et reproducteur* à l'initiative de la formation du couple, l'instinct *domestique* en position de régulateur de la vie familiale et des soins apportés à la progéniture, et l'instinct *social* – d'extension indéfinie, qui à la fois résulte des précédents et les englobe – dans le rôle d'administrateur de la *sympathie* qui règle, à une échelle plus vaste, les relations entre les représentants d'une tribu, d'une nation, voire de l'humanité.

L'éthologie de Darwin suit alors une méthode encyclopédique, parcourant avec une minutie presque exhaustive l'ensemble du domaine zoologique approprié. « Mon objectif dans ce chapitre, annonce-t-il au début du chapitre III, est de montrer qu'il n'existe aucune différence fondamentale entre l'homme et les mammifères supérieurs pour ce qui est de leurs facultés mentales[1]. »

Hommes et mammifères supérieurs éprouvent les mêmes émotions, ressentent et expriment d'une manière également distinctive le plaisir et la douleur, le bonheur et le malheur. Les uns et les autres apprécient les jeux, principalement lorsqu'ils sont jeunes. Ils sont sujets à la frayeur, dont les symptômes physiques leur sont communs. Ils sont les uns et les autres aptes à la méfiance et à la ruse. Ils sont individuellement susceptibles d'avoir bon ou mauvais caractère. Ils sont capables d'une vengeance différée. Ils connaissent l'amour, l'affection maternelle, et sont quelquefois doués d'un altruisme transgressant les frontières de l'espèce. Ils sont perméables à la rancune, à l'indignation, à la colère. Ils sont volontiers taquins. Ils possèdent également en commun la jalousie, l'émulation, la sensibilité à l'approbation et à la louange, la fierté, la honte, le mépris, la susceptibilité et même l'humour. Beaucoup d'entre eux par-

1. *La Filiation de l'Homme*, éd. cit., chap. III, p. 150.

tagent le goût des impressions vives, celui de la nouveauté ; ils ressentent l'ennui, l'étonnement, la curiosité. Ils se rapprochent encore par la capacité d'imitation, par les apprentissages initiaux, par l'éducabilité et par la faculté d'attention. Ils conservent la mémoire des personnes et des lieux. Leur imagination peut les conduire à une forme de superstition. Certains mammifères donnent des témoignages peu réfutables de leur disposition au raisonnement, à moins qu'on ne les attribue à un instinct transmis. C'est le cas par exemple du comportement régulier des chiens de traîneau s'écartant les uns des autres lorsqu'ils arrivent sur une couche de glace plus mince, comme s'ils savaient qu'ils doivent à cet instant répartir le poids de l'attelage sur une surface plus étendue. La puissance de certaines associations mentales chez des animaux inférieurs aux mammifères a été vérifiée par exemple chez un brochet que l'on avait séparé par une vitre de poissons d'une certaine espèce, et qu'il attaquait. La violence du choc provoqué et son association avec l'image de ces poissons particuliers le conduisirent, au terme de ce conditionnement négatif, à éviter ensuite ces proies lorsque la vitre fut enlevée. Les chiens dans le désert se précipitent dans les déclivités du sol, seuls endroits où il soit possible de trouver de l'eau. L'utilisation d'un procédé indirect pour atteindre un objet convoité s'est observée chez un éléphant qui soufflait avec sa trompe au-delà de cet objet afin de le faire revenir vers lui, et chez un ours créant avec sa patte un courant d'eau pour attirer à lui un morceau de pain flottant. Les mammifères font preuve d'observation, de déduction, de prudence apprise (évitement des pièges grâce à l'expérience)[1]. Darwin

1. Sur ces questions, on notera sur la réflexion de Darwin l'influence éparse de Frédéric Cuvier, dont l'importance avait d'ailleurs été relevée par Proudhon en 1840 dans *Qu'est-ce que la propriété ?*. Darwin avait lu en effet dès 1838 (*Notebook M*) le résumé qu'avait donné Flourens des idées de F. Cuvier sur l'instinct et l'intelligence des animaux : « L'instinct est une force primitive et propre, comme la

cite un cas de délibération et de raisonnement chez un chien de chasse. Il n'est pas jusqu'au façonnement intentionnel de l'outil – considéré en général comme le privilège de l'homme – qui ne puisse avoir des *primordia* animaux : les grands singes se confectionnent des litières ou des couvertures de feuilles pour la nuit, et parfois, à d'autres heures, des protections contre le soleil. Les arts techniques de l'architecture et du vêtement se construiront à partir de telles aptitudes.

La capacité d'abstraction et la formation d'idées générales (concepts) existent chez les animaux. Cette affirmation sera le motif clé de l'opposition de Darwin à la thèse du linguiste Max Müller, reproduisant en fait une conception de Condillac, suivant laquelle il n'y a pas de pensée (ni de concept) sans langage. Nous avons consacré à cette question une longue analyse[1]. Qu'il suffise ici de rappeler la position de Darwin, telle qu'il la résume lui-même au chapitre III de *La Filiation* :

> « Plusieurs écrivains, et plus spécialement le professeur Max Müller[2], ont insisté récemment sur le fait que l'usage de

sensibilité, comme l'irritabilité, comme l'intelligence. Le loup et le renard, qui reconnaissent les pièges où ils sont tombés et qui les évitent, le chien et le cheval, qui apprennent jusqu'à la signification de plusieurs de nos mots et qui nous obéissent, font cela par *intelligence*. Le chien, qui cache les restes de son repas, l'abeille, qui construit sa cellule, l'oiseau, qui construit son nid, n'agissent que par *instinct*. Il y a de l'instinct jusque dans l'homme ; c'est par un instinct particulier que l'enfant tète en venant au monde. Mais dans l'homme, presque tout se fait par l'intelligence, et l'intelligence y supplée à l'instinct. L'inverse a lieu pour les animaux, l'instinct leur a été donné comme supplément de l'intelligence » (Pierre Flourens, *Résumé analytique des observations de M. Frédéric Cuvier sur l'instinct et l'intelligence des animaux*, 1839).

1. Voir Claude Allard et Patrick Tort, « Présentation » de l'*Esquisse biographique d'un petit enfant*, dans P. Tort (dir.), *Pour Darwin*, Paris, PUF, 1997, p. 185 et suiv.

2. [Note de Darwin :] *Lectures on Mr Darwin's Philosophy of Language*, 1873.

la langue implique la capacité de former des concepts généraux, et que, puisque aucun animal n'est censé posséder ce pouvoir, une barrière infranchissable est dressée entre eux et l'homme [1]. Pour ce qui est des animaux, j'ai déjà tenté de montrer qu'ils ont cette capacité, au moins à un degré grossier et commençant. En ce qui concerne les enfants de dix à onze mois, et les sourds-muets, il me semble incroyable qu'ils soient capables de rattacher certains sons à certaines idées générales aussi rapidement qu'ils le font, à moins que de telles idées ne soient déjà formées dans leur esprit. La même remarque peut être étendue aux animaux les plus intelligents ; comme l'observe M. Leslie Stephen [2] : "Un chien se forge un concept général pour les chats et les moutons, et connaît les mots correspondants aussi bien qu'un philosophe. Et la capacité de comprendre est une aussi bonne preuve

1. [Note de Darwin :] « Le jugement d'un philologue distingué, comme le professeur Whitney, aura beaucoup plus de poids sur ce point que tout ce que je pourrai dire. Il remarque (*Oriental and Linguistic Studies*, 1873, p. 297), en parlant des opinions de Bleek : "Parce que sur une grande échelle le langage est l'auxiliaire nécessaire de la pensée, indispensable au développement de la capacité de pensée, à la netteté, à la variété et à la complexité des cognitions vers une pleine maîtrise de la conscience ; il en arriverait par conséquent volontiers à l'idée que la pensée est impossible sans parole, en identifiant la faculté à l'instrument. Il pourrait tout aussi raisonnablement affirmer que la main humaine ne peut agir sans outil. Avec une telle doctrine au départ, il ne peut éviter de tomber dans les pires paradoxes de Müller, selon lesquels un enfant (*in fans*, ne parlant pas) n'est pas un être humain, et que les sourds-muets ne deviennent pas possesseurs de raison avant d'apprendre à se servir de leurs doigts pour imiter des mots parlés." Max Müller (*Lectures on Mr Darwin's Philosophy of Language*, 1873, troisième conférence) souligne l'aphorisme suivant : "Il n'y a pas plus de pensée sans mots qu'il n'y a de mots sans pensée." Quelle étrange définition ne doit-on pas donner ici au mot pensée ! »

2. [Note de Darwin :] *Essays on Free-thinking*, etc., 1873, p. 82.

d'intelligence vocale, bien qu'à un degré inférieur, que la capacité de parler"[1]. »

De même que le langage humain s'est formé à partir de l'expression encore inarticulée d'émotions fondamentales, la pensée de l'homme s'ancre par nécessité dans une aptitude naturelle élémentaire à former des représentations générales qui sont autant de supports fonciers à un perfectionnement ultérieur consistant dans la production d'abstractions conceptuelles de plus en plus raffinées. À aucun moment Darwin ne cherchera à se montrer meilleur linguiste que ses illustres interlocuteurs en ce domaine, mais il sera à coup sûr meilleur dialecticien. L'évolution des langues est pour lui la suite normale et la confirmation de l'évolution de l'espèce. Entre les actualisations particulières de l'outil langagier (les langues) et la *faculté* qui en permet l'infinie modulation historique, Darwin s'intéresse d'une façon primordiale à la *faculté*. La nécessité d'un développement graduel est un réquisit du continuisme moniste de Darwin et exclut qu'un caractère développé chez l'homme soit dépourvu de tout *primordium* dans la série de ses ancêtres. Entre les facultés humaines et les ébauches animales dont elles dérivent par le jeu des avantages sélectifs, il ne peut y avoir, suivant la formule consacrée, qu'une différence de *degré*, et non de *nature* ; de même, un enfant grandit en se perfectionnant, en non en changeant d'être. Les acquisitions langagières sont un élément décisif de son développement mental, mais n'altèrent pas la nature des capacités foncières, natives, de son appareil psychique, lui-même produit par sa phylogénie. La vérité naturaliste englobante de la descendance avec modifications l'emporte à ce niveau sur les discussions secondaires des linguistes. Si cette vérité est suffisamment prouvée par les faits, l'origine animale du langage en sera une conséquence nécessaire, et repo-

1. *La Filiation de l'Homme*, éd. cit., chap. III, p. 174.

sera sur la détention, chez les animaux supérieurs et *a fortiori* chez l'enfant humain, d'ébauches d'idées générales et d'une intellection commençante des signes susceptibles de les évoquer. Aucun dualisme isolant l'humain de l'animal, même au niveau philologique, ne serait plus acceptable que celui qui séparerait l'adulte de l'enfant, ni ne saurait en soi se justifier dans la perspective du gradualisme phylétique de Darwin.

La question du langage est importante parce qu'elle pose une nouvelle fois, hors philosophie, celle du rapport entre nature et artifice dans les termes du continuisme naturaliste. Certes, « le langage est un art, comme celui de fabriquer de la bière ou du pain [1] », mais cette déclaration conviendrait sans doute mieux à l'écriture. La disposition à parler, manifestée par le babil spontané des enfants, est une tendance instinctive. Il n'est aucun philologue qui prétende qu'un langage ait été de part en part délibérément inventé. Chaque langue part d'un besoin de communication qui utilise spontanément les ressources expressives du corps avant de les ordonner en un système habituel et régulier. Il y a chez les oiseaux, à l'intérieur d'une même espèce, une ressource grossièrement identique de sons expressifs que l'on peut attribuer à un fonds instinctif commun. Ces derniers traduisent spontanément les émotions. Mais, loin d'être innés, le chant propre de l'espèce et même les notes d'appel sont appris des parents, lors même que ces derniers ne sont que nourriciers. Le « chant parfait », comme le langage, requiert un long apprentissage [2], et cette ressem-

1. *Ibid.*, p. 171.

2. Voir *ibid.*, p. 171-172 : « Les sons émis par les oiseaux offrent à plus d'un égard la plus proche analogie avec le langage, car tous les membres de la même espèce émettent les mêmes cris instinctifs exprimant leurs émotions ; et toutes les espèces qui chantent exercent leur capacité instinctivement ; mais le chant en lui-même, et même les notes d'appel, sont enseignés par leurs parents ou leurs parents nourriciers. Ces sons, comme Daines Barrington l'a prouvé, “ne sont pas plus

blance entre les hommes et les oiseaux, chère à Darwin, *naturalise* l'apprentissage humain lui-même en lui assignant une parenté – donc une ascendance – animale, en même temps qu'il *culturalise* chez l'oiseau ce qui pouvait sembler être son expression spécifique propre et spontanée. Là encore, la dialectique du naturel et du « culturel » rencontre chez Darwin la figure qui la fait échapper au dualisme figé des oppositions classiques. L'apprentissage instaure un *artifice*, mais il demeure cependant *naturel* – puisqu'il est attesté chez de nombreuses espèces animales, et d'une manière particulièrement remarquable chez les singes. Toutefois, si le chant est *d'abord* naturel et *ensuite* appelé régulièrement à se perfectionner, c'est à la fois grâce à une ressource instinctive (sonorités, modulations expressives spontanées) et à sa stimulation comme à son modelage indispensable par un environnement social actif – le couple parental, la famille, le groupe spécifique –, lequel lui donne la forme qui assurera au jeune son intégration à l'âge adulte. En ce qui concerne les oiseaux et leur chant, il est intéressant de souligner le fait que Darwin,

---

innés que le langage ne l'est chez l'homme". Les premières tentatives pour chanter "peuvent être comparées aux essais imparfaits de l'enfant pour babiller". Les jeunes mâles continuent à s'exercer, ou, comme le disent les éleveurs d'oiseaux, "à répéter", pendant dix ou onze mois. Leurs premiers essais montrent à peine les rudiments du chant futur ; mais à mesure qu'ils avancent en âge on commence à percevoir où ils veulent en arriver ; et pour finir on dit qu'ils "chantent leur chant parfait". Les couvées qui ont appris le chant d'une espèce distincte, comme les canaris élevés au Tyrol, enseignent et transmettent leur nouveau chant à leurs descendants. Les légères différences naturelles de chant dans la même espèce habitant des régions différentes peuvent être comparées avec pertinence, comme le remarque Barrington, "à des dialectes provinciaux" ; et les chants d'espèces alliées, quoique distinctes, peuvent être comparés aux langues des races distinctes de l'homme. J'ai donné les détails qui précèdent pour montrer qu'une tendance instinctive à acquérir un art n'est pas particulière à l'homme. »

en distinguant la capacité expressive naturelle des jeunes et la maîtrise apprise du chant adulte, donne un contenu naturaliste fort à l'ébauche que nous proposions plus haut de la naissance et de l'autonomisation relative du symbolique dans la vie des individus adultes : le chant *appris* – celui qui s'est construit par imitation et apprentissage, mais sur la base d'une faculté expressive naturelle – étant ce qui comptera le plus, avec le plumage, dans la conquête des femelles à la saison des amours. La séduction est donc, sur la base d'un instinct naturel, ce qui exprime, dans la relation adulte du choix amoureux, un *quantum d'artifice* que l'homme apprendra à porter jusqu'en ses raffinements les plus étudiés. La « tendance instinctive à acquérir un art » entre ici en assonance avec le thème condillacien de l'*apprentissage nécessaire des signes naturels*, qui est l'un des thèmes de l'anthropologie des Lumières par où le matérialisme commence à éclairer la dialectique subtile de la nature et de l'artifice, de l'individuel et du social, de la naissance de l'art, ainsi que de l'apprentissage simultané de la signification, de la simulation et du mensonge.

1. *Instinct, intelligence*

Il apparaît ainsi que, pour Darwin, les procédures de l'apprentissage telles qu'elles se laissent observer dans le règne animal développent une aptitude et une propension naturelles (instinctives) de chaque membre d'un groupe à se doter d'un comportement construit, par la médiation d'un processus d'acquisition souvent imitatif, et au moyen d'un *exercice* incluant nécessairement la répétition, l'erreur et la correction – comportement qui s'éloigne par conséquent de l'instinct pour rejoindre l'intelligence. La distinction de ces deux instances dans le langage courant des naturalistes pose néanmoins le problème théorique majeur de leur relation véritable au sein de l'évolution. Si l'on entend par instinct, à l'intérieur d'une espèce animale, un ensemble fixé et transmis d'habitudes acquises au contact du monde et s'activant automatiquement dans des situations données, on sera évidemment tenté d'en faire la base naturelle de toute l'activité mentale et comportementale ultérieure, et donc d'une *intelligence* qui y trouverait ainsi sa base biologique tout en s'en affranchissant d'une manière progressive – la mesure de cet affranchissement étant donnée par une augmentation sensible de la capacité d'*erreur*. Dans cette logique qui relie comme des phases d'un même continuum développemental l'intelligence à l'instinct, l'homme apparaît, doué de sa fameuse raison, non plus comme un miracle de la Création installé à son sommet par une dotation spéciale, mais comme le couronnement actuel d'un long processus évolutif au cours duquel plus on s'élève dans la série animale, plus l'intelligence tend à concurrencer, voire à supplanter l'instinct. Darwin se trouve là devant un problème d'autant plus délicat qu'il a suscité de vives oppositions dans le milieu des naturalistes, et il va, comme à son ordinaire, le traiter, dans un passage que nous avons déjà évoqué, en parcourant le spectre complet des opinions en présence :

> « Le petit nombre et la simplicité comparative des instincts chez les animaux supérieurs contrastent remarquablement avec ceux des animaux inférieurs. Cuvier soutenait que l'instinct et l'intelligence sont en raison inverse ; et d'autres ont pensé que les facultés intellectuelles des animaux supérieurs se sont développées graduellement à partir de leurs instincts. Mais Pouchet, dans un article intéressant[1], a montré qu'aucune raison inverse de ce genre n'existe. Les insectes qui possèdent les instincts les plus remarquables sont certainement

1. [Note de Darwin :] « L'instinct chez les insectes », *Revue des Deux Mondes*, février 1870, p. 690.

les plus intelligents. Dans la série vertébrée, les membres les moins intelligents, à savoir les poissons et les amphibiens, ne possèdent pas d'instincts complexes ; et parmi les mammifères l'animal le plus remarquable pour ses instincts, à savoir le castor, est hautement intelligent, ainsi que l'admettent tous ceux qui ont lu l'excellent travail de M. Morgan [1].

« Bien que les premières lueurs de l'intelligence, selon M. Herbert Spencer [2], se soient développées par la multiplication et la coordination d'actions réflexes, et bien que beaucoup d'instincts plus simples se transforment graduellement en actions réflexes, et peuvent à peine en être distingués, comme dans le cas des jeunes animaux qui tètent, les instincts plus complexes paraissent pourtant s'être formés indépendamment de l'intelligence. Je suis, cependant, très loin de vouloir nier que les actions instinctives puissent perdre leur caractère fixe et non appris, et être remplacées par d'autres accomplies avec l'aide de la libre volonté. D'autre part, certaines actions intelligentes, après avoir été accomplies pendant plusieurs générations, se convertissent en instincts et sont héritées, comme lorsque les oiseaux des îles océaniques apprennent à éviter l'homme. On peut dire alors de ces actions qu'elles ont un caractère dégradé, car elles ne sont plus accomplies grâce à la raison ni à partir de l'expérience. Mais la plupart des instincts plus complexes paraissent avoir été acquis d'une manière toute différente, par la sélection naturelle des variations d'actions instinctives plus simples. De telles variations paraissent provenir des mêmes causes inconnues qui agissent sur l'organisation cérébrale, lesquelles induisent des variations ou des différences individuelles légères sur d'autres parties du corps ; et ces variations, du fait de notre ignorance, sont souvent considérées comme se

1. [Note de Darwin :] *The American Beaver and his Works*, 1868.
2. [Note de Darwin :] *The Principles of Psychology*, 2e éd., 1872, p. 418-443.

produisant spontanément. Nous ne pouvons, je pense, parvenir à aucune autre conclusion sur l'origine des instincts plus complexes, lorsque nous songeons aux merveilleux instincts des fourmis et des abeilles ouvrières stériles, qui ne laissent point de descendants pour hériter des effets de l'expérience et des habitudes modifiées.

« Bien que, comme nous l'apprenons des insectes et du castor mentionnés précédemment, un haut degré d'intelligence soit certainement compatible avec les instincts complexes, et bien que les actions, apprises d'abord volontairement, puissent bientôt être accomplies grâce à l'habitude avec la rapidité et la certitude d'une action réflexe, il n'est cependant pas improbable qu'il y ait un certain degré d'interférence entre le développement de l'intelligence libre et de l'instinct – ce dernier impliquant quelque modification héréditaire du cerveau. Nous savons peu de choses sur les fonctions du cerveau, mais nous pouvons concevoir qu'à mesure que les capacités intellectuelles se développent davantage, les diverses parties du cerveau doivent être reliées par des canaux très enchevêtrés permettant l'intercommunication la plus libre ; et par voie de conséquence, chaque partie distincte devrait peut-être tendre à être moins bien adaptée pour répondre à des sensations ou à des associations particulières d'une manière définie et héritée – c'est-à-dire instinctive. Et même il semble qu'il existe quelque relation entre un degré d'intelligence bas et une forte tendance à la formation d'habitudes fixes, bien que non héritées ; car comme me le faisait remarquer un médecin avisé, les personnes légèrement imbéciles ont tendance à se laisser guider en tout par la routine ou l'habitude ; et l'on augmente beaucoup leur contentement si l'on encourage ce trait.

« J'ai pensé que cette digression valait d'être faite, parce que nous pouvons facilement sous-estimer les capacités mentales des animaux supérieurs, et surtout de l'homme, lorsque nous comparons leurs actions fondées sur la mémoire d'événements passés, sur la prévoyance, la raison et l'imagination, avec des actions exactement similaires accomplies instinctivement par les animaux inférieurs ; dans ce dernier cas, l'aptitude à accomplir de telles actions a été acquise, pas à pas, grâce à la variabilité des organes mentaux et à la sélection naturelle, sans aucune intelligence consciente de la part de l'animal durant chaque génération successive. Il ne fait aucun doute, comme le soutient M. Wallace[1], qu'une grande part du travail intellectuel fait par l'homme est due à l'imitation et non à la raison ; mais il y a cette grande différence entre ses actions et beaucoup de celles effectuées par les animaux inférieurs, que l'homme ne peut pas, d'emblée, construire, par exemple, une hache en pierre ou une pirogue, grâce à son pouvoir d'imitation. Il faut qu'il apprenne son travail par la pratique ; un castor, au contraire, peut construire sa digue ou son canal, et un oiseau faire son nid, aussi bien ou presque aussi bien, et une araignée tisser sa merveilleuse toile, tout à fait aussi bien, dès le premier essai, qu'avec l'âge et l'expérience[2]. »

Un pareil développement peut demeurer énigmatique pour un commentateur pressé d'aboutir à une conclusion claire, univoque et précise. Fidèle à ses habitudes, Darwin passe en revue des avis opposés, et ne se prive nullement de n'en approuver aucun comme intégralement juste, tout en empruntant à chacun l'élément de vérité susceptible d'être interprété par sa théorie. Or nos analyses précédentes ont largement montré que Darwin parviendra plus loin à une synthèse permettant de concilier ce qui pour l'instant semble présenté

1. [Note de Darwin :] *Contributions to the Theory of Natural Selection*, 1870, p. 212.

2. *La Filiation de l'Homme*, éd. cit., chap. III, p. 153. Darwin renvoie, sur ce dernier point, au « très intéressant ouvrage » de John Traherne Moggridge, *Harvesting Ants and Trap-door Spiders*, 1873, p. 126, 128.

comme antinomique. Par exemple, il se montrera en accord fondamental avec la « raison inverse » de Frédéric Cuvier, car il sait depuis longtemps que les animaux domestiqués se caractérisent, comme les hommes civilisés, par une baisse du nombre, de l'activité et de l'acuité des instincts individuels, et par une intensification et une extension des procédures d'apprentissage. Il n'en sera pas moins d'accord avec ceux qui estiment que l'intelligence est une dérivation de l'instinct, dont il sait le caractère mixte, imparfait et faillible, et par conséquent propre à contenir « une part de raison » destinée elle aussi à s'autonomiser. Il n'aura pas plus de mal à approuver Pouchet étayant la thèse du parallélisme entre richesse instinctuelle et intelligence sur l'exemple du castor, puisque rien n'interdit *a priori* de penser que, dans certaines conditions et chez certaines espèces d'animaux sociaux, cette coexistence puisse durer un temps très long sans que l'une de ses composantes l'emporte sur l'autre d'une manière absolument décisive. Comme il le fait ordinairement devant tout objet jouant un rôle majeur dans le processus évolutif, Darwin finira par lui appliquer sa propre théorie, et par expliquer que les instincts, mécanismes innés que le créationnisme fixiste assigne en propre et d'une manière inhérente à toutes les créatures vivantes « suivant leur espèce », sont au contraire, tout comme les éléments morphologiques, anatomiques et physiologiques, sujets à la variation, donc soumis à la sélection naturelle. Les instincts « complexes » ont été tout particulièrement développés grâce à cette dernière, qu'ils caractérisent des insectes comme l'abeille ou des mammifères comme le castor, tous deux bâtisseurs dans leur classe respective, et tous deux d'une « intelligence » probablement exceptionnelle en son sein. Les instincts faisant partie du grand ensemble des « facultés mentales », il est nécessaire d'attribuer leurs modifications évolutives, chez les animaux supérieurs, à des variations du cerveau, ce qui bien entendu relie l'évolution des instincts à celle de la structure physique. La transmission des variations avantageuses de l'instinct – système d'habitudes comportementales relativement fixes à l'intérieur d'une espèce – n'est donc en rien plus surprenante que celle des variations avantageuses de la conformation. La question de la distinction à établir entre instinct et intelligence ne devient une question naturaliste qu'une fois admise cette proposition intégralement requise par le monisme transformiste. Elle n'a de sens également qu'à partir du point de vue de l'homme, seul être *devenu évolutivement capable* de la poser et de se la poser à lui-même. Seule en effet la détention du langage articulé et la maîtrise linguistique et définitionnelle des concepts permettent à l'homme, et à lui seul, d'effectuer des distinctions que la nature ignore. Dans l'origine, l'intelligence et l'instinct ont évolué *ensemble* en tant que *facultés mentales*, et si l'on tend généralement à se représenter l'instinct comme primordial, c'est en réalité parce que très probablement il a d'abord dominé l'expression d'une capacité intellectuelle *inhérente* que le tronc commun des facultés mentales contenait en lui comme une possibilité intime de développement variationnel ultérieur. Dans certaines conditions favorables de milieu, certaines espèces ont vu leur évolution infléchie par l'avantage qu'elles ont trouvé à développer telle variation échappant à la fixité relative de l'instinct pour s'adapter plus efficacement à l'inhabituel et à l'imprévu : cette variation, premier écart par rapport à la rigidité relative de l'instinct (lequel cependant en incluait la possibilité), une fois sélectionnée, est ce qui a enclenché le processus de différenciation et d'autonomisation de l'intelligence, remplaçant de plus en plus les réponses « instinctives » par des réponses « réfléchies » fondées sur l'analyse des situations et l'ajustement circonstanciel des réponses. Or, si l'on suit la logique moniste qui assigne aux variations comportementales des corrélats organiques nécessaires, cette divergence sélectionnée de l'intelligence, qui instaure là où elle se produit une tendance à l'accroissement des capacités rationnelles, s'accompagne dans le cerveau d'un accroissement de la complexité du réseau des interconnexions, et par conséquent d'une augmentation indéfinie des possibilités associatives, ce que Darwin traduit remarquablement, dans le long passage qui a été cité plus haut, en termes d'élargissement progressif de la « liberté » : cette liberté croîtra effectivement désormais en raison *inverse* de l'instinct, qui apparaît par rapport à elle comme un support infiniment moins souple, destiné sans doute en tant que tel à un progressif dépérissement. L'évolution des instincts et de l'intelligence qui s'en détache suit donc la voie générale imposée par la théorie, et sans doute par la nature : celle d'une divergence sélectionnée qui grandit à partir d'un socle qu'elle peut effectivement contredire et laisser s'engloutir peu à peu dans une mort relative. L'« arbre de la vie » est peut-être à cet égard une métaphore en partie moins adéquate que celle du « corail de la vie » – le corail vivant se développant sur un socle de corail mort –, dont Darwin fit usage très tôt, lors de la coïncidence entre la préparation de son ouvrage fondateur sur les récifs coralliens et la méditation des premières ébauches de sa théorie[1]. Mais cet « arbre de la vie », si de sa métaphore on retient essentiellement la croissance à partir d'un germe, apparaît, en se développant, et sans que nul terme ne soit fixé à la variation qui a produit parmi ses rameaux la forme sélectionnée de l'intelligence, comme un arbre de la *liberté*.

2. *Histoire naturelle de la liberté*

Disons-le brièvement et simplement, quitte à assumer ensuite le devoir d'entrer dans des explications plus complexes : le concept auquel j'ai donné le nom d'*effet réversif de*

1. Voir *Notebook B* [1837-1838] : « *The tree of life should perhaps be called the coral of life, base of branches dead ; so that passages cannot be seen.* »

l'évolution est ce qui permet de penser *non théologiquement* l'émergence de ce que la philosophie a toujours désigné sous le terme de « liberté ». « Non théologiquement » signifie : en échappant au dualisme dogmatique qui isole de toute histoire évolutive une instance – l'âme, l'esprit, la conscience morale, le sentiment intérieur – posée comme indépendante, dans son être et dans sa source, des déterminations strictement immanentes de la matière – matière dont en même temps la science *seule* est en mesure de fournir une connaissance exploratoire pour laquelle elle n'admet *a priori* aucune restriction ni frontière. La science considère la réalité comme indéfiniment connaissable, et c'est très exactement pourquoi une science libre ne saurait fixer aucune limite à son progrès. Une phrase de Darwin exprime superbement cette conscience, qui n'est pas « optimiste » mais seulement *réaliste*, d'une science non limitable en droit : « Ce sont ceux qui connaissent peu, et non ceux qui connaissent beaucoup, qui affirment aussi catégoriquement que tel ou tel problème ne sera jamais résolu par la science[1]. » La science découvre, invente, et ne saurait – du seul fait qu'elle présente sans cesse à la connaissance des nouveautés imprévues – concevoir de limite supérieure à son investigation, sauf si la théologie – ou sa réinscription philosophique, le dogme de l'Inconnaissable – lui en fait une loi. En même temps, la science est ce qui affirme avec netteté ses limites *actuelles*. Elle ne peut qu'en se niant elle-même donner comme une positivité acquise une proposition ou une théorie dont elle n'a pas fourni la démonstration. Ce qui est hypothétique en elle doit le rester jusqu'à ce qu'une procédure de validation et une aptitude prouvée à fonder des positivités nouvelles viennent transformer l'hypothèse en *fait*.

À l'inverse, la théologie – celle qui accompagne les grandes religions monothéistes – part de la Révélation, *c'est-*

1. *La Filiation de l'Homme*, éd. cit., « Introduction », p. 82.

à-dire d'une certitude qui n'est pas un savoir, et qui l'est d'autant moins qu'elle postule que ce qui l'a établie ne peut être connu, mais seulement accueilli. D'où vient qu'elle ne peut que commenter indéfiniment la sublimité de l'Inconnaissable, et non transformer ce non-savoir en connaissance positive. Si le monde est tel qu'il est, la raison ultime s'en trouve dans la volonté de Dieu. Comme cette volonté est en elle-même inconnaissable, la théologie décrète que l'interprétation du monde ou de la nature effectuée par les moyens humains rencontre, dès qu'elle pose la question des fins ultimes – ou de la première Cause –, cet inconnaissable radical qui trace la frontière entre science et croyance, et impose une limite au pouvoir de pénétration de la connaissance rationnelle. La science a dû longtemps se soumettre à ce clivage pascalien qui ordonne à la raison de s'humilier devant ce qui est censé transcender son pouvoir[1]. L'inhibition volontaire de la raison

1. Voir notamment *Pensées*, III : « Humiliez-vous, raison impuissante » ; V : « La derniere démarche de la raison, c'est de connoistre qu'il y a une infinité de choses qui la surpassent. Elle est bien foible si elle ne va jusques là.

« Il faut sçavoir douter où il faut, assurer où il faut, se soûmettre où il faut. Qui ne fait ainsi n'entend pas la force de la raison. Il y en a qui péchent contre ces trois principes, ou en assurant tout comme démonstratif, manque de se connoistre en demonstration ; ou en doutant de tout, manque de sçavoir où il faut se soûmettre ; ou en se soûmettant en tout, manque de sçavoir où il faut juger.

« Si on soûmet tout à la raison, nostre Religion n'aura rien de mysterieux & de surnaturel. Si on choque les principes de la raison, nostre Religion sera absurde et ridicule.

« La raison, dit Saint Augustin, ne se soûmettroit jamais, si elle ne jugeoit qu'il y a des occasions où elle se doit soûmettre. Il est donc juste qu'elle se soûmette quand elle juge qu'elle se doit soûmettre, & qu'elle ne se soûmette pas quand elle juge avec fondement qu'elle ne le doit pas faire : mais il faut prendre garde à ne se pas tromper. [...]

« Il n'y a rien de si conforme à la raison que le desaveu de la raison dans les choses qui sont de foy. »

est alors présentée comme un acte de la raison elle-même jugeant sagement de ses propres forces. C'est là, au moins, le point de convergence de toutes les obédiences chrétiennes, et le jansénisme mystique de Pascal ne s'y montre guère plus original que la politique des Jésuites. L'interdiction faite à l'homme de *savoir* au-delà d'une certaine « limite » est une constante de toutes les théologies, comme de toutes les religions et de tous les cultes.

La science libre, affranchie de tout devoir-dire théologique et de toute obligation de parole ou de silence liée à une métaphysique instituée, n'adviendra qu'après que les Lumières auront ouvert dans la forteresse du dogme les brèches qu'y élargiront progressivement la critique religieuse et philosophique ainsi que les sciences de la nature vivante en voie de laïcisation. Cet affranchissement prendra d'abord la forme d'une *négociation*. Celle par exemple de la science des monstres obligée, pour échapper au préformationnisme et développer sa théorie de la formation accidentelle des structures déviantes, d'estimer indigne de Dieu la production d'un plan de vie promis d'emblée au dysfonctionnement et à la mort[1]. Ou celle de Darwin jugeant, de même, indigne du Créateur (auquel du reste il a déjà cessé de croire) l'universelle et gratuite cruauté régnant parmi les animaux[2], afin de pouvoir

---

La raison augustinienne jugeant elle-même rationnellement de ses propres limites en se désavouant à juste titre devant l'inconnaissable, mais courant malgré tout le risque de se tromper, demeure l'un des paradoxes les plus étranges de la philosophie.

1. J'ai consacré un livre à l'analyse de cette transaction entre l'anatomie pathologique naissante et la métaphysique : *L'Ordre et les Monstres*, Paris, Le Sycomore, 1980, rééd. Syllepse, 1998.

2. Seul l'homme étant, dans la perspective dominante de la religion, susceptible de voir sa conscience morale s'améliorer par l'épreuve de la souffrance, les animaux – dénués de conscience morale suivant cette même perspective – ne sauraient s'inscrire parmi les bénéficiaires de

échapper au providentialisme de la théologie naturelle et développer sans entrave l'examen de l'évolution suivant des voies immanentes qui s'accommodent mieux de l'imperfection du monde. Puis, dans le progrès de leurs rapports, surviendra la rupture convenue entre science et croyance, d'abord sur le mode «pascalien» – qui vient d'être évoqué – d'un partage soigneusement effectué par une conscience appelée à suspendre opportunément l'activité rationnelle pour s'abandonner à la foi (ce qui maintient entre ces dernières une frontière commune susceptible de stimuler tout désir de conquête), ensuite sur le mode méthodologique d'un décret d'extériorité réciproque : postuler l'hétérogénéité radicale et l'étanchéité des deux champs permet alors de faire en sorte qu'aucun n'apparaisse comme la limite naturelle de l'autre. C'est ainsi que des chercheurs chrétiens ont pu se conduire en parfaits matérialistes au sein de leur activité professionnelle, et même dans certains cas revendiquer cette séparation comme nécessaire à la poursuite cohérente de leur activité.

Il faut insister sur le fait que rien n'est plus facilement admissible en science que ce «matérialisme méthodologique», qu'un croyant moderne est lui-même en mesure de soutenir, puisqu'il y trouve en retour l'espoir que la science ainsi maintenue dans l'intégrité de son rôle rationnel ne cherchera plus à porter une atteinte conquérante au domaine protégé de la foi. S'il est juste de dire que, dans l'univers de la pratique des sciences, le matérialisme n'est pas une «philosophie», mais la *condition méthodologique de la connaissance objective et de son progrès*, ce qui justifie pleinement que l'on en rejette toute proposition spiritualiste ou surnaturaliste, il est juste également d'observer que c'est *la même conscience* qui accomplit ce geste d'assainissement nécessaire de la connais-

---

cette version «instructive» de la Providence. La cruauté devient alors celle d'un Dieu vivisecteur qui aurait institué la souffrance parmi les animaux par sa seule fantaisie.

sance rationnelle et qui, le cas échéant, adhérera *par ailleurs* à une croyance impliquant la reconnaissance d'un surnaturel à sa source ou à son sommet. Du point de vue de la subjectivité connaissante et croyante, ce clivage impliqué dans le « par ailleurs » apparaît également comme un pacte de non-agression entre deux instances antagoniques qui ont décidé apparemment de se côtoyer sans se combattre *jusqu'à l'intérieur du sujet*. Il en résulte en fait, puisque nul clivage convenu ne parvient à se faire étanche au point qu'il empêche la conscience de revenir à ses plus intimes contradictions, qu'un conflit non résolu et de ce fait périodiquement résurgent vient se réinstaller entre raison et foi, aussi bien dans la pensée des individus que dans ses extériorisations collectives : les États-Unis sont, de cette pathologie, l'exemple le plus caricatural, avec la mise en équivalence absurde et manipulatrice de la théorie de l'évolution des organismes et d'un créationnisme perpétuellement renaissant[1]. Aujourd'hui, la question est donc bien pour

1. Qu'on me permette ici de citer à ce sujet un feuillet de critique publié dans *Le Monde de l'éducation* au mois de juin 2005, qui développe cette analyse sur le terrain politique :

« Le "dialogue" entre science et religion est une fiction inventée par la politique. Rien en effet ne peut se négocier de commun ni d'échangeable entre la recherche immanente de la connaissance objective et l'appel au surnaturel qui caractérise la posture du croyant. Si l'on admettait *une seule fois* qu'un élément de surnature pût contribuer à construire l'explication scientifique d'un phénomène, on renoncerait d'un coup à la cohérence méthodologique de *toute* la science. La méthode scientifique ne se négocie pas. Il faut toute la rouerie politique du libéralisme individualiste américain pour convaincre qu'un *choix* est praticable entre l'*explication* scientifique et l'*interprétation* théologique, ou qu'elles peuvent être combinées, comme si l'admission de la loi de la chute des corps était affaire de conviction personnelle, de démocratie élective ou de "liberté".

« Si la conscience laïque de la France et de nombreux pays européens a vivement réagi au méfait qui a conduit l'enseignement local du Kansas à une relégation temporaire de la théorie de l'évolution, elle risque d'être

la rationalité scientifique de reprendre *ouvertement* sa lutte d'émancipation devant un assaut sans précédent de l'irrationnel visant à investir son propre champ, ce qui conduit naturellement à revenir sur les questions majeures que sont l'évolution biologique, la conscience, l'émergence des facultés supérieures et de la morale, toutes questions liées aujourd'hui au grand cadre naturaliste et anthropologique darwinien, qui permet de les penser hors de toute contamination créationniste

---

plus perméable aux discours d'aspect savant orchestrés par les néo-providentialistes issus de la mouvance *New Age* et utilisant les méthodes des "créationnistes scientifiques" américains. La mode actuelle – bien peu originale – de l'*Intelligent Design* ("dessein" ou "plan intelligent" censé gouverner les harmonies fines de l'univers), qui resurgit aux USA par le truchement de porteurs diplômés, n'a qu'à s'appuyer en Europe sur la vieille tradition de la théologie naturelle, florissante depuis le XVIIe siècle (de John Ray, William Derham, Bernhard Nieuwentyt, Claude Perrault, l'abbé Pluche et William Paley jusqu'à Teilhard de Chardin), pour y puiser jeunesse nouvelle et durables complicités. L'évidence scientifique du transformisme n'a pu faire jusqu'ici que forcer le repli des Églises sur une position que la hiérarchie catholique, pour sa part, combattait encore naguère en son propre sein : un finalisme teilhardien intégrant le fait de l'évolution. La science invente, progresse et se transforme. L'idéologie récupère, s'ajuste et se remanie.

« L'Europe, contaminée ? Oui, mais par les formes sophistiquées et infiltrées des théories néo-providentialistes à visage "scientifique", telle l'"Université interdisciplinaire de Paris", laquelle, après toilettage de sa composante mystique, a privilégié à partir de 1995 le terrain des sciences et la stratégie du porteur crédible.

« Contaminée jusqu'où ? Jusqu'à reproduire sans critique le débat aberrant que prisent les Américains entre un créationnisme remaillé et un évolutionnisme confondu avec la sociobiologie la plus réductionniste, censée incarner le triomphe du rationalisme scientifique. Au point qu'un mouvement mondial de résistance à l'emprise des religions – les "Brights" – n'a pas été capable ni désireux de se trouver d'autre maître à penser que Richard Dawkins, le père du "gène égoïste".

« Décidément l'Amérique ne nous laisse pas beaucoup de liberté. »

ou finaliste, ce dernier fait expliquant largement son statut de cible privilégiée pour les adeptes de ces convictions.

Conscient de l'insuffisance ou de l'inadéquation du trop fréquent recours à l'expédient du « saut » ou du « bond qualitatif », j'ai été conduit plusieurs fois, sur la question classique du rapport nature / culture, à affirmer ailleurs que le concept d'*effet réversif de l'évolution* « rend possible le matérialisme ». Cela paraît impliquer qu'avant sa formulation et son explicitation comme concept structurant la compréhension du continuum nature / civilisation chez Darwin, le matérialisme était incomplet. Et cela l'implique en effet. La civilisation repose en grande partie sur l'édification de la *morale*, et la question du rapport entre matérialisme et morale, comme l'a parfaitement souligné Yvon Quiniou[1], est restée en suspens dans la philosophie. Ce continuum nature / civilisation, je l'ai caractérisé comme un renversement progressif, un retournement *sans rupture*, mais produisant un *effet de rupture* entre deux modalités opposées du rapport fondamental à l'autre (guerre *vs* paix ; élimination *vs* protection, secours, assistance ; compétition *vs* union solidaire ; loi du plus fort *vs* droit ; égoïsme *vs* altruisme, etc.). La métaphore topologique du ruban de Möbius m'a souvent aidé à faire comprendre cette distinction essentielle : le passage au « revers » est ici, par nécessité, un passage *continu*, et nulle « rupture » ne saurait être réelle là où se déploie un processus de type « généalogique » qui requiert une suite ininterrompue de transmissions (et la phylogénie impose sans cesse la reconstitution de ces continuités d'engendrement). Une variation apparue et transmise n'est pas une discontinuité : elle est ce qui construit un continuum intégrant la transformation. Le ruban de Möbius, on l'a montré, permet de penser à travers une image spatiale le fait d'une transformation continue.

Une fois admis que le ruban n'est que la métaphore, à

1. *Études matérialistes sur la morale*, Paris, Kimé, 2002.

vocation didactique, du « passage continu au revers », il reste à se demander quel est le modèle réel qui s'applique chez Darwin dans la pensée du « passage » de la nature à la civilisation, c'est-à-dire d'une sélection éliminatoire à son remplacement par une émulation agissant entre les individus en vue d'un « plus haut niveau de moralité », c'est-à-dire d'altruisme solidaire. Or, cette question trouve sa réponse dans l'examen même de la théorie centrale de la divergence sélectionnée : une variation – ici instinctuelle, mais aussi intellectuelle, puisqu'il s'agit d'une accentuation des « instincts sociaux » assortie de l'accroissement corrélé des facultés rationnelles – est sélectionnée comme avantageuse et définit dans l'espèce une tendance évolutive qui devient progressivement dominante, au détriment de la poursuite de l'ancienne modalité (éliminatoire) de la sélection. En d'autres termes, la sélection naturelle, qu'il faut alors considérer non plus seulement comme le « moteur » de l'évolution, mais comme un mécanisme *en* évolution, se soumet dans ce processus à *sa propre action* en éliminant tendanciellement une forme archaïque d'elle-même au profit d'une forme nouvelle et globalement plus avantageuse, cet avantage accru prenant appui désormais sur les sentiments sociaux, sur la cohérence et la solidarité du groupe, sur les comportements altruistes, sur la morale et sur la rationalité, institutrices de règles de conduites et de lois – et faisant entrer en régression tous les anciens traits qui s'y opposent, sans pouvoir toutefois exclure de l'actualisation permanente de cette tendance le phénomène imprévisible du *retour* (au bestial, au sauvage, au barbare) qui constitue la source de ce que le philosophe français André Lalande nommera les « rebroussements » de la civilisation. Modèle intégralement naturaliste, donc, mais qui est en même temps celui de la genèse d'une nouveauté évolutive qui, livrant l'homme, principalement, à son propre pouvoir, crée le grand *effet de rupture* par lequel il gagne sa capacité d'improvisation face à un devenir qu'il faudra désormais *penser*. C'est en devenant de plus en plus maître et transformateur de son milieu que l'homme s'affranchit des contraintes évolutives subies et devient de ce fait de plus en plus libre. Mais cette liberté repose désormais sur une intelligence qui s'est progressivement éloignée de l'instinct et de son infaillibilité relative. Elle comporte le risque d'une *erreur* fatale par rapport au milieu. Elle fait de la survie le fruit d'un calcul de plus en plus rationnel et de plus en plus collectif sur le changement du milieu par l'activité humaine, et les risques qui lui sont liés. La rationalité écologique trouve là l'une de ses idées fondatrices, qui coïncide avec la prise de conscience du fait que l'homme est la seule espèce vivante capable de créer de l'irréversible et d'utiliser ses facultés à construire les conditions de sa propre extinction. L'équation entre intelligence et risque de mort est étonnamment parallèle à l'équation que nous avons précédemment reconnue entre amour et sacrifice, ou entre émergence du symbolique et perte de la vérité.

Revenons encore sur la distinction à instruire entre *rupture* et *effet de rupture*. Les philosophes, qui aiment à prendre acte de la différence entre l'animal et l'humain, ou entre la « nature » et la « culture », et qui de ce fait ne renoncent presque jamais à instituer des « ruptures » au sein des processus, reviendront sans doute sur le fait du *droit* comme institution exclusivement humaine, ou sur la notion morale de *justice* et de *désir de justice* comme étant propre à l'homme et à lui seul. Ils seront donc étonnés qu'un éthologiste comme Romanes, compilant les notes de Darwin, ait pu révéler l'existence de « tribunaux » de corneilles[1], confirmée depuis par

1. Dans *Animal Intelligence* (1882), George John Romanes, utilisant la documentation de Darwin, rapporte plusieurs récits d'observateurs concernant le châtiment par des freux d'un jeune couple ayant dérobé à autrui les matériaux propres à confectionner son nid. La « justice » rendue par le groupe consiste en une destruction rapide et sans appel de l'ouvrage (d'après Jonathan Couch – et non Conch, erreur typographique

d'autres observations[1]. Ils parleront là volontiers d'une projection anthropomorphique. Ils insisteront sur la différence qui sépare, à leurs yeux instruits, une justice rendue par une communauté d'humains régie par un droit coutumier ou une loi écrite, et un comportement collectif de condamnation et d'exécution d'un individu au sein d'une bande de corvidés. Ils penseront rarement, en revanche, que c'est la notion humaine évoluée de justice et la réalité « civilisée » du tribunal qui donnent sens à ce qui est évoqué sous ces mots qui paraissent nécessairement « abusifs » lorsqu'ils sont employés à propos des corneilles. Tout comme ils penseront rarement que c'est le sentiment *humain* de la beauté qui donne son sens d'*antécédent nécessaire* à ce que l'on désigne comme étant le sentiment « esthétique » des oiseaux. Ils estimeront avec une prudence louable que cette allocation langagière disproportionnée à l'animal de qualités, de facultés ou d'attitudes humaines risque de s'inverser en réduction animalisante de l'humain. Mais ils ne sauront pas lire dans l'excès apparent de cette attribution *la seule expression possible* pour désigner ce que Darwin identifie comme une qualité, une faculté ou une attitude *commençante*. En d'autres termes, désigner chez les oiseaux un *primordium* du « sentiment esthétique » en utilisant ces termes ou ceux de « sentiment » ou de « sens » de la « beauté » revient à identifier dans l'univers des animaux à reproduction sexuée le germe d'une caractéristique humaine qui serait, autrement, *sans anté-*

---

dans la traduction française de 1887 de l'ouvrage de Romanes –, *Illustrations of Instinct Deduced from the Habits of British Animals*, London, van Voorst, 1847). Aux îles Shetland et Féroé, on observe d'après le Dr Laurence Edmonston (un correspondant de Darwin que Romanes nomme par erreur Edmonson) des rassemblements de *Corvus cornix*, ordinairement solitaires, qui peuvent durer un ou deux jours. Ils ont les caractères d'une délibération collective et s'achèvent par un tumulte et la mise à mort des quelques individus prisonniers.

1. Voir par exemple *La Nature*, n° 1062, 7 octobre 1893.

cédent. Et c'est évidemment l'expérience intime que possède l'homme de la beauté qui lui permet de reconnaître chez l'animal l'*ébauche* d'un tel sentiment, cette ébauche étant en retour indispensable, dans l'ordre de l'évolution, à son épanouissement chez l'homme. Notre analyse précédente de la sélection sexuelle et des parades nuptiales des oiseaux a fait apparaître de même la naissance du symbolique dans l'ornementation du corps – et dans le fait que cette parure indiscutablement *naturelle* inaugure toutefois un langage du corps en partie *détaché de sa réalité* – et capable de la contredire en produisant comme signe de sa force un excès – d'ailleurs *détachable*[1] – d'ornements qui *en réalité* l'affaiblit.

La *liberté* comme *tendance évolutive* pour un mammifère redressé, dominant son milieu et le transformant au lieu de s'y adapter, devenu plus intelligent et moins instinctif, plus social et moins bestial, plus solidaire, plus altruiste, inventeur des formes raffinées du symbolisme, du langage, de la religion, de la morale et du droit, mais ayant perdu l'infaillibilité relative de l'instinct individuel : telle est sans doute la leçon qui se dégage de l'analyse darwinienne appliquée à l'homme en évolution. La mesure de sa liberté est sa capacité d'erreur. Plus l'homme se trompe, plus il prouve sa liberté et, inévitablement, plus il risque. L'évolution sélective, celle que l'on représente communément sous la forme d'un arbre à cause de la divergence de ses branches et de ses rameaux, inclut, on le sait, le dépérissement, l'élimination et la mort comme conditions de l'avènement des nouveautés sélectionnées. Si l'on considère l'évolution des facultés, et si l'on part de l'indifférenciation originelle – du « tronc commun » – de l'instinct et de l'intelligence, on comprend que la sélection de celle-ci – son détachement comme « branche spéciale » – ne pourra s'effectuer, dans la durée, qu'au prix d'un éloignement graduel de celui-là. La

1. Comme le montre la chute du plumage nuptial des oiseaux et des bois du cerf.

sélection de l'intelligence s'accomplit *contre* l'instinct, même si la richesse hétérogène de ce dernier a été une condition favorable à son développement autonome. Et si l'on part de la fusion originelle des instincts eux-mêmes – celui, individuel, de survivre comprenant celui, également individuel, de se nourrir, et celui, individuel et déjà activement « social », de s'accoupler, chacun dans ses premiers moments liant néanmoins l'individu à la présence déjà participante de l'*autre* comme condition de son accomplissement –, on comprend de même que la sélection de l'instinct social ne puisse s'effectuer qu'au prix d'une disjonction progressive de l'instinct individuel, la place de l'autre étant de plus en plus clairement reconnue et réfléchie par le sujet comme indispensable à la protection qui conditionne sa survie. Le déficit des défenses naturelles de l'homme est alors surcompensé par l'intensification de ses relations, en même temps que le renforcement de sa vie relationnelle accroît son intelligence, qui rend possible en retour sa régulation rationnelle sous la forme de la morale, des usages sociaux, des institutions politiques et des lois. L'idée d'une relance mutuelle des aptitudes en cours de développement et d'un *raffinement* graduel de leurs performances doit certainement beaucoup, chez Darwin, à l'empirico-sensualisme qui s'enracine dans la pensée de Locke et se développe chez Condillac avant de produire différentes hypothèses chez les théoriciens matérialistes de l'origine et du progrès des facultés.

Éloignement par rapport au tronc commun de l'instinct et divergence évolutive des facultés ne sauraient cependant être des « ruptures ». Le lien avec l'antérieur réapparaît dans la théorisation darwinienne sous la forme du « retour » atavique (*reversion*), qui nous assure que le lien généalogique ne saurait être rompu. Aucune rupture non plus dans la modalité unique – sélective – de rétention d'une nouveauté évolutive, développement d'une variation avantageuse. C'est *comme telle* que la civilisation a été sélectionnée, comme a été sélectionnée l'aptitude rationnelle de l'homme à ajuster son milieu à ses besoins plutôt qu'à subir passivement ses pressions. Mais n'est-ce pas, dans une mesure évidemment moindre, le cas du comportement d'un oiseau ou d'un castor et, plus généralement, de tout animal aménageant son biotope pour lui-même ou pour sa progéniture ? Ce en quoi l'on veut reconnaître une singularité humaine – l'altruisme secourable et solidarisant – n'est-il pas également un trait de comportement caractéristique de la plupart des singes [1], dont Darwin multiplie volontiers l'évocation lorsqu'il s'agit d'illustrer par des exemples frappants le fait de l'héroïsme [2] et de la protection

1. Voir *La Filiation de l'Homme*, éd. cit., chap. IV (« Comparaison des capacités mentales de l'homme et des animaux inférieurs – *suite* »), p. 187-188 : « En Abyssinie, Brehm rencontra une grande troupe de babouins, qui traversaient une vallée : certains avaient déjà fait l'ascension de la montagne en face, et les autres étaient encore dans la vallée ; ces derniers furent attaqués par les chiens, mais les vieux mâles, immédiatement, descendirent en toute hâte des rochers, et, la bouche grande ouverte, rugirent d'une manière si effrayante que les chiens reculèrent rapidement. Ils furent de nouveau encouragés à l'attaque ; mais entre-temps, tous les babouins avaient regagné les hauteurs, excepté un jeune singe, de six mois environ, qui, appelant bruyamment à l'aide, grimpa sur un bloc de rocher, et fut encerclé. Alors l'un des mâles les plus grands, un véritable héros, descendit à nouveau de la montagne, s'avança lentement vers le petit, le cajola et l'emmena triomphalement – les chiens étant bien trop étonnés pour attaquer. Je ne puis résister à l'envie de décrire une autre scène, dont fut témoin ce même naturaliste : un aigle saisit un jeune cercopithèque, qui, s'accrochant à une branche, ne fut pas tout de suite emporté ; il cria bruyamment afin qu'on vînt l'assister, sur quoi les autres membres de la troupe, avec grand tumulte, se précipitèrent pour venir à la rescousse, entourèrent l'aigle, et lui arrachèrent tant de plumes qu'il ne pensa plus à sa proie, mais seulement au moyen de s'échapper. Cet aigle, comme le remarque Brehm, ne dut assurément plus jamais s'attaquer à un seul singe faisant partie d'une troupe.

2. *Ibid.*, p. 190 : « Je ne donnerai qu'un seul autre exemple de conduite héroïque produite par la sympathie à travers le cas d'un petit

des faibles en milieu animal ? Il y a une histoire naturelle de la morale comme il y a une histoire naturelle de la liberté.

Mais qu'en est-il alors, pour reprendre le questionnement traditionnel des philosophes, du *fondement* de la liberté morale ? Et qu'en est-il du sentiment de la valeur ? Comment rendre compte d'une manière strictement naturaliste de l'intuition de sa sublimité et de sa prétention à l'universel ? Pourquoi une généalogie matérielle de la morale, éminemment possible puisque réalisée par Darwin, paraît-elle inapte à susciter envers ce qu'elle décrit le respect qui entoure la valeur ? Pourquoi une action « noble », obéissant à des motifs « élevés » – pour reprendre ici les termes qu'emploie régulièrement Darwin (et qui sont les mots de son *adhésion participative* à l'échelle de valeurs ainsi évoquée) – semble-t-elle perdre son caractère admirable si l'on reconstitue – à la manière de Darwin – la chaîne réelle de ses déterminations immanentes ?

Ces questions, auxquelles ne permet pas d'échapper une lecture rigoureuse des chapitres « anthropologiques » de *La Filiation de l'Homme*, ont été posées avec une particulière acuité, sur le terrain de la philosophie, par Yvon Quiniou, dans un ouvrage expressément consacré à la question délicate des relations du matérialisme et de la morale[1]. Je m'attacherai

singe américain. Il y a quelques années de cela, un gardien du Jardin zoologique me montra sur sa propre nuque quelques blessures profondes et à peine cicatrisées, qui lui avaient été infligées par un babouin violent tandis qu'il était agenouillé sur le sol. Le petit singe américain, qui était un bon ami de ce gardien, vivait dans le même grand compartiment, et avait terriblement peur de ce grand babouin. Néanmoins, aussitôt qu'il vit son ami en péril, il se précipita à la rescousse, et à force de cris et de morsures, réussit à distraire le babouin de sorte que l'homme put s'échapper, après avoir couru, selon le chirurgien, grand risque pour sa vie. »

1. Y. Quiniou, *Études matérialistes...*, *op. cit.*, chap. II (« La morale comme fait d'évolution : continuité, émergence, rupture »), p. 47-54.

ici à y répondre en prenant soin de me tenir à distance de la « manière » philosophique tout en incluant la « matière » philosophique dans l'élaboration de mes réponses : autrement dit je répondrai *à la manière* de Darwin, pour qui la philosophie est, parmi d'autres, un *matériau* interprétable dans les termes institués par sa propre théorie[1].

Yvon Quiniou commence par observer que la dimension morale est, chez l'homme, celle qui *paraît* la plus résistante au réquisit fondamental de l'approche scientifique, *nécessairement matérialiste*, qui est de rendre compte de sa réalité en la réduisant à ses causes objectives – ce qui *semblerait* selon lui devoir la détruire. Citation : « La morale est, de toutes les dimensions de l'homme, celle qui paraît la plus rebelle à une explication scientifique, nécessairement matérialiste, et elle semble indiquer une origine transcendante de l'homme ou, à tout le moins, une essence irréductible à la matérialité. Elle constitue donc le dernier refuge, et qui paraît inexpugnable, de l'idéalisme. Au surplus, une explication scientifique, si elle était avérée, semblerait devoir détruire la morale en la réduisant à un phénomène purement naturel, et un idéalisme moraliste exigera de l'emporter, pour des raisons elles-mêmes morales, sur un matérialisme immoraliste[2]. »

Quiniou est à ma connaissance le premier de mes interlocuteurs philosophes à avoir pris la mesure de la nécessité dialectique du concept d'*effet réversif de l'évolution* dans la construction de la cohérence du matérialisme, laquelle ne saurait exister sans l'apport darwinien et, plus précisément encore, sans l'apport *anthropologique* de Darwin, tel que je l'ai restitué en 1983 sans manquer de faire apparaître que, si cet apport avait été si longtemps négligé ou mésinterprété, c'est qu'il était celui-là même qui permettait souverainement cette cohérence. Chaînon *manqué* du matérialisme, donc, mais chaînon aujourd'hui retrouvé.

1. On pourra, sur ce point précis, se reporter à P. Tort, *Darwin et la Philosophie*, *op. cit.*

2. Y. Quiniou, *op. cit.*, p. 47.

On notera immédiatement que l'emploi liminaire récurrent des verbes d'incertitude (paraître, sembler) installe dans l'énoncé quelque chose comme une ouverture stylistique à une problématique possible de l'*illusion* (bien présente du reste, à des niveaux différents, chez les trois auteurs cités plus loin comme références majeures de la pensée matérialiste : Nietzsche, Freud, Marx). Cette ouverture, si elle avait été suivie de ce qu'elle *paraît* annoncer, aurait permis d'articuler d'emblée les questions auxquelles il est, *d'un point de vue matérialiste*, souhaitable aujourd'hui de répondre : pourquoi l'illusion d'une origine transcendante pour la « dimension » morale, pourquoi l'impression qu'une explication scientifique de la morale est appelée à détruire « la morale » (alors qu'il ne s'agit ici que du *vécu intime de la valeur* imposé à chaque membre d'une société), pourquoi le sentiment d'une victoire morale nécessaire de l'idéalisme, et pourquoi céder ici même à la quasi-obligation d'opposer un « idéalisme moraliste » à un « matérialisme immoraliste » plutôt qu'à une *éthique matérialiste* qui est, et qui *doit être*, tout à fait logiquement, celle de Darwin ? On peut conjecturer que l'évocation du « matérialisme immoraliste » a été imposée à l'auteur par une représentation ordinaire de Nietzsche qu'il a lui-même longtemps analysée et combattue, et qui l'a porté à proposer cette unique alternative *paraissant* impliquer que le matérialisme est nécessairement immoraliste, l'auteur n'acceptant provisoirement cet *a priori* ou ce truisme que pour mieux, ultérieurement, s'en défaire. Pour Darwin comme pour les trois autres auteurs cités, la vie détermine la conscience, ce qui entraîne qu'il y ait une *histoire naturelle de la conscience* obéissant à la double règle de toute biologie de l'évolution : l'existence de bases organiques aux facultés, et la continuité généalogique. Chez un homme vivant, la conscience est le produit émergent d'une unité d'intégration matérielle (l'organisme, lui-même doté d'un organe spécialisé, le cerveau), et elle présente du point de vue phylogénétique une histoire continue depuis l'origine des premières formes vivantes. C'est cette continuité nécessaire qui semble difficilement pensable pour la philosophie, et cela se manifeste dans une phrase révélatrice d'un *programme* d'analyse qui n'est lui-même que la réactualisation d'une analyse *programmée* pour réintroduire *in fine* le motif de la *rupture* : « À la fois, donc, [Darwin] affirme une continuité matérialiste de l'animal à l'homme et il soutient l'émergence d'une forme spécifique d'existence – ce qui maintient une problématique originale de la rupture[1]. » La première proposition est juste (celle qui porte sur la continuité animal/homme, qui est une évidence phylogénétique renforcée aujourd'hui par toutes les branches des sciences du vivant). La seconde est conceptuellement fausse d'un point de vue darwinien : si « émergence d'une forme spécifique d'existence » signifie *apparition de la conscience morale dans l'espèce humaine exclusivement*, ou *existence morale comme dépourvue d'antécédents animaux* – ce qui est contredit par la première proposition, et ce que Darwin contredit à chaque moment de sa démonstration en recherchant parmi une pléthore d'illustrations animales les preuves les plus éclairantes de l'existence ébauchée de la conscience *morale* hors de l'humanité (ce que par ailleurs Y. Quiniou commente) –, alors on comprend qu'il soit possible, *en philosophe*, d'affirmer que Darwin « maintient une problématique originale de la rupture » à l'horizon de la continuité. Mais la vraie problématique de Darwin, c'est en réalité l'*illusion de la rupture* maintenue par le vieux dualisme qui domine encore la philosophie comme il domine la métaphysique. De même, la vraie problématique de Darwin, ce n'est pas la transcendance de la morale, mais la fabrique de l'*illusion* de sa transcendance, qui toutefois agit dans la réalité comme un *effet réel* et réellement civilisateur – ce qui sera naturellement, et, pourrait-on dire, souverainement, le cas de la religion (une *illusion* chez Freud,

1. *Ibid.*

mais *réellement* civilisatrice pour Darwin). Et là Darwin « prépare » Freud, qu'en une formule excellente Patrick Lacoste, sur ce point particulier, résume ainsi : « La civilisation névrotise en imposant le renoncement pulsionnel, et la névrose civilise en favorisant le renoncement pulsionnel[1]. » Retenons donc Freud comme une clé possible – puisqu'il s'y nourrit – de cet aspect, peu développé jusqu'ici, de la compréhension de l'anthropologie de Darwin.

Dans les paragraphes qu'il consacre à la « continuité », Yvon Quiniou ne commet aucune erreur et rend compte parfaitement de l'anticipation animale de l'humain sur le terrain des facultés. Un passage toutefois doit être commenté : « C'est ainsi que la sympathie ou d'autres sentiments moraux sont anticipés dans le règne animal. Ce n'est donc que la somme de ces différences quantitatives, pour autant qu'elles sont soumises à un procès temporel de développement, qui va produire une différenciation qualitative définitive, laquelle est cependant le contraire d'une différence originelle : seul l'homme est (devenu) véritablement un "être moral". Le principe de continuité ou de gradation permet donc de lever la difficulté initiale liée à l'écart moralité-animalité[2]. »

Notons d'abord qu'en termes darwiniens, ce ne sont pas des « différences quantitatives » qui produisent « une différenciation qualitative définitive », cette importation des notions d'un matérialisme dialectique vulgarisé étant peu adéquate ici. C'est une variation instinctuelle – avec ses nécessaires corrélats sociaux et cognitifs – qui est sélectionnée et transmise dans une direction et un milieu donnés, la stabilité relative du milieu permettant une directionnalité qui ne saurait être absolument « définitive » puisqu'elle est toujours à la

1. P. Lacoste, « Le devenir psychique de l'humain. Versions freudiennes et réversivité darwinienne », dans P. Tort (dir.), *Pour Darwin*, *op. cit.*, p. 118.

2. *Op. cit.*, p. 49.

merci d'un bouleversement physique ou climatique. C'est dans la seule mesure où l'homme adapte largement son milieu à ses besoins que l'on peut faire l'hypothèse du caractère « durable » de ce qu'il y institue, tout en se souvenant du risque que lui font courir ses erreurs.

La problématisation de Quiniou est donc délibérément et constamment *philosophique*. Passant au chapitre de l'*émergence*, il écrit : « Thèse essentielle : l'apparition du phénomène moral, puis son développement chez l'homme civilisé (corrélé à d'autres développements) implique une rupture ou une discontinuité qualitative (quelle qu'en soit la progressivité) tout aussi essentielle, au sein même de la continuité ontologique, et qu'on peut penser comme *émergence* d'un plan de réalité nouveau. P. Tort l'a définitivement établi à l'aide du concept d'effet réversif : la sélection naturelle sélectionne la morale, c'est-à-dire des comportements anti-sélectifs qui inversent les formes antérieures de fonctionnement de la vie et sont, sur le long terme, avantageuses à l'humanité entière. Il faut en tirer toutes les conséquences philosophiques [1]. »

Philosophiquement, l'exposé de Quiniou, quoique simplifiant la question, est irréprochable, et justifie sa première conclusion : « D'abord l'effet réversif permet de *penser rationnellement* la discontinuité dans et par la continuité : il explique la morale sans la réduire à ce dont elle dérive, c'est-à-dire sans la détruire théoriquement. [...] Le mécanisme explicatif pose donc la rupture (qualitative) dans la non-rupture (ontologique) sous la forme d'un *effet de rupture* : en quelque sorte une transcendance (finale) dans et par l'immanence [2]. »

Étrange jeu de la philosophie qui épouse les illusions enfermées dans son langage pour rendre compte d'une vérité

1. *Ibid.*, p. 50.
2. *Ibid.*

qui est cependant appelée à les élucider. À ce jeu de mime, la philosophie matérialiste (celle de l'auteur) se condamne à demeurer idéaliste sans commettre le moindre contresens *philosophique*, mais en choisissant simplement de penser que la solution du problème se trouve nécessairement *dans la philosophie*. Si je puis assumer ici par rapport au concept d'*effet réversif de l'évolution* le privilège d'une « paternité » que j'ai toujours au demeurant restituée à Darwin, je dirai une fois de plus, ici, que ce concept *n'est pas* une notion *philosophique*. Dans un entretien publié en 2003[1], et qu'il me faut citer ici pour faire droit à la simple rigueur, j'ai été conduit par une question de Laurent Mayet à développer cette conviction :

> *Question :* Vous avez ainsi proposé le concept d'« effet réversif de l'évolution » pour expliquer, éclairer ou élucider la théorie darwinienne de la civilisation. De quoi s'agit-il au juste ? D'un concept empirique, d'une construction théorique ou d'une notion philosophique héritée du marxisme ?
>
> *Réponse :* Il s'agit d'un concept *darwinien*, issu de la théorie sélective et du traitement logique d'un paradoxe en forme d'objection interne à la théorie même.
>
> Darwin vient d'établir que le moteur unique de l'évolution biologique (intéressant donc toute la série des êtres organisés, homme compris) est la sélection naturelle, éliminatrice des moins adaptés. Or il constate, empiriquement, qu'à l'intérieur de ce que l'on nomme l'état de « civilisation », on assiste à une éviction progressive de l'élimination naturelle des moins aptes par ce qui est précisément son contraire : la protection des faibles. Au lieu d'abandonner à une extinction naturelle les malades et les infirmes, la civilisation s'attache à les secourir, à les requalifier en vue de la vie sociale. Les déficits individuels,

1. P. Tort, « La double révolution darwinienne », *Sciences et Avenir* hors-série, n° 134, avril-mai 2003, p. 10-13.

qu'ils relèvent de l'infériorité physique ou mentale, de la misère matérielle ou de l'incapacité sociale, sont compensés par une intervention solidaire de la communauté humaine inscrivant ce devoir parmi les ordonnances fondatrices de son propre progrès dans l'ordre de la civilisation. La morale, les institutions et la loi concourent à la réhabilitation des existences fragiles. Comment cela se peut-il au sein d'une évolution continue que l'on sait exclusivement gouvernée par une sélection naturelle dont le propre est au contraire de détruire tout ce qui porte le stigmate disqualifiant d'une infériorité relative ?

Darwin explique alors que la sélection naturelle, celle-là même qui privilégie les variations organiques avantageuses, sélectionne également des *instincts*. Or, dans l'espèce humaine, un privilège sélectif a promu, de pair avec l'augmentation de la rationalité, le développement des *instincts sociaux*, générateurs des conduites solidaires, de l'organisation des liens communautaires actifs et du sentiment de *sympathie*. Par cette voie, la sélection naturelle a favorisé indirectement l'aide et le secours, contrariant de plus en plus sensiblement les anciens comportements éliminatoires, qui semblent caractériser à présent sa période archaïque. La sélection, inversant progressivement son fonctionnement, sélectionne à présent des comportements *anti-sélectifs*, sans qu'il y ait au sein de ce processus ni antinomie profonde, ni rupture effective. Par la voie des instincts sociaux et de leur intégration affective et rationnelle dans la structuration des rapports intra-communautaires, *la sélection naturelle sélectionne ainsi la civilisation, qui s'oppose à la sélection naturelle*.

C'est ce mécanisme que j'ai nommé en 1983 *effet réversif de l'évolution*[1].

1. P. Tort, *La Pensée hiérarchique et l'Évolution*, *op. cit.* Le concept d'*effet réversif* date, lui, comme je l'ai déjà indiqué, de 1980.

Ce concept n'est pas un concept philosophique, même s'il a produit des développements exceptionnellement féconds en philosophie et dans les sciences humaines. Sa référence est *empirique* certes, car il dépend de l'observation et de l'interprétation en termes de tendance évolutive des actes institués par la « civilisation ». Sa nécessité, après cela, est *logique*, car déterminée par la contrainte stricte, dans le cadre d'un continuisme évolutif gouverné par une seule loi (la sélection naturelle), d'une non-contradiction entre une dynamique biologique éliminatoire et un résultat civilisationnel anti-éliminatoire. Mais c'est un concept relevant d'une logique *dialectique*, car incluant le dépassement d'une contradiction apparente entre l'élimination et l'anti-élimination dans le cadre d'un processus continu gouverné d'emblée par la première. Ce que j'ai expliqué, d'après Darwin, c'est que la sélection naturelle, principe *de* l'évolution et mécanisme *en* évolution, *se soumet elle-même à sa propre loi* (éliminatoire), produisant tendanciellement, du fait du privilège des instincts sociaux et des facultés associées, *l'élimination tendancielle de l'élimination*. La sélection naturelle se soumettant à sa propre loi produit alors, sans discontinuité de principe, une évolution différente, où l'avantage sélectionné n'est plus d'ordre individuel et biologique, mais pleinement et effectivement *social*. Le social devient ainsi une propriété émergente du biologique, tout en manifestant un *renversement tendanciel* par rapport au biologique. L'unité de la théorie, enfin, est respectée, car le modèle qui s'applique (et qui s'applique à la sélection naturelle elle-même comme mécanisme *en évolution*) demeure celui, fondamental, de la divergence sélectionnée et du dépérissement de l'ancienne forme.

Ce concept, qui rend compte, *sans rupture*, de la production d'un *effet de rupture* entre nature et civilisation, exclut de l'évolution humaine toute transcendance institutrice de la société et de la morale comme ordres *essentiel-*

lement distincts de celui de la nature. Mais il appelle la reconnaissance d'un passage progressif au *revers* de la loi sélective. Il réconcilie et différencie en même temps les sciences biologiques et les sciences sociales en interdisant définitivement leur confusion aussi bien que leur divorce. Car rien de ce qui constitue « le propre de l'homme » n'est généalogiquement étranger à l'ordre de la nature, ni n'est toutefois actuellement réductible à ce qui a permis son avènement. Cela renvoie le réductionnisme sociobiologique à sa condition d'interprétation fragmentaire et idéologique de la théorie darwinienne, et rend possible enfin un matérialisme intégral qui n'achoppe plus sur la question des sources de la morale, et qui, par sa puissance explicative ainsi démontrée, indique sa profonde nécessité méthodologique en science.

Aujourd'hui comme alors, je ne trouve rien qui accrédite l'idée qu'il puisse y avoir, entre les « états » distaux et distincts du processus décrit (nature / civilisation), la moindre « rupture ». Le développement évolutif d'un caractère nouveau, assorti de la constellation de ses corrélats et conséquences, ne saurait être pensé comme une « discontinuité », pas plus que ne peut l'être le produit d'un engendrement, même si l'engendré contrarie l'engendrant. Rien ne vient interrompre le continuum évolutif lorsque s'accentue la sélection en faveur des instincts sociaux. Si l'on comprend que le ruban de Möbius, au moyen duquel je symbolise volontiers l'effet réversif de l'évolution, joue le simple rôle d'une métaphore didactique matérialisant le fait du retournement sans rupture qui unit dans la continuité évolutive deux états opposés du comportement (agonistique *vs* affiliatif), alors on sera fondé, quittant la métaphore, à requérir le véritable mécanisme capable de produire un tel effet *dans la réalité*, et ce mécanisme obéira soit au modèle de la *variation continue* illustré par Rabaud (voir plus haut, p. 89-90), soit au modèle plus global, et déjà plusieurs fois commenté, de la divergence sélectionnée et du dépérissement de l'ancienne forme. C'est-à-dire s'apparentera à ces simples arborescences dont on trouve le schéma commenté dans *L'Origine des espèces.*

Le *contraire* peut donc s'engendrer sans rupture : j'ai déjà expliqué que ce n'est pas sa force, mais sa *faiblesse* native qui a permis à l'homme de devenir l'espèce hégémonique, car c'est une compensation – relationnelle et rationnelle – à cette infériorité native qui a été sélectionnée. Et la survie puis la victoire évolutive de l'espèce humaine prouvent que cette faiblesse et cette compensation ont grandi *ensemble*, et que l'avantage lié à la seconde, décisif dans la lutte pour l'existence, l'a emporté sur le désavantage lié à la première au point de devenir le moteur principal de l'évolution de l'espèce. L'intelligence « éclairée », issue du développement des instincts sociaux et de la vie relationnelle imposée par la société, prend ainsi le relais de la sélection « aveugle », et remet la direction du devenir entre les mains de l'*éducation.* Or nous avons vu quelle place prend l'apprentissage chez les oiseaux et les mammifères, quel rôle est celui de l'imitation chez les singes, et à quel point la transmission intergénérationnelle de procédures pratiques par l'exemple et l'accompagnement parental conditionne chez plusieurs espèces le bon acheminement du jeune vers l'âge adulte. Si l'on peut parler d'un *leitmotiv* propre à l'histoire naturelle de l'homme et des animaux chez Darwin, c'est bien l'inlassable affirmation qu'il y a entre leurs capacités « une différence de degré, et non de nature » :

> « La différence entre l'esprit de l'homme et celui des animaux supérieurs, aussi grande soit-elle, est certainement une différence de degré et non de nature. Nous avons vu que les sentiments et les intuitions, les diverses émotions et facultés, tels que l'amour, la mémoire, l'attention, la curiosité, l'imita-

tion, la raison etc., dont l'homme se fait gloire, peuvent se trouver à l'état naissant, ou même parfois bien développé, chez les animaux inférieurs. Ils sont également susceptibles de bénéficier d'améliorations héritées, comme nous le voyons en comparant le chien domestique au loup ou au chacal. À supposer que l'on puisse prouver que certaines hautes capacités mentales telles que la formation des concepts généraux, la conscience de soi, etc., étaient tout à fait propres à l'homme, ce qui semble extrêmement douteux, il n'est pas improbable que ces qualités ne soient que les résultats incidents d'autres facultés intellectuelles hautement avancées ; et ces dernières à leur tour principalement le résultat de l'usage continu d'un langage parfait. À quel âge l'enfant nouveau-né possède-t-il le pouvoir d'abstraction, ou devient-il conscient de soi, et réfléchit-il sur sa propre existence ? Nous ne pouvons répondre ; et nous ne pouvons pas davantage répondre en ce qui concerne l'échelle organique ascendante. Le langage, mi-art et mi-instinct, porte encore le sceau de l'évolution progressive. La croyance en Dieu, qui nous anoblit, n'est pas universelle chez l'homme ; et la croyance en des agents spirituels procède naturellement d'autres capacités mentales. Le sens moral offre peut-être la meilleure et la plus haute distinction entre l'homme et les animaux inférieurs ; mais je n'ai nul besoin de dire quoi que ce soit sur ce chapitre, car mes dernières tentatives ont tendu à démontrer que les instincts sociaux – le premier principe de la constitution morale de l'homme –, appuyés sur des capacités intellectuelles actives et les effets de l'habitude, conduisent naturellement à la règle d'or : "Fais à autrui ce que tu voudrais qu'on te fît" ; c'est là le fondement de toute moralité[1]. »

À lire posément un tel texte, et si l'on prend soin de s'en tenir à rendre un compte objectif de la pensée de son auteur,

1. *La Filiation de l'Homme*, éd. cit., chap. IV, p. 214.

on comprend qu'il devient impossible de laisser la moindre place au souci philosophique de réintroduire ici la *rupture*, fût-elle « qualitative », Darwin expliquant en toutes lettres que la *distance* entre l'homme et les animaux est uniquement, pour ce qui est de telle ou telle *capacité*, une affaire de différence de *degré* – c'est-à-dire de développement et de raffinement intrinsèques, de prise d'amplitude par rapport à d'autres facultés mentales, et d'efficacité évolutive extrinsèque – et non de *nature* – c'est-à-dire de « qualité ». Simultanément, Darwin ne disconvient jamais du fait que certains grands facteurs évolutifs ou certains caractères humains évolués – il recense la capacité d'amélioration progressive, l'usage d'outils, la domestication des animaux, la propriété, la faculté d'abstraction conceptuelle, la conscience et l'analyse de soi, le langage, le sens de la beauté, le caprice, la gratitude, le sentiment du mystère, la croyance religieuse, la conscience morale – aient porté l'espèce humaine *au-delà* des limites avérées du monde animal, même si ces dernières ont été insuffisamment explorées. Toutefois, pour ce qui est de l'amélioration individuelle, les animaux chassés apprennent avec l'âge la circonspection, la prudence et la ruse ; pour ce qui est de l'usage d'outils, les singes utilisent pierres et bâtons comme instruments et parfois comme armes ; on en a vu cacher une pierre dont ils se servaient ordinairement, comme un chien cache un os, manifestant ainsi par ailleurs un sentiment de propriété qu'assurément partagent tous les oiseaux qui construisent un nid ; le façonnage de l'instrument, propre à l'homme selon le duc d'Argyll, a probablement été chez lui, si l'on pense à la fracture et à la friction des silex, le produit d'une première circonstance accidentelle, et il a été observé que certains singes anthropomorphes bâtissent pour leur propre usage des plates-formes temporaires et utilisent des couvertures de feuilles pour la nuit, voire des couvre-chefs de paille pour se protéger du soleil : autant d'étapes « vers quelques-uns des arts les plus simples, comme l'architecture et l'habillement grossiers, tels qu'ils apparurent chez les premiers ancêtres de l'homme[1] ». Pour ce qui est des idées abstraites ou générales, il semble évident qu'un chien possède une représentation mentale globale (associable dans son esprit avec un mot de la langue orale de son maître), de l'autre chien, du chat[2] ou de l'animal à chasser. De même, si l'on accorde que le souvenir agréable ou pénible, chez les chiens, de scènes de chasse passées fournit la preuve d'une conscience de soi identitaire activable sous forme de résurgences éventuellement oniriques[3],

1. *Ibid.*, chap. III, p. 168.

2. Contre Max Müller, Darwin aura recours sur ce point à un autre philologue, déjà cité : « Comme l'observe M. Leslie Stephen : "Un chien se forge un concept général pour les chats et les moutons, et connaît les mots correspondants aussi bien qu'un philosophe. Et la capacité de comprendre est une aussi bonne preuve d'intelligence vocale, bien qu'à un degré inférieur, que la capacité de parler" » (*ibid.*, p. 174).

3. Darwin a lu en français dans une édition belge l'ouvrage de Louis Aimé-Martin, *De l'Éducation des mères de famille, ou de la Civilisation du genre humain par les femmes*, dont la première édition française date de 1833. Il y a trouvé et relevé le passage suivant : « Voilà mon chien qui vient de s'endormir au coin de mon feu : son sommeil est agité, il a un songe, et dans ce songe, il poursuit sa proie, il attaque son ennemi, il le voit, il l'entend, il le dévore ; il a des sensations, des passions et des idées. Je l'appelle, je le tire de ses visions ; il redevient calme. Je prends mon chapeau, il s'élance, saute, me regarde, m'étudie, se traîne à mes pieds, court à ma porte, se réjouit ou s'attriste, suivant la volonté que j'exprime. […] Voilà un animal qui pense, qui veut, qui se ressouvient, qui combine. Il y a des moments où je suis tenté de lui croire une âme : car enfin je trouve dans son intelligence les phénomènes qui sont dans la mienne […] » (*Old and Useless Notes*, 8, in *Notebooks*, p. 599-601).

Une autre source française, antérieure à la précédente, des premières réflexions de Darwin sur l'intelligence animale se trouve dans les *Lettres philosophiques sur l'intelligence et la perfectibilité des animaux*, de Charles Georges Le Roy, lieutenant des chasses royales de Versailles et de Marly, où il a rencontré des intuitions du même ordre.

comment refuser à ces animaux une forme d'individualité mentale, du reste amplement manifestée dans les associations qu'ils mettent en œuvre lors de chaque phénomène de reconnaissance ? S'il faut par ailleurs chercher une forme animale de la domestication active, l'élevage et la traite des pucerons par les fourmis – dont par ailleurs certaines sont « esclavagistes » – en ont déjà fourni l'occasion dès *L'Origine des espèces*. Le langage n'est le propre de l'homme ni sur le plan de l'articulation – puisque des perroquets la possèdent d'une façon éminente – ni sur celui de la communication – puisque l'émission de sons vocaux différenciés pour exprimer différents états psychologiques et différentes formes d'avertissement, ainsi que l'apprentissage de ces sons, constituent des phénomènes largement répandus dans le monde animal. Quant au sentiment de la beauté, phonique ou visuelle, incluant la préférence pour la régularité et la symétrie, il est évidemment partagé par les femelles des animaux chez lesquels s'observe l'efficience de la sélection sexuelle. Le caprice animal peut s'exprimer chez un canard dans sa préférence obstinée pour une sarcelle, ou chez une biche s'accouplant avec un jeune mâle ne participant pas aux joutes prénuptiales des cerfs adultes. La croyance religieuse, sous la forme primitive de l'*animisme*, peut de même se voir assigner des antécédents animaux, par exemple chez le propre chien de Darwin aboyant furieusement, pour chasser un intrus invisible, devant une ombrelle que le vent déplace à terre. Le nombre et la diversité des illustrations que produit Darwin pour enrichir constamment la cohorte des *primordia* animaux des facultés, comportements et sentiments humains sont assez impressionnants pour que l'on ne puisse un instant prétendre qu'il pense l'homme comme se trouvant dans une situation de rupture « qualitative » avec ce qu'il partage pour toujours avec les mammifères supérieurs en raison d'une ascendance commune. Autrement dit, et si l'on conserve comme guide la métaphore didactique du ruban de Möbius, il faudra bien parler d'*effet de rupture* et non de rupture, de même qu'il conviendra de parler, à propos de l'autorité de la loi morale, d'*effet de transcendance* plutôt que de transcendance. Et bien se pénétrer de l'idée que ce ne saurait être la même chose.

Reste la conscience morale. Son importance et la difficulté d'en interpréter l'origine en termes strictement naturalistes étant plus grandes qu'en ce qui concerne la religion (civilisatrice, mais illusoire), il lui sera consacré un chapitre spécial (chap. IV) de *La Filiation.* Nous l'avons compris – et Yvon Quiniou l'a évidemment noté –, si Darwin n'adhère intimement à aucune croyance religieuse, il partage en revanche constamment, et approuve, les prescriptions de la loi morale. Et ce qu'il approuve, ainsi que le souligne Quiniou avec exactitude, c'est bien en toutes lettres « une morale universaliste de type kantien », qui serait l'aboutissement idéal, l'horizon de l'évolution humaine dont Darwin explique le déroulement. L'idéal normatif qu'exprime le sentiment du devoir est *assumé* et *affirmé* par Darwin, et ce légitimement, selon Quiniou, puisqu'il est un produit de l'évolution. La loi morale serait donc légitimement désirable en tant qu'elle exprime et fixe la direction d'une tendance évolutive en acte, celle qui, après la sauvagerie et la barbarie, impose la « civilisation » comme avantageuse. D'après Quiniou, grâce à l'effet réversif, Darwin peut formuler des jugements de valeur, hiérarchiser les formes successives de l'évolution des sociétés, et les formes du comportement au sein d'une même société, « identifier le concept factuel d'évolution et le concept normatif de progrès ». « Il y a là, écrit-il, une circularité inévitable, qui doit être acceptée »[1]. En d'autres termes, ce qui triomphe doit être approuvé, et la valeur s'attache au succès, comme en tout processus gouverné par la sélection naturelle. La philosophie et ses « ruptures » s'en tire néanmoins avec une « circularité » qu'elle invente, et qui laisse terriblement insatisfait, car d'une

1. *Op. cit.*, p. 51.

part elle ne peut trouver – sauf à retomber dans l'illusion religieuse – de *justification* de la morale qui soit objectivement « supérieure » à l'ensemble de ses explications matérielles, et d'autre part elle est évolutivement contrainte de reconnaître que la « morale » sauvage et la « morale » barbare ont dû avoir logiquement autant de titres à s'estimer justes et triomphantes au moment où, justement, elles triomphaient. Ce n'est qu'à partir du « point de vue élevé » de la civilisation que l'on peut juger de l'infériorité de la sauvagerie et de la barbarie. Quiniou évite curieusement d'identifier dans le discours de Darwin une série de traits solidaires qui sont pourtant autant de clés pour pénétrer la cohérence de son anthropologie : d'abord le lien historique entre *morale* et *religion*, la plupart des grandes religions de l'humanité se caractérisant par l'établissement d'un système de prescriptions morales ; ensuite la non-universalité des croyances, accompagnée bien sûr de la non-universalité des prescriptions morales ; enfin l'*universalité* du *sentiment de l'universalité de la valeur* attachée à l'obéissance aux prescriptions. Ce qu'explique Darwin, c'est que, de même que les croyances, les convictions morales sont étroitement relatives à une culture et à un contexte historique donnés – il est donc *relativiste* au niveau explicatif –, et que la seule chose universelle (c'est-à-dire commune à tous les contextes) est le sentiment ou la conviction *ethnocentrique* de l'universalité, précisément, de ce que prescrit la morale du groupe. Un extrait du chapitre IV de *La Filiation* suffira amplement à donner une idée de l'importance théorique du relativisme darwinien, étant entendu que ce même relativisme est sans doute principalement, comme l'atteste largement son *Autobiographie*, ce qui a permis à Darwin de se débarrasser de la religion :

> « Le docteur Landor, qui siégea comme magistrat dans l'ouest australien, raconte qu'un naturel travaillant sur sa ferme, après avoir perdu l'une de ses femmes emportée par la maladie, vint le voir et lui dit qu'"il allait rejoindre une

tribu lointaine pour tuer une femme d'un coup de lance, afin de satisfaire son sens du devoir envers sa femme. Je lui dis que s'il faisait ainsi je l'enverrais en prison à vie. Il resta sur la ferme pendant quelques mois, mais s'amaigrissait considérablement, et se plaignait qu'il ne pouvait ni dormir ni manger, que l'esprit de sa femme le hantait parce qu'il n'avait pas pris une vie pour la sienne. Je fus intransigeant et l'assurai que rien ne pourrait le sauver s'il passait à l'acte". Néanmoins l'homme disparut pendant plus d'une année, puis revint en grande forme ; son autre femme apprit au docteur Landor que son mari avait pris la vie d'une femme appartenant à une tribu lointaine, mais il était impossible de prouver juridiquement le crime. La transgression d'une règle tenue pour sacrée par une tribu donne lieu ainsi, semble-t-il, aux sentiments les plus profonds – et cela tout à fait indépendamment des instincts sociaux, hormis dans la mesure où la règle est fondée sur le jugement de la communauté. Nous ignorons comment tant de superstitions étranges sont apparues à travers le monde ; nous ne saurions dire non plus comment certains grands crimes réels, tels que l'inceste, en sont venus à être considérés comme une abomination (fait qui toutefois n'est pas tout à fait universel) par les sauvages les plus inférieurs. On peut même douter de ce que dans certaines tribus l'inceste suscite davantage l'horreur que le mariage d'un homme avec une femme portant le même nom, bien qu'ils ne soient pas apparentés. "La violation de cette loi est un crime que les Australiens considèrent comme la plus grande des abominations, se montrant ainsi en parfait accord avec certaines tribus d'Amérique du Nord. Si l'on posait, dans l'une ou l'autre de ces contrées, la question de savoir s'il est plus condamnable de tuer une jeune fille d'une tribu étrangère ou d'épouser une jeune fille de sa propre tribu, une réponse diamétralement opposée à la nôtre serait donnée, sans hésitation"[1]. »

1. *La Filiation de l'Homme*, éd. cit., chap. IV, p. 202.

Quiconque a lu ce texte ne peut éviter de prendre acte de la cohérence nécessaire entre relativisme religieux, relativisme moral et relativisme culturel au sens large. La loi morale et le sentiment du devoir sont, en tant que faits d'évolution, relatifs au temps et au milieu. Il est étrange qu'une lecture *matérialiste* d'une théorie *matérialiste* de l'évolution biologique et humaine se rende quasi aveugle à cette simple implication du matérialisme lui-même. Ce qu'il importe de comprendre désormais, c'est que la morale de la nation dominante ayant implicitement fait la preuve de sa supériorité évolutive, le jugement de « valeur » sera de ce fait autorisé par la hiérarchie *objective* qu'instaure cette supériorité, et qui possède son reflet psychologique dans l'auto-célébration collective du groupe. Darwin adhérant à la morale de sa culture et de son temps n'est pas plus surprenant que l'Hindou torturé d'avoir mangé une nourriture impure, ou que l'aborigène rongé par la culpabilité qu'il ressent du fait d'un meurtre non accompli. Il en diffère cependant car il peut établir, du point de vue de la position éminente de sa propre culture, que dans le rapport entre les peuples, certains ont été vainqueurs et d'autres ont été vaincus. Le « sens » de l'évolution culturelle lui est donné par le fait même d'une domination (celle des nations dites « civilisées » et, souverainement, de l'Angleterre victorienne) que sa propre anthropologie porte au compte d'une plus grande *adaptation* – et d'une adaptation plus *universelle* – de sa propre culture, c'est-à-dire de son organisation sociale, de ses sciences et de ses techniques, de sa religion, de sa politique et de sa morale, à une hégémonie durable dans la lutte pour l'existence. Darwin est donc fondé *par sa propre théorie* à défendre l'idée d'un progrès objectif et différencié des cultures, non pas en se référant à une échelle de valeurs transcendante, mais au contraire en déclarant « supérieures » celles qui ont, tout simplement, triomphé dans la confrontation. Ainsi, le relativisme *explicatif*, qui garantit par exemple le discours darwinien de tout essentialisme raciste, aboutit à une anthropologie qui intègre profondément le fait et la notion du *progrès*, et qui inclut le sentiment de ses bienfaits dans le regard qu'elle porte sur les cultures dominées[1]. *Étendre à*

1. Yvon Quiniou reconnaît parfaitement l'aspect inévitable du relativisme darwinien, mais il persiste néanmoins à vouloir tirer des conclusions philosophiques de ce qui lui semble chez Darwin s'y opposer en toutes lettres. Il prend appui pour cela sur certains éléments de *vocabulaire* philosophique qui sont utilisés par Darwin d'une manière sciemment opportuniste aux fins d'une communication facilitée ou élargie. Citons à cet égard un extrait représentatif de cette tendance à se saisir d'un terme philosophique (qui peut être en même temps un terme du langage *courant*) – utilisé par Darwin comme simplement descriptif d'un *ressenti individuel et collectif* – pour transférer Darwin dans la philosophie :

« En toute rigueur, cette approche [l'explication de la morale par son utilité sociale] paraît déboucher sur un relativisme éthique radical, et donc sur un "ni bien ni mal", puisque le critère de l'avantage évolutif fonctionne pour tous les systèmes de valeurs, quels qu'ils soient, au moment où ils existent. Pourtant Darwin n'en vient pas là : il juge, il hiérarchise les comportements et les systèmes de valeurs, il parle de progrès et de conquête progressive d'un sens de l'Universel érigé alors en absolu moral ; enfin, il enregistre le développement d'une sympathie grandissante comme un fait normatif décisif, annonçant un futur règne de la vertu. »

Il convient ici de souligner avec force : 1) que Darwin décrit, explique, mais ne prêche pas ; 2) que l'extension indéfinie de la sympathie, assortie du renforcement des « habitudes vertueuses », est une *tendance évolutive de la civilisation* et non « un fait normatif décisif », expression à laquelle Darwin n'aurait sans doute trouvé aucun sens, non plus d'ailleurs qu'à celle de « futur règne de la vertu », qu'il n'a jamais employée, et qui résonne tout autrement que la simple idée (exprimée au chap. IV) qu'il n'y a aucune raison de penser que les instincts sociaux puissent s'affaiblir dans les générations futures, et qu'en conséquence, dans la lutte entre « impulsions inférieures » et « impulsions supérieures », ces dernières (c'est-à-dire, en termes pédagogiques de ressenti individuel et collectif, la « vertu ») triompheront ; et 3) que

l'humanité entière le bénéfice des armes des vainqueurs – et parmi elles une éthique de la solidarité et de la reconnaissance de l'autre comme semblable – est la tendance évolutive normale – et normalement universaliste – de la civilisation. La morale universaliste de Kant cesse alors d'être l'énigme où se pose et repose inlassablement le problème de la nature de *l'irruption du normatif* comme résultat du processus évolutif. Elle est l'horizon, proposé à la réflexion, d'une tendance évolutive, et son universalisme n'est pas plus surprenant que l'extension indéfinie du sentiment de sympathie, à propos duquel nul ne songe à poser la question de la valeur, alors même qu'il en est, en termes *darwiniens*, le fondement. De même en effet que l'instinct social sélectionné ne cesse normalement de s'accroître et, normalement, de produire des sentiments affectifs solidarisants et secourables pouvant aller jusqu'au sacrifice de soi – l'auto-sacrifice du héros étant en retour ce qui soude le plus infailliblement une communauté

le jugement hiérarchique à partir du « point de vue élevé » de la culture dominante est simplement la démonstration du fait que la culture dominante produit et impose ses valeurs comme dominantes, et que la reconnaissance de ce « progrès » n'abolit nullement le relativisme, puisqu'elle permet d'échelonner les cultures par rapport à celle qui a objectivement triomphé, tout en rappelant qu'aucune victoire n'est définitive, et que la lutte se poursuit, même atténuée, entre « impulsions inférieures » (égoïstes) et « impulsions supérieures » (altruistes, c'est-à-dire obéissant à l'instinct social et à la sympathie), à l'intérieur même de la nation la plus « civilisée », laquelle a amplement montré qu'elle pouvait durablement faire *retour* à la barbarie dans ses relations avec les peuples qu'elle domine. Les qualifications d'inférieur et de supérieur ont ici le sens qu'elles ont toujours chez Darwin, et ne renvoient à aucun « absolu ». Cela n'empêche donc nullement Darwin de qualifier de « sauvages » les esclavagistes anglais – ce qui est un jugement comportemental énoncé à partir d'une anthropologie évolutive, avant d'être une condamnation combinant dans une mesure équilibrée l'affectif et le rationnel.

humaine –, de même la morale, sélectionnée sur la base des instincts sociaux, tend indéfectiblement vers une extension infinie, et produit une normativité (laquelle est son versant indissociablement psychologique et politique) qui suit exactement la même règle d'amplification auto-sacrificielle. Elle peut donc apparaître revêtue des valeurs d'autorité et d'extériorité qui s'attachent à la fixation d'un but non atteint, et vers lequel s'efforcent ensemble les membres d'une communauté à travers l'émulation pacifique qui s'est substituée en son sein à la lutte guerrière, la récompense de l'individu venant de la communauté elle-même, dispensatrice de l'estime publique que l'individu revendique comme prix d'une action et d'une volonté conformes à l'exigence collective. L'absoluité, l'universalité et la transcendance qu'évoquent les philosophes à propos de la loi morale se résolvent, en termes matérialistes, dans l'ascendant de la communauté sur l'individu. Il y a ainsi une réalité *politique* et *psychologique* de la morale, comme il y a une réalité politique et psychologique de la religion, et nul ne peut faire qu'il n'y ait une véritable nécessité à penser chez Darwin le lien évolutif nécessaire entre sentiment religieux et sens moral, aucune morale n'étant analysable en dehors de ses fondements politico-religieux, cela constituant le seul « universel » auquel on puisse prétendre rapporter la pluralité multiforme et contradictoire des préceptes moraux entre les diverses cultures. Darwin parle de la morale en psycho-anthropologue, *et non en philosophe*, et, comme à son habitude, fait un usage illustratif et documentaire de la philosophie. Ce qui l'intéresse n'est pas la « transcendance » de la loi morale énoncée par Kant, mais la constitution de la *disposition psychique* qui va obéir à cette loi en lui attribuant ce caractère, et par là même la rendre évolutivement efficace. Ce qui revient à dire que l'autorité de la *valeur* est une question qui, pour être résolue en termes matérialistes, doit *échapper à la philosophie* – et à sa métaphysique résiduelle de la « transcendance » – pour s'établir sur les terrains autant que possible *désaxiologisés* de la psychologie évolutive et de l'anthropologie sociale et politique. Que la morale, suivant la règle évolutive de la divergence sélectionnée, puisse se détacher progressivement des *illusions* qui ont travaillé à produire son *effet de transcendance*, et s'autonomiser sur ses bases matérielles – rationnelles et affectives – enfin reconnues et analysées est une potentialité intéressante de ce *processus* que l'on nomme liberté.

Yvon Quiniou, qui a été le premier philosophe à appliquer le concept d'effet réversif de l'évolution à son domaine d'objets – les théories de la morale [1] –, ne commet donc aucune erreur *philosophique* – bien que la question reste ouverte de savoir s'il y a jamais eu quelque sens à parler d'« erreur » en philosophie. Il a compris qu'il existe chez Darwin une *explication matérialiste de la morale*, qui ne détruit pas l'efficience de ce qu'elle explique. Il a compris que le déroulement expliqué de sa genèse immanente, en même temps qu'il évacue la référence au Sujet transcendant de l'idéalisme, ou à un quelconque grand Législateur de l'Univers, équivaut à développer le matérialisme naturaliste et moniste jusqu'au point à la fois nécessaire et inattendu où une dialecticité imposée par les faits, l'observation et la logique lui permettent de comprendre que la *nature* elle-même produit objectivement, dans la « civilisation », ce qui *s'oppose* à sa loi sans que cette dernière cependant ait un instant cessé d'agir. S'il persiste à employer le terme inapproprié de « rupture » pour qualifier l'opération réalisée par l'émergence de la morale, c'est parce qu'il interprète dans la métaphore didactique de l'anneau de Möbius le « passage continu au revers » comme un changement de face (lequel d'ailleurs ne serait pas nécessairement l'équivalent d'une « rupture »), ce qui n'est vrai que si l'on se représente la bande initiale à deux faces dont on a formé

1. Voir sa thèse *Nietzsche ou l'impossible immoralisme*, Paris, Kimé, 1993, dont l'effort de problématisation sur cette question difficile est complètement inédit.

l'anneau – ce dernier une fois formé n'en comportant désormais plus qu'une, dont la torsion abolit dans la boucle qu'elle forme cette dualité sensible pourtant en chaque point de son être matériel, puisqu'en chacun de ces points elle peut être saisie entre deux doigts. Or j'ai précisé à plusieurs reprises que la métaphore topologique de l'anneau était certes ce qui assurait l'intelligibilité nouvelle qui se gagne, à lire Darwin, face à la relation nature/culture, s'opposant aussi bien au dogmatisme de la rupture (incarné par l'autonomisme radical des sciences humaines) qu'au dogmatisme de la continuité « plate » ou « linéaire » (incarné par la sociobiologie). Et qu'à ce titre ce concept joue un rôle clé (dialectique au sens plein) dans la construction de la nouvelle cohérence du matérialisme. Mais j'ai également souligné que, s'agissant de Darwin, le modèle véritable demeure l'arborescence par laquelle est représenté le mécanisme de la divergence évolutive : ce modèle, phylogénétique par définition et n'incluant de ce fait aucune discontinuité dans l'ascendance d'une forme actuellement vivante, permet de penser intégralement, compte tenu de l'action sélective, la naissance et le détachement progressif d'une caractéristique ou d'une aptitude qui, sélectionnée, développera des traits éventuellement opposés à ceux qui définissaient sa forme mère.

La belle image du ruban de Möbius a évidemment de quoi séduire les philosophes, et le concept d'effet réversif de l'évolution est certes particulièrement propre à exprimer l'essence même du mouvement dialectique. Et s'il le fait avec une telle perfection, c'est précisément parce qu'il parvient *sans postuler de rupture* à faire penser la distinction progressive entre des instances qui, d'indistinctes, deviendront opposées. Ou parce qu'il permet de comprendre que des instances distinctes et opposées à l'arrivée – comme l'instinct et l'intelligence – possèdent toutefois une origine commune. La morale est une production dérivée des instincts sociaux et de l'intelligence, elle-même détachée de l'instinct, dont elle se distingue sélectivement, et s'éloigne. Le matérialisme moniste de Darwin – celui de la théorie de la divergence évolutive – ignore d'une façon cohérente l'injonction métaphysique qui consiste à réintroduire des « ruptures » au sein du continuum naturel. Mais il reconnaît dans l'homme, et singulièrement dans l'homme civilisé, un *pouvoir d'instauration*, lié à l'hégémonie grandissante des capacités rationnelles, qui rend problématique son rapport à la nature en abolissant tendanciellement les garanties de relative infaillibilité que comportait l'instinct individuel.

Ainsi, par l'action lente et prolongée de la sélection naturelle, une catégorie d'instincts présentant des avantages adaptatifs – celle des « instincts sociaux » – produit, de concert avec l'intelligence rationnelle qui connaît un développement conjoint, un état de l'organisation sociale – nommé « civilisation » – dominé par la sympathie et l'institutionnalisation de l'altruisme. Ces instincts s'opposent donc, dans leurs conséquences les plus développées, aux instincts strictement individuels (liés à la conservation et à l'augmentation du bonheur personnel), au sein desquels cependant, comme on l'a montré, une ouverture est constamment ménagée au choix d'objet, au risque de mort et au sacrifice de soi par l'union procréatrice et ses parades amoureuses, ainsi que par le dévouement protecteur à la progéniture. Si l'on veut extraire de ce phénomène le schéma « dialectique » qui en exprime la structure, on dira qu'à l'intérieur même de l'instinct existait déjà une forme de lui-même – l'instinct social – capable, sous certaines conditions, de *renverser* ses caractéristiques dominantes jusqu'à *inverser* le sens de ses manifestations. Rappelons quelques mots significatifs, déjà cités, du chapitre V de *La Filiation* : « Nous autres hommes civilisés, *au contraire*, faisons tout notre possible pour mettre un frein au processus de l'élimination. » Darwin sait exactement quel est ici le poids de l'expression « *au contraire* ». Les illustrations qu'il en donne concernent la protection des malades et des infirmes et les lois d'assistance, qui s'opposent en effet diamétralement au libre jeu de l'élimination. S'il insiste sur les conséquences inévitablement néfastes, dans le champ biologique, de la propagation des individus hautement défavorisés à cet égard, ce n'est nullement pour apporter un soutien à l'eugénisme de son cousin Galton, mais pour donner plus de force à l'opposition entre barbarie et civilisation, et à l'idée qu'il développe au paragraphe suivant – que nous citerons de nouveau ici –, où il désigne comme « la partie la plus noble de notre nature » le sentiment de *sympathie* qui nous pousse à secourir *coûte que coûte* les malheureux et à réhabiliter *malgré tout* les existences fragiles :

> « Nous ne saurions réfréner notre sympathie, même sous la pression d'une raison implacable, sans porter une atteinte dégradante à la partie la plus noble de notre nature. Le chirurgien peut se durcir en pratiquant une opération, car il sait qu'il est en train d'agir pour le bien de son patient ; mais si nous devions intentionnellement négliger ceux qui sont faibles et sans secours, ce ne pourrait être qu'en vue d'un bénéfice imprévisible, lié à un mal présent qui nous submerge. Nous devons par conséquent supporter les effets indubitablement mauvais de la survie des faibles et de la propagation de leur nature [1]. »

Ce passage est si essentiel pour l'interprétation de la position de Darwin face aux grandes questions sociopolitiques de l'époque qu'il a, inévitablement, fait l'objet de contresens plus ou moins tactiques et d'une opiniâtre fragmentation citationnelle. L'une des malversations courantes de certains commentateurs hostiles, on l'a déjà rappelé, est d'isoler la dernière phrase de ce développement pour faire croire à un engagement eugéniste de Darwin, alors que l'ensemble du raisonnement conduit au contraire à approuver les mesures de

1. *La Filiation de l'Homme*, éd. cit., chap. v, p. 222.

sauvegarde des déficients de tous ordres, *quoi qu'il en coûte*: l'avancement de la civilisation – qui se confond avec celui de l'altruisme – exige toujours un sacrifice et impose, normalement, un risque. On notera que, dans cet extrait, la « raison » – ce qui est exceptionnel – paraît, tout au moins hypothétiquement, susceptible de s'opposer à la sympathie, ce qui est typiquement le cas dans l'eugénisme galtonien, parce qu'il demeure dans un champ de rationalité gouverné par la seule considération de l'avantage *biologique*, alors que Darwin a dépassé ce champ pour occuper celui de l'avantage *social*, fondé sur la sympathie et impliquant la solidarité, le secours et l'assistance aux faibles, équilibrés dans leurs effets éventuellement dysgéniques par des compensations techniques, scientifiques ou institutionnelles. Il y a donc une rationalité *inférieure* et une rationalité *supérieure*, ce qui est cohérent avec ce que relève Yvon Quiniou à propos des règles morales. La sympathie étant par définition la reconnaissance de l'autre comme semblable, et étant susceptible d'être étendue à l'ensemble des êtres sensibles, elle requiert naturellement une participation originelle de l'intelligence[1] – nécessaire à cette reconnaissance spéculaire du soi dans l'autre, et de l'autre comme *autre soi* – et se combine avec elle pour produire les conduites et les institutions déclarées « nobles » ou « supérieures » par Darwin, sans que cette coïncidence du vocabulaire avec une hiérarchie banalement spiritualiste des valeurs puisse être appréhendée par lui comme une contradiction. Sympathie et raison étant les avantages sélectionnés qui ont permis l'accès à la *civilisation*, et cette dernière ayant fourni les preuves historiques de sa supériorité sur les états antérieurs de l'humanité, leur pouvoir et leur respectabilité ne sont pas *a priori* plus étonnants que ceux

1. Cette participation croissante de l'intelligence (par essence *faillible*, comme on l'a souligné) induit un risque d'erreur qui rend fonctionnellement nécessaire la radicalité de la loi morale agissant au niveau de chaque individu affaibli par le dépérissement des instincts individuels.

qui caractérisent au sein d'une société ou d'une nation les représentations de l'autorité souveraine, les symboles de puissance, les croyances fondatrices et les articles de la loi. La conviction morale s'appuie elle aussi sur l'effet de transcendance qui provient de l'extériorité que gagne la communauté imposant à l'individu la loi qui le gouverne et lui garantit sa protection en échange de son obéissance : intériorisation du commandement, elle commande en même temps le respect de la puissance protectrice et rend l'individu solidaire de ce qu'elle lui impose. La *sublimation*, dans sa définition freudienne, est alors le mécanisme – dépendant de l'éducation – qu'il convient d'interroger pour percer le mystère de l'*effet de transcendance* de la loi morale. La loi morale kantienne n'est, anthropologiquement, ni universelle, ni absolue. Mais elle *réclame* l'universalité et *se réclame* de l'absolu, ce que font également toute religion commençante et toute autorité politique – et ce que revendique le *sujet* comme justification de son obéissance. Son enracinement dans l'intimité de la conscience-support sous la modalité de l'introjection de l'exigence communautaire ne peut produire d'obéissance efficace du sujet que moyennant l'exclusion radicale de toute perméabilité à la désobéissance. On comprend aisément que c'est sa fonction collective qui rend, par une nécessité *politique*, le commandement « absolu » – ce dernier sentiment s'expliquant par le fait que la moindre restriction apportée à son exigence contrarierait sa fonctionnalité, qui doit être *totale en chacun* pour être collectivement efficace. La vérité de la religion et de la morale ne peut dès lors être livrée que par l'analyse de la *psychologie induite par la politique*, et le sentiment de (la transcendance de) la valeur conduit nécessairement tout essai de compréhension matérialiste des ressorts de la morale à examiner en termes de psycho-sociogenèse le processus qui produit l'impression de sublimité. Ce qui ouvre naturellement sur une anthropologie politique et religieuse, et sur une psychologie – sociale et individuelle – de l'*assujettissement*.

V

Darwin et la philosophie

Lire Darwin « en philosophe » n'a donc d'intérêt que pour les philosophes – lesquels ne cesseront sans doute jamais de vouloir transformer le darwinisme en « philosophie » – ce qui est toujours une erreur, et quelquefois un danger. En réalité, la tradition énonciative et l'arsenal notionnel de la philosophie achoppent d'emblée sur ce que la construction darwinienne impose à qui prétend rendre compte de sa cohérence : une logique matérialiste de la *connaissance par l'origine* qui exige de connaître le processus pour comprendre le fait ; une remise en perspective phylogénétique des certitudes morales actuelles comme *indices d'une tendance évolutive*, ce qui les éloigne infiniment de l'« absolu » dont la philosophie et la religion les parent avec une obstination presque comparable ; un traitement relativiste unificateur des croyances religieuses, des convictions morales et des opinions philosophiques qui les soustrait à la tentation de l'« universel », tout en expliquant la genèse de cette propension dans les termes d'une *anthropologie* qui n'a pas divorcé d'avec la dynamique évolutive, mais simplement intégré l'inversion graduelle de ses tendances ; une critique, enfin, passant par l'examen attentif de sa production sociale et individuelle, de l'*illusion psychologique* active qui porte à soustraire à la nature et à l'histoire – en leur conférant la « transcendance » de l'« absolu » – les « valeurs » qui ont construit et continuent de construire la « civilisation ».

Dans cet impitoyable, nécessaire et lucide *retour à l'immanence*, il y a quelque chose que la philosophie persiste à *ne pas faire*. La philosophie a pu décrire et commenter le « sublime ». Mais ce n'est pas elle qui a analysé le processus de la *sublimation*. La philosophie a pu indéfiniment décrire et commenter la « liberté ». Mais ce n'est pas elle qui sera apte à décrire le moindre processus réel d'*autonomisation*. La philosophie peut juger les discours, les actions et les comportements suivant une échelle de « valeurs » – et tenir en même temps des milliers de discours sur « la » valeur –, mais elle ne saura rien dire par elle-même du processus psychique et du phénomène social de la *valorisation*. Au cœur de toutes ces impuissances règne un reliquat de métaphysique essentialiste et fixiste susceptible de faire retour à chaque instant sous les termes figés de « transcendance », d'« universel » et d'« absolu ». La philosophie *prend au mot* le vocabulaire de la croyance. Elle hypostasie les corrélats imaginaires des états de la conscience abusée. D'où l'obligation de *sortir de la philosophie* pour dire la vérité des *processus*, y compris celle des processus de fétichisation du vocabulaire. Freud crée la psychanalyse, et c'est *à travers elle* qu'il interprétera la philosophie (mais aussi la religion) ; Marx crée le matérialisme historique, et c'est *à travers lui* qu'il jugera de la philosophie (mais aussi de l'idéologie) ; Darwin crée la théorie de la descendance modifiée par le moyen de la sélection naturelle, et c'est *à travers elle* qu'il appréhendera la philosophie (mais aussi la religion et la morale) comme un matériau – une donnée ou un produit de l'évolution – intégrable à sa propre théorie. Lorsque Darwin cite Kant, il ne se rallie pas à l'absoluité de la loi morale, ni à un universalisme qu'il peut cependant interpréter comme l'extension idéale – l'horizon – d'une tendance évolutive avérée de la civilisation, mais dont il sait qu'il est démenti dans les faits aussi bien par l'histoire de l'évolution antérieure de l'humanité que par la diversité actuelle des cultures. Lorsque Darwin cite Kant, il le fait pour donner l'image la plus extrême de l'exigence morale dans une société « civilisée », cette exigence gommant ses déterminations matérielles sous l'illusion psychologique – qu'elle produit – du caractère « absolu » du commandement. Et de sa « transcendance » implicite derrière le « *Du sollst* » (« Tu dois ») de l'impératif catégorique, qui ordonne le renoncement pulsionnel, et qui sous-entend une *instance énonciatrice de l'ordre* nécessairement extérieure à qui le reçoit. Mais, en réalité, c'est parce que l'homme se sait individuellement capable d'erreur – ou de rechute dans la bestialité – qu'il invente pour s'en protéger des commandements absolus à valeur collective, que l'individu doit intégrer comme *supérieurs* à sa simple et individuelle humanité. Or il n'y a chez Darwin d'autre « transcendance » réelle à la source du sentiment d'obligation morale que celle de l'instance du *collectif* comme juge de la conduite de chacun. Et que celle de l'*autre* comme extérieur à moi, semblablement porteur de l'exigence collective, et à ce titre partie de ce qui m'éduque et de ce qui me juge[1]. Et que celle enfin de ma propre *conscience morale* comme introjection de ces instances, et également, à ce titre, porteuse et juge du degré de mon adhésion. Lorsque Darwin, évoquant de nouveau Kant, reconnaît le point d'accomplissement de la conscience morale dans le fait de pouvoir dire : « Je suis le juge suprême de ma propre conduite[2] », cet effacement apparent de l'instance collective extérieure correspond en fait à sa pleine intégration dans le sujet[3], devenu idéalement capable de délibérer de ce qui est juste, et de choisir la justice, tant pour des motifs rationnels que pour des motifs

1. D'où l'importance civilisatrice du prix accordé à l'« opinion d'autrui », thème récurrent chez Darwin.

2. *La Filiation de l'Homme*, éd. cit., chap. IV, p. 197.

3. Lequel déclare d'ailleurs, dans la même citation : « Je ne violerai pas dans ma propre personne la dignité de l'humanité », cette dernière étant le collectif étendu que la philosophie nomme « universel ».

affectifs. Ce n'est donc pas à la philosophie de rendre compte de la genèse de l'obéissance à la loi morale, ni du sentiment de la valeur. C'est là, en termes réalistes, l'affaire d'une psychosociologie génétique et évolutive qui a été ébauchée par Darwin au début des années 1870, et qui aura besoin de Marx (avec sa théorie de l'aliénation, du fétichisme et des représentations collectives) et de Freud (avec sa théorie des pulsions, de la sublimation et du surmoi), ainsi que de toute l'anthropologie culturelle et de toute la critique historique, pour développer ses intuitions fondamentales. La combinaison de ces multiples perspectives dans l'élaboration d'une *théorie générale du devenir de la civilisation* constitue, en effet, l'une des tâches *scientifiques* du matérialisme aujourd'hui. Sur des sujets aussi cruciaux, car s'ordonnant autour d'un grand enjeu d'émancipation et articulés désormais à un propos rationnel de *survie*, un peu de science permet parfois d'économiser beaucoup de philosophie.

Bibliographie

AGASSIZ, Louis, *Contributions to the Natural History of the United States of America*, Boston (Mass.), Little, Brown & Company / London, Trübner, 1857-1862, 4 vol.

AIMÉ-MARTIN, Louis, *De l'éducation des mères de famille ; ou, de la civilisation du genre humain par les femmes*, Bruxelles, Méline, 1837.

ALLARD, Claude, et TORT, Patrick, « Présentation » de l'*Esquisse biographique d'un petit enfant*, dans P. Tort (dir.), *Pour Darwin*, Paris, PUF, 1997, p. 185 et suiv.

[ANONYME], *La Nature*, n° 1062, 7 octobre 1893.

ARGYLL, George Douglas Campbell, 8e duc d', *The Reign of Law*, London, Strahan, 1867.

–, *Primeval Man : An Examination of some Recent Speculations*, New York, George Routledge & Sons, 1869.

ARISTOTE, *Histoire des animaux*, Paris, Gallimard, 1994.

BAIN, Alexander, *Mental and Moral Science : A Compendium of Psychology and Ethics*, London, Longmans, Green, and Co., 1868.

BELL, Charles, *Essays on the Anatomy of Expression in Painting*, London, Longman, Hurst, Rees, and Orme, 1806.

–, *Essays on the Anatomy and Philosophy of Expression*, 2nd ed., London, John Murray, 1824.

–, *The Hand. Its Mechanism and Vital Endowments as Evincing Design. The Bridgewater Treatise on the Power, Wisdom and Goodness of God as Manifested in the Creation.* Treatise 4, 2nd ed., London, William Pickering, 1833.

–, *The Anatomy and Philosophy of Expression as Connected with the Fine Arts*, 3rd ed, enlarged (with a Preface by G. J. Bell and an Appendix by A. Shaw), London, John Murray, 1844.

BELT, Thomas, *The Naturalist in Nicaragua : A Narrative of a Residence at the Gold Mines of Chontales, and Journeys in the Savannahs and Forests*, London, John Murray, 1874.

BIANCONI, Giuseppe, *La teoria dell'uomo-scimmia esaminata sotto il rapporto della organizzazione*, Bologna, Tipi Gamberini e Parmeggiani, 1864.

–, *La Théorie darwinienne et la Création dite indépendante : lettre à M. Ch. Darwin*, Bologne, chez N. Zanichelli, 1874.

BLEEK, Wilhelm Heinrich, *Über den Ursprung der Sprache* [Sur l'origine du langage], herausgegeben mit einem Vorwort von Dr. Ernst Haeckel, Weimar, H. Böhlau, 1868.

BONNET, Charles, *Contemplation de la nature* [1764], dans *Œuvres*, t. 4, Neuchâtel, 1781.

BRAUBACH, Wilhelm, *Religion, Moral und Philosophie der Darwin'schen Artlehre nach ihrer Natur und ihrem Character als kleine Parallele menschlich geistiger Entwicklung* [Religion, morale et philosophie de la théorie darwinienne des espèces d'après sa nature et son caractère, parallèle réduit du développement de l'esprit humain], Neuwied, Hansen, 1869.

BREHM, Alfred Edmund, *Illustriertes Thierleben*, Hildburghausen, Verlag der Bibliographischen Instituts, 1864-1867.

BURKE, Edmund, *Philosophical Inquiry into Origin of our Ideas of the Sublime and Beautiful, with an Introductory Discourse Concerning Taste, and Several other Additions* [1757], London, Thomas McLean, 1823.

BUTLER, Joseph, *The Analogy of Religion, Natural and Revealed, to the Constitution and Course of Nature. To Which Are Added Two Brief Dissertations : I. Of Personal Identity. II. Of the Nature of Virtue*, London, Printed for James, John and Paul Knapton, 1736.

CANDOLLE, Augustin Pyramus de, article « Géographie botanique » du *Dictionnaire des sciences naturelles* dirigé par Frédéric

Cuvier, Strasbourg / Paris, Levrault, 1816-1830, t. 18, 1820, p. 359-422.

CARLYLE, Thomas, *Sartor Resartus*, In Three Books. Boston, James Munroe & Co., 1836 [édition et préface d'Emerson].

CONDILLAC, Étienne Bonnot, abbé de, *Essai sur l'origine des connoissances humaines, ouvrage où l'on réduit à un seul principe tout ce qui concerne l'entendement humain*, Amsterdam, P. Mortier, 1746.

COUCH, Jonathan, *Illustrations of Instinct Deduced from the Habits of British Animals*, London, van Voorst, 1847.

DALLY, Eugène, *L'Ordre des Primates et le Transformisme*, Paris, Reinwald, 1868 [extrait du *Bulletin de la Société d'Anthropologie*].

DARWIN, Charles, *Journal of Researches into the Geology and Natural History of the Various Countries Visited by HMS Beagle, under the Command of Captain FitzRoy, RN, from 1832 to 1836*, London, Henry Colburn, 1839.

–, *Esquisse au crayon de ma théorie des espèces (Essai de 1842)*, trad. Jean-Michel Benayoun, Michel Prum et Patrick Tort, précédé de Patrick Tort, « Un manuscrit oublié », Travaux de l'Institut Charles Darwin International, Genève, Éditions Slatkine, 2007.

–, *A Monograph of the Sub-class Cirripedia, with Figures of all the Species*, vol. I, *The Lepadidæ : or, Pedunculated Cirripedes of Great Britain*, London, The Ray Society, 1851.

–, *A Monograph of the Fossil Lepadidæ, or Pedunculated Cirripedes of Great Britain*, London, Palæontographical Society, 1851.

–, *A Monograph of the Sub-class Cirripedia* [...], vol. II, *The Balanidæ (or Sessiles Cirripedes) ; The Verrucidæ, etc.*, London, The Ray Society, 1854.

–, *A Monograph of the Fossil Balanidæ and Verrucidæ of Great Britain*, London, Palæontographical Society, 1854.

–, *On the Origin of Species by Means of Natural Selection, or The Preservation of Favoured Races in the Struggle for Life*, London, John Murray, 1859.

–, *The Variation of Animals and Plants under Domestication*, London, John Murray, 1868, 2 vol.

–, *La Variation des animaux et des plantes à l'état domestique*, sous la direction de P. Tort, trad. coordonnée par M. Prum, et précédée de P. Tort, « L'épistémologie implicite de Charles Darwin », Genève, Slatkine, 2008.

–, *The Descent of Man, and Selection in Relation to Sex*, Londres, John Murray, 1871, 2 vol.

–, *The Descent of Man, and Selection in Relation to Sex*, Londres, John Murray, 1874, 2 vol. [2e éd., comprenant la note additionnelle de Th. H. Huxley.]

–, *La Descendance de l'Homme et la Sélection sexuelle*, trad. Jean-Jacques Moulinié, préface de C. Vogt, Paris, C. Reinwald et Cie, 1872, 2 vol.

–, *La Descendance de l'Homme et la Sélection sexuelle*, trad. Edmond Barbier, Paris, C. Reinwald et Cie, 1881, 2 vol.

–, *La Filiation de l'Homme et la Sélection liée au sexe*, Paris, Syllepse, 1999, 826 p., sous la direction de P. Tort, trad. coordonnée par M. Prum, et précédée de P. Tort, « L'anthropologie inattendue de Charles Darwin ».

–, *On the Origin of Species by Means of Natural Selection, or the Preservation of Favoured Races in the Struggle for Life*, 6th ed., with additions and corrections, London, John Murray, 1872.

–, *The Expression of the Emotions in Man and Animals*, London, John Murray, 1872.

[–], *Report of the Royal Commission on the Practice of Subjecting Live Animals to Experiments for Scientific Purposes : with the Minutes of Evidence and Appendix*, Londres, Her Majesty's Stationery Office. [Le témoignage de Darwin, prononcé le 8 novembre 1875, se trouve p. 233-234, § 4662-4672.]

–, *La Vie et la Correspondance de Charles Darwin, avec un chapitre autobiographique, publiés par son fils, M. Francis Darwin*, traduit de l'anglais par Henry C. de Varigny, docteur ès sciences, Paris, C. Reinwald, 1888, 2 vol.

–, *The Autobiography of Charles Darwin, 1809-1882. With the*

Original Omissions Restored. Edited and with Appendix and Notes by his Grand-daughter Nora Barlow, London, Collins, 1958.

–, *Natural Selection*, ed. by R. C. Stauffer, Cambridge University Press, 1975.

–, *The Collected Papers of Charles Darwin*, ed. by Paul H. Barrett, The University of Chicago Press, 1977, 2 vol.

[–], *The Correspondence of Charles Darwin*, ed. by Frederick Burkhardt *et al.*, Cambridge University Press, vol. 1-15, 1985-2005.

[–], *Charles Darwin's Notebooks, 1836-1844. Geology, Transmutation of Species, Metaphysical Enquiries*, Transcribed and Edited by Paul H. Barrett, Peter J. Gautrey, Sandra Herbert, David Kohn & Sydney Smith, British Museum (Natural History), Ithaca, New York, Cornell University Press, 1987.

DARWIN, Charles, et WALLACE, Alfred Russel, « On the Tendency of Species to Form Varieties, and on the Perpetuation of Varieties by Natural Means of Selection », *Journ. Proc. Linn. Soc. Lond. (Zool.)*, vol. III, n° 9, 1858, p. 45-62.

DARWIN, Erasmus, *Zoonomia; or, the Laws of Organic Life*, London, J. Johnson, 1794-1796, 2 vol.

EMERSON, Ralph Waldo, *Nature*, Boston, James Munroe, 1836.

–, *Essays*, with a Preface by Thomas Carlyle, London, James Fraser, 1841.

FLOURENS, Pierre, *Résumé analytique des observations de M. Frédéric Cuvier sur l'instinct et l'intelligence des animaux*, Paris, Imprimerie royale, 1839.

GALTON, Francis, « Hereditary Talent and Character », *Macmillan's Magazine*, XII, 1865.

–, *Hereditary Genius : An Inquiry into Its Laws and Consequences*, London, Macmillan and Co., 1869.

GREG, William Rathbone, « On the Failure of "Natural Selection" in the Case of Man », *Fraser's Magazine*, septembre 1868.

HAECKEL, Ernst, *Generelle Morphologie der Organismen. Allgemeine Grundzüge der organischen Formen-Wissenschaft, mechanisch begründet durch die von Charles Darwin reformierte Descendenztheorie…*, Berlin, Georg Reimer, 1866, 2 vol.

–, *Der Monismus als Band zwischen Religion und Wissenschaft. Glaubensbekenntniss eines Naturforschers, vorgetragen am 9. Oktober 1892 in Altenburg beim 75-jährigen Jubiläum der Naturforschenden Gesellschaft des Osterlandes*, Bonn, 1892. [Trad. française par Georges Vacher de Lapouge, Paris, Schleicher, 1905.]

HODGSON, Shadworth, *The Theory of Practice. An Ethical Enquiry*, London, Longmans, Green, Reader, and Dyer, 1870, 2 vol.

HUME, David, *Traité de la nature humaine* [1739-1740], trad. André Leroy, Paris, Aubier-Montaigne, 1973.

–, *An Enquiry Concerning the Principles of Morals*, London, A. Millar, 1751.

HUNT, James, *The Negro's Place in Nature : A Paper Read Before the London Anthropological Society*, New York, Van Evrie, Horton & Co, 1864.

HUXLEY, Thomas Henry, *Evidence as to Man's Place in Nature*, London, Williams & Norgate, 1863.

–, *De la Place de l'Homme dans la nature*, trad. Eugène Dally, Paris, Baillière, 1868.

–, *Leçons de physiologie élémentaire*, traduites de l'anglais sur la 3e édition, par le Dr E. Dally, Paris, C. Reinwald, 1869.

KIELMEYER, Karl Friedrich von, *Über die Verhältnisse der organischen Kräfte unter einander in der Reihe der verschiedenen Organisationen, die Gesetze und Folgen dieser Verhältnisse…* [« Sur les rapports des forces organiques entre elles dans la série des divers êtres organisés, et sur les lois et les conséquences de ces rapports », discours prononcé le 11 février 1793 à l'occasion de l'anniversaire de Carl de Wurtemberg], Stuttgart, 1793.

LA FONTAINE, Jean de, *Discours à Madame de la Sablière, sur l'âme des animaux* [1678], Genève, Droz/Lille, Giard, 1967.

LALANDE, André, *Les Illusions évolutionnistes*, Paris, Alcan, 1930.

LAMARCK, Jean-Baptiste Pierre Antoine de Monet, chevalier de, *Discours d'ouverture des Cours de zoologie, donnés dans le Muséum d'Histoire naturelle (An VIII, X, XI et 1806)*, reproduits et précédés d'un avant-propos par Alfred Giard, avec une introduction bibliographique par Marcel Landrieu, Lille, Imprimerie de L. Danel, 1907.

–, *Philosophie zoologique, ou Exposition des considérations relatives à l'histoire naturelle des animaux*, Paris, Dentu, 1809.

LANDOR, Henry, *Insanity in Relation to Law : Read Before the Association of Officers of Asylums for the Insane of the United States and Canada, at Toronto, June 8, 1871*, London (Ontario), Daily Free Press, 1871, 22 p.

LAVATER, Johann Caspar, *Essays on Physiognomy ; for the Promotions of the Knowledge and the Love of Mankind*, Translated into English by Thomas Holcroft, 2nd Edition, to Which is Added One Hundred Physiognomical Rules, and Memoirs of the Life of the Author, London, Symonds, 1804, 3 vol.

–, *L'Art de connaître les hommes par la physionomie*, Paris, Depélafol, 1820, 10 vol.

LE BRUN, Charles, *The Conference of Monsieur Le Brun, Chief Painter to the French King,* […] *Upon Expression*, London, John Smith, 1701.

LECKY, William, *History of the Rise and Influence of the Spirit of Rationalism in Europe*, London, Longman, Green, Longman, Roberts, & Green, 1865.

–, *History of European Morals*, London, Longmans, Green, 1869, 2 vol.

LE ROY, Charles Georges, *Lettres philosophiques sur l'intelligence et la perfectibilité des animaux, avec quelques lettres sur l'homme*. Nouvelle édition, à laquelle on a joint des lettres posthumes sur l'homme, du même auteur, Paris, impr. de Valade, an X-1802.

LESSING, Gotthold Ephraim, *Laocoon ; or the Limits of Poetry and Painting*, London, Ridgeway, 1836.

LEUCKART, Rudolf, « Vesicula Prostatica », *in* vol. 4 (1852) of *The Cyclopaedia of Anatomy and Physiology*, edited by Robert Bentley Todd, London, 1835-1859, 5 vol.

LÉVY-BRUHL, Lucien, « La morale de Darwin », dans *Revue politique et littéraire*, XXXI, n° 6, 10 février 1883.

L'Héritier, Philippe, et Teissier, Georges, « Une expérience de sélection naturelle. Courbe d'élimination du gène *Bar* dans une population de *Drosophila melanogaster* », *Comptes rendus des Séances de la Société de Biologie*, 117, 1934, p. 1049-1051.

Limoges, Camille, *La Sélection naturelle*, Paris, PUF, 1970.

Lindsay, William Lauder, *On the Transmission of Diseases Between Man and the Lower Animals*, Edinburgh, printed by A. Jack, 1858, 16 p. [tiré à part de l'*Edinburgh Veterinary Review and Annals of Comparative Pathology*, juillet 1858].

–, *Insanity in the Lower Animals*, s.l.n.d. [Londres, 1871], 37 p.

–, *The Physiology and Pathology of Mind in the Lower Animals*, Edinburgh, 1871, 19 p.

–, « Physiology of Mind in the Lower Animals », *Journal of Mental Science*, avril 1871.

–, « Madness in Animals », *Journal of Mental Science*, juillet 1871.

Locke, John, *An Essay Concerning Human Understanding*, London, printed by M. J. for A Churchill ; and Edm. Parker…, M.DCC.XXVI [1726].

Lubbock, John, *The Origin of Civilisation and the Primitive Condition of Man : Mental and Social Conditions of Savages*, London, Longmans, Green, and Co., 1870.

Malthus, Thomas Robert, *An Essay on the Principle of Population ; or, A View of its Past and Present Effects on Human Happiness ; with an Inquiry into our Prospects Respecting the Future Removal or Mitigation of the Evils which it Occasions* [1798], 6th Edition, London, John Murray, 1826, 2 vol.

Meckel, Johann Friedrich, « Entwurf einer Darstellung der zwischen dem Embryozustande der höheren Tiere und dem permanenten der niederen stattfindenden Parallele » [Esquisse d'une représentation du parallélisme existant entre les états embryonnaires des animaux supérieurs et les états permanents des inférieurs »], *Beyträge zur vergleichenden Anatomie*, vol. II, Leipzig, Reclam, 1811.

MILL, John Stuart, « Review of the Works of Samuel Taylor Coleridge », *Westminster Review*, 33, 1840.

–, *Utilitarianism*, London, Parker, Son, and Bourn, 1863.

MOGGRIDGE, John Traherne, *Harvesting Ants and Trap-door Spiders. Notes and Observations on their Habits and Dwellings*, London, L. Reeve and Co., 1873.

MORGAN, Lewis Henry, *The American Beaver and His Works*, Philadelphia, J. B. Lippincott & Co., 1868.

MÜLLER, Fritz, *Für Darwin*, Leipzig, Wilhelm Engelmann, 1864.

MÜLLER, Max, *Lectures on the Science of Language, Delivered at the Royal Institution of Great Britain in April, May, and June, 1861*, London, Longman, Green, Longman and Roberts, 1861.

–, « Lectures on Mr Darwin's Philosophy of Language », *Fraser's Magazine*, May, 1873.

OKEN, Lorenz, *Lehrbuch der Naturgeschichte*, Leipzig, C. H. Reclam / Jena, A. Schmid, 1813-1826, 3 vol.

ØRSTED, Hans Christian, *The Soul in Nature*, London, Henry G. Bohn, 1852.

PALEY, William, *Natural Theology : or, Evidences of the Existence and Attributes of the Deity, Collected from the Appearances of Nature*, R. Faulder and Son, 1802.

PARK, Mungo, *Travels in the Interior Districts of Africa : Performed under the Direction and Patronage of the African Association, in the Years 1795, 1796, and 1797*. By Mungo Park, Surgeon. With an Appendix Containing Geographical Illustrations of Africa. By Major Rennell, 3rd ed., London, W. Bulmer, 1799 [<http :// www.sc.edu/library/spcoll/sccoll/africa/park.jpg>].

PASCAL, Blaise, *Pensées de M. Pascal sur la religion, et sur quelques autres sujets*, Saint-Étienne, Éditions de l'Université de Saint-Étienne, 1971 [fac-similé de l'édition de Port-Royal, Paris, G. Desprez, 1670, et de divers compléments].

PIERQUIN DE GEMBLOUX, Claude Charles, *Traité de la folie des animaux, de ses rapports avec celle de l'homme et les législations actuelles, précédé d'un Discours sur l'Encyclopédie de la folie, et suivi d'un Essai sur l'art de produire la folie à volonté* […], revu par Georges et Frédéric Cuvier, Magendie, Schnoell, Mathey, Huzard, etc., Paris, Béchet jeune, 1839, 2 vol.

–, *Réflexions sur le sommeil des plantes*, Châteauroux, impr. de Migné, 1839.

–, *Idiomologie des animaux, ou Recherches historiques, anatomiques, physiologiques, philologiques, et glossologiques sur le langage des bêtes*, Paris, à la Tour de Babel, 1844.

PLUCHE, [Noël] Antoine, abbé, *Le Spectacle de la nature, ou Entretiens sur les particularités de l'Histoire naturelle, qui ont paru les plus propres à rendre les jeunes gens curieux et à leur former l'esprit*, à Paris, chez la Vve Estienne, huit tomes en neuf volumes, 1732-1750 : I. Ce qui regarde les animaux et les plantes, 1732 ; II et III. Ce qui regarde les dehors et l'intérieur de la terre, 1735 ; IV. Ce qui regarde le ciel et les liaisons des différentes parties de l'univers avec les besoins de l'homme, 1739 ; V. Ce qui regarde l'homme considéré en lui-même, 1746 ; VI-VII. Ce qui regarde l'homme en société, 1746 ; VIII, 1-2. Ce qui regarde l'homme en société avec Dieu, 1750.

POUCHET, GEORGES, « L'instinct chez les Insectes », *Revue des Deux Mondes*, février 1870.

POWELL, Baden, *Essays on the Spirit of the Inductive Philosophy, the Unity of Worlds, and the Philosophy of Creation*, London, Longman, Brown, Green, and Longmans, 1855.

PROUDHON, Pierre Joseph, *Qu'est-ce que la propriété ? ou Recherches sur le principe du droit et du gouvernement*, Paris, J.-F. Brocard, 1840.

QUATREFAGES, Armand de Bréau de, *L'Espèce humaine*, Paris, Baillière, 1877.

QUINIOU, YVON, *Nietzsche ou l'impossible immoralisme*, Paris, Kimé, 1993.

–, *Études matérialistes sur la morale*, Paris, Kimé, 2002.

RABAUD, Étienne, *La Tératogenèse*, Paris, O. Doin et Fils, 1914.

ROMANES, George John, *Animal Intelligence*, London, Kegan Paul / Trench, 1882.

–, *L'Intelligence des animaux*, précédée d'une préface sur l'évolution mentale par Edmond Perrier, tome second, « Les Vertébrés », Paris, Félix Alcan, 1887.

–, *Mental Evolution in Animals. With a Posthumous Essay on Instinct by Charles Darwin*, London, Kegan Paul, Trench, 1883.

RUPP-EISENREICH, Britta, « Hunt, James », dans P. Tort (dir.), *Dictionnaire du darwinisme et de l'évolution*, Paris, PUF, 1996, vol. II, p. 2290-2292.

SCHAAFHAUSEN, Hermann, « On the Primitive Form of the Skull », *Anthropological Review*, octobre 1828.

SERRES, Étienne, *Précis d'anatomie transcendante appliquée à la physiologie*, Paris, Gosselin, 1842.

SPENCER, Herbert, *A System of Synthetic Philosophy*, London-Edinburgh, Williams and Norgate, 1862-1896, 15 vol.

STEPHEN, Leslie, *Essays on Free-thinking and Plain-speaking*, London, Longmans, Green, and Co., 1873.

STEWART, Dugald, « Dissertation First : Exhibiting a General View of the Progress of Metaphysical, Ethical, and Political Philosophy Since the Revival of Letters in Europe », in *Supplement to the 4th, 5th & 6th Editions of the Encyclopædia Britannica : with Preliminary Dissertations on the History of the Sciences*, Edinburgh, printed for A. Constable ; London, Hurst, Robinson, 1815-1824, vol. 1 (1815) et 5 (1824).

TORT, Patrick, *L'Ordre et les Monstres*, Paris, Le Sycomore, 1980, rééd. Syllepse, 1998.

–, *La Pensée hiérarchique et l'Évolution*, Paris, Aubier, 1983.

– (dir.), *Misère de la sociobiologie*, Paris, PUF, 1985.

– (dir.), *Darwinisme et Société*, Paris, PUF, 1992.

– (dir.), *Dictionnaire du darwinisme et de l'évolution*, Paris, PUF, 1996, 3 vol.

–, « Effet réversif de l'évolution », dans *Dictionnaire du darwinisme et de l'évolution*, Paris, PUF, 1996, vol. I, p. 1334-1335.

–, « Queue », dans *Dictionnaire du darwinisme et de l'évolution*, Paris, PUF, 1996, vol. III, p. 3594.

–, « Race, racisme », dans *Dictionnaire du darwinisme et de l'évolution*, Paris, PUF, 1996, vol. III, p. 3610-3613.

–, *Spencer et l'Évolutionnisme philosophique*, Paris, PUF, « Que sais-je ? » n° 3214, 1996.

– (dir.), *Pour Darwin*, Paris, PUF, 1997.

–, *Darwin et la Science de l'évolution*, Paris, Découvertes Gallimard, 2000.

–, *Fabre. Le miroir aux insectes*, Paris, Vuibert / Adapt, 2002.

–, *La Seconde Révolution darwinienne (Biologie évolutive et théorie de la civilisation)*, Paris, Kimé, 2002.

–, « La double révolution darwinienne », *Sciences et Avenir*, hors-série, n° 134, « Le Monde selon Darwin », avril-mai 2003, p. 10-13.

–, *Darwin et la Philosophie*, Paris, Kimé, 2004.

–, *Darwin et le Darwinisme*, Paris, PUF, coll. « Que sais-je ? » n° 3738, 2005.

–, *Darwin et la Religion (La conversion matérialiste)*, Paris, Ellipse, 2008.

TORT, Patrick, et GUY, Yves, « Transcendance évolutive », dans *Dictionnaire du darwinisme et de l'évolution*, Paris, PUF, 1996, vol. III, p. 4317.

TOWNSEND, Joseph, *A Dissertation on the Poor Laws by a Well Wisher to Mankind*, London, C. Dilly, 1786.

VOGT, Carl, *Leçons sur l'Homme, sa place dans la création et dans l'histoire de la Terre*, trad. Jean-Jacques Moulinié, revue par l'auteur, Paris, C. Reinwald, 1865 [<http://gallica2.bnf.fr/ark:/12148/bpt6k209328h.r=.langFR>].

VULPIAN, Alfred, *Leçons sur la physiologie générale et comparée du système nerveux faites au Muséum d'Histoire naturelle*, rédigées par Ernest Brémond, revues par le Professeur, Paris, Baillière, 1866. [Recueil de leçons de l'année 1864 publiées d'abord par Ernest Brémond dans la *Revue des cours scientifiques*, 1re et 2e années, 1863-1864, 1864-1865.]

WALLACE, Alfred Russel, *Contributions to the Theory of Natural Selection*, London, Macmillan, 1870.

WARBURTON, William, *Essai sur les hiéroglyphes des Égyptiens* [1738], éd. P. Tort, précédé de « Scribble (pouvoir/écrire) » par Jacques Derrida, et de « Transfigurations (archéologie du symbolique) » par Patrick Tort, Paris, Aubier, 1978.

WHEWELL, William, *History of the Inductive Sciences, from the Earliest to the Present Times*, London, John W. Parker and Sons, 1837, 3 vol.

WHITNEY, William Dwight, *Oriental and Linguistic Studies*, New York, Scribner, Armstrong and Company, 1873.

Index

Table

Du même auteur

Évolutionnisme et Linguistique
Vrin, 1980

La Pensée hiérarchique et l'évolution
Aubier, 1983

Misère de la sociobiologie
(sous la direction de)
PUF, 1985, disponible sur www.darwinisme.org

La Raison classificatoire
Aubier, 1989

Darwinisme et Société
(sous la direction de)
PUF, 1992, disponible sur www.darwinisme.org

Dictionnaire du darwinisme et de l'évolution
(sous la direction de)
PUF, 1996, 3 vol.
Ouvrage couronné par l'Académie des Sciences,
disponible sur www.darwinisme.org

Spencer et l'évolutionnisme philosophique
PUF, « Que sais-je ? », 1996,
disponible sur www.darwinisme.org

Pour Darwin
(sous la direction de)
PUF, 1997, disponible sur www.darwinisme.org

Charles Darwin, La Filiation de l'Homme
et la Sélection liée au sexe, *trad. coord. par M. Prum*
précédé de
P. Tort, « L'anthropologie inattendue
de Charles Darwin »
ICDI / Syllepse, 1999

Darwin et la Science de l'évolution
Gallimard, « Découvertes », 2000

Charles Darwin, La Formation de la terre végétale
par l'action des vers de terre,
avec des réflexions sur leurs habitudes,
trad. A. Berre, coord. M. Prum
précédé de
P. Tort, « Un regard vers la terre »
ICDI/Syllepse, 2001

Fabre. Le miroir aux insectes
Vuibert/Adapt, 2002

La Seconde Révolution darwinienne
(Biologie évolutive et théorie de la civilisation)
Kimé, 2002

Darwin et la philosophie
(Religion, morale, matérialisme)
Kimé, 2004

Darwin et le darwinisme
PUF, « Que sais-je ? », 2005

Marx et le Problème de l'idéologie (Le modèle égyptien),
suivi de
« Introduction à l'anthropologie darwinienne – Marx-Engels,
Malthus, Spencer, Darwin –
(Entretien avec Georges Guille-Escuret) »
L'Harmattan, 2006

Charles Darwin, Esquisse au crayon de ma théorie des espèces (Essai de 1842),
trad. J.-M. Benayoun, M. Prum, P. Tort, précédé de P. Tort, « Un manuscrit oublié »
Travaux de l'Institut Charles Darwin International
Slatkine, Genève, 2007

Darwin et la Religion
(La conversion matérialiste)
Ellipse, 2008

L'Origine des espèces par le moyen de la sélection naturelle ou La Préservation des races favorisées dans la lutte pour la vie
Charles Darwin, sous la dir. de P. Tort
trad. A. Berra, coord. M. Prum
précédé de
P. Tort, « Naître à vingt ans : genèse et jeunesse de *L'Origine* »
H. Champion, 2009

Darwin n'est pas celui qu'on croit
idées reçues sur l'auteur de *L'Origine des espèces*
le Cavalier bleu, 2010

RÉALISATION : PAO ÉDITIONS DU SEUIL
IMPRESSION : NORMANDIE ROTO S.A.S À LONRAI
DÉPÔT LÉGAL : FÉVRIER 2012. N° 106524 (120030)
IMPRIMÉ EN FRANCE